저주토끼

정보라 소설집

저주토끼

래빗홀
RABBIT HOLE

차례

저주토끼

"저주에 쓰이는 물건일수록 예쁘게 만들어야 하는 법이다."
할아버지는 늘 이렇게 말씀하셨다.

　전등은 매우 귀여웠다. 토끼가 나무 아래 앉아 있는 모습이었다. 나무 부분은 그다지 사실적이지 않았지만, 토끼는 한껏 정성을 들인 흔적이 역력했다. 토끼의 양쪽 귀 끝과 꼬리 끝, 그리고 눈은 검었고, 몸의 나머지 부분은 새하얀 색이었다. 딱딱한 재질인데도 보드라운 분홍 입술과 복슬복슬한 털의 질감까지 섬세하게 표현했다. 전등에 불이 들어오면 토끼의 몸체가 하얗게 빛났고, 그 순간만은 마치 살아 있는 토끼같아서 귀를 쫑긋 세우거나 코를 벌름거리기라도 할 것 같아 보였다.

모든 물건에는 사연이 있게 마련이다. 저주에 쓰인 물건이니 이 토끼 전등에도 물론 사연이 있다. 할아버지는 전등 옆 안락의자에 앉아서 몇 번이고 들은 이야기를 또 몇 번이고 다시 들려주시곤 하는 것이다.

전등은 할아버지의 친구를 위한 것이었다.

개인적인 용도로 저주 용품을 만들어서는 안 된다. 가업으로 만든 물건을 개인적인 저주에 사용해서도 안 된다. 대대로 저주 용품을 만드는 우리 집안의 불문율이다. 토끼는 단 한 번의 예외였다.

"친구네 집은 술도가였어."

할아버지가 말씀하셨다. 그리고 꼭 덧붙여 물으셨다.

"술도가가 뭔지 아냐?"

물론 안다. 한두 번 들은 이야기가 아니기 때문이다. 그러나 할아버지는 내가 대답할 틈을 주지 않고 곧바로 이어서 설명한다.

"요즘 말로 하면 양조장이지. 그 일대에서 제일 큰 양조장이었어. 요즘은 양조장 하는 집 찾기 힘들지만 그때는 말하자면 술 공장이었기 때문에 동네 사람들이 다 그 집에서 일했지. 그래서 술도가 하면 지역에서 존경받는 유지였다."

그런 유지의 아들과 저주 용품을 만드는 집의 자식인 할아버지가 어떻게 해서 친구가 되었는지는 할아버지도 잘 모른다. 잘 모르겠다고, 할아버지는 몇 번이나 말씀하셨다. 할아버지의 집은, 그러니까 우리 집안은 공식적으로는 '대장간'을 하는 것으로 되어 있었다. 그리고 주문이 들어오면 실제로 농기구와 여러 가지 쇠붙이 도구를 만들어주기도 하고 고쳐주기도 했다. 그러나 진짜 본업이 무엇인지는 동네 사람들도, 동네 아이들도 모두 알고 있었다.

요즘에 쓰는 점잖은 말로 '무속인'이라고 하는 무당이나 점쟁이, 그리고 시체 염습해주는 사람은 그 시절에는 모두 천민 취급을 받았다. 그런 종류의 차별이 결코 옳은 일은 아니지만 하여간 그 시절에는 그랬다. 그런데 할아버지의 집안은, 아니 우리 집안은 명확하게 천민 취급조차 받지 못했다. 굿을 해주는 무당도 아니고 점을 봐주는 것도 아니며 시신 염습이나 장례와도 원칙적으로 상관이 없었기 때문이다. 불분명하게 무속과 관련이 있는 일을 하지만 절대로 아무도 내놓고 말하지는 않고, 농기구 수리나 대장장이 일도 분명히 해주고, 그래서 뭐 어떻게 정의해야 할지 알 수 없었고, 게다가 잘못 건드리면 저주를 받을지도 모른다는 소문도 돌았다. 물론 우리 집안 사람들은 절대로 개인적인 원한 관계에 저주 물품을 사용하지 않지만, 동네 사람들은 그런 우리 집안 불문율을 알 리가 없었고 안다고 해도 상관하지 않았다. 그래서 어쨌든 우리 집안은 그냥 기피의 대상이었다.

다만 그 친구는 그런 걸 전혀 개의치 않는 것 같았다고, 할아버지는 몇 번이나 말씀하셨다. 동네에 떠도는 소문도, 남들의 수군거림도, 반쯤은 겁에 질리고 반쯤은 호기심에 찬 이웃들의 시선도, 전혀 상관하지 않았다. 술도가의 아들에게 같은 동네에서 태어나 자라고 같이 학교에 다니는 비슷한 또래의 아이들은 전부 친구였고, 부모님의 직업이 어떻거나 집안에서 하는 일이 어떻다는 이유로 어울려 놀지 말아야 할 이유는 전혀 없었다. 그리고 돈도 있고 땅도 있고 지역에서 영향력 있는 양조장집 아들이 친하게 놀아주었기 때문에, 할아버지는 점차 또래 집단에도 친구로서 받아들여지게 되었다.

"그 집 부모님이 참 깨어 있는 분들이셨어."

할아버지는 몇 번이고 말했다.

"돈 있고 힘 있다고 남한테 함부로 대하지 않고, 동네 사람들 누구한테나 허리 숙여 인사하고 경조사 있다고 하면 누구보다 먼저 나서서 도와주시는 분들이었거든."

그리고 할아버지 친구의 부모님은 현대적인 의미에서 유능한 사업가이기도 했다. 동네 사람들끼리 대충 만들어서 동네 사람들끼리 사 마시는 사업 구조에서 벗어나 생산 방식을 표준화하고 공정을 현대화해서 다른 지역으로, 가능하다면 전국적으로 판매망을 늘리려고 시도했다. 전쟁이 일어났고 남쪽으로 피난도 다녀왔고, 피난 갔다 와봤더니 양조장을 비롯하여 온 동리가 다 초토화된 모습도 봤으나 할아버지 친구의 부모님은 낙담하지 않았다. 오히려 모든 것이 부서지고 불타버렸으니 아예 처음부터 현대화되고 표준화된 공정으로 다시 시작해야 한다고 의지를 불태웠다.

할아버지의 친구도 그런 부모님의 뜻을 이해하고 가업을 진지하게 받아들였다.

"대학도 우리는 그 녀석이 사장님이 될 테니까 당연히 상과를 갈 줄 알았는데 공과를 갔어. 손으로 고두밥 지어서 술 빚던 시절 그 맛을 그대로 유지하면서 대량 생산을 하겠다는 거야. 고등학교 갓 졸업한 열아홉 살짜리가 자기 집안 술맛으로 전국을 제패하겠다고, 아주 야심만만했지."

그 야심에 제동을 건 것은 정부의 식량 정책이었다. 정부에서는 농업 정책의 핵심이 쌀을 자급자족하는 것이라 공표하고 특정 종류의 술을 발효할 때 쌀을 사용 못 하게 했다. 고두밥과 누룩을 섞어 물을 붓고 발효시키던 전통 방식은 정부의 이런 정책 때문에 사라지고 대신 주정(酒精), 즉 99퍼센트 에탄올에 물을 붓고 이 역겨운 액체를 사람이 마실 수 있게 하려고 감미료를 억지로 섞은 싸구려 술이 시장에 대량으로 풀렸다.

할아버지의 친구는 낙심했다. 그러나 완전히 절망하지는 않았다. 그는 어디까지나 대대로 술을 빚어온 장인 집안의 아들이었고 관련 분야의 지식도 갖춘 전문가였다. 쌀은 소중한 자원이고, 술 마시는 것보다야 아무래도 밥 먹는 게 훨씬 중요하다고 납득하고 그는 일단 정부의 정책을 받아들였다. 그리고 할아버지의 친구는 쌀을 발효시켜 술을 만들지 말라는 정부의 정책을 거스르지 않으면서도 손으로 술 빚던 전통의 유산, 원재료의 비율과 알코올 도수와 발효 온도와 증류 방식 등을 최대한 반영하여 옛날 그 맛을 최대한 되살릴 수 있는 생산 방법을 연구하기 시작했다.

할아버지는 언제나 이 부분에서 극적으로 이야기를 멈추곤 했다.

"그래서, 어떻게 됐을 것 같냐?"

이야기를 멈추고 나서 할아버지는 나를 보며 묻는다.

"친구가 그 기술 개발에 성공했을 것 같냐, 못 했을 것 같냐?"

몇 번이나 되풀이해 들었던 이야기다. 나는 이미 대답을 알고 있다.

나는 언제나처럼 웃으며 고개를 흔들었다.

"성공했지. 똑똑하고 뚝심 있는 친구거든."

할아버지가 말했다. 그리고 쓸쓸하게 미소 지었다.

"그런데 망했어."

할아버지의 친구는 더 좋은 기술을 개발해서 더 맛있고 몸에 좋은 술을 만드는 데만 신경을 썼다. 정부 인사와의 친분, 인맥, 접대, 필요에 따라서는 뇌물이나 뒷거래가 제품과 기술보다 중요한 시대라는 사실을 할아버지의 친구는 전혀 모르고 있었다.

그리고 이미 전혀 다른 방식으로 변해버린 술 시장을 넘보는 더 큰 회사가 있었다. 인맥과 연줄에 강하고 접대에 능한 회사였다. 이 회사에서는 자신들이 만들어 파는, 알코올에 물과 감미료를 섞은 액체가 "서민들이 선호하는", "정통의 그 맛"이라 광고했다. 앞에서는 정당하게 언론 매체에 광고했지만, 등 뒤로는 할아버지의 친구 회사에서 만든 술에 "공업용 알코올을 섞는다"라고, 그 술을 마시면 눈이 멀고 불구가 되며 많이 마시면 죽는다고 비방했다.

매출이 뚝뚝 떨어졌다. 공장이 가동을 멈추었다. 아니라고 아무리 해명해도 사람들은 믿어주지 않았다. 자기 공장에서 만든 술을 직접 마시는 모습을 보여주려 해도 그 어느 방송에서도 상대해주려 하지 않았다. 지금처럼 인터넷이 있던 시절도 아니니 신문과 라디오, 공중파 방송에서 등을 돌리면 할아버지의 친구가 공식적으로 해명하거나 입장을 표명할 방법은 사실상 없었다. 법적으로 해결하려 해도 역시나 지금처럼 통화를 녹음하거나 문자 메시지를 캡처할 수 있는 시대가 아니었으니 술에 공업용 알코올을 섞는다는 소문이 어디서 시작되어 어떻게 퍼져나갔는지 알아낼 방법이 없었다. 법원에서는 비방이나 명예훼손의 근거가 없다고 판결했고, 할아버지의 친구는 사업과 소송 양쪽에서 막대한 빚만 짊어지게 되었다. 30대의 젊은 나이에 할아버지의 친구는 가족에게 미안하다는 유서를 남기고 목을 매었다. 시신은 부인이 발견했고, 장례식 도중에도 몇 번이나 기절해 쓰러졌던 부인은 장례가 끝나고 얼마 안 되어 남편을 따라 불귀의 객이 되어버렸다. 졸지에 고아가 된 아이들은 다행히 외국에 사는 친척이 거두어 갔으나 이후 소식은 알 수 없었다.

도산해버린 친구의 회사와 공장, 설비는 모두 '공업용 알코올' 소문을 퍼뜨린 경쟁사에서 헐값에 사들였다. 친구가 평생을 바쳐 개발한 술 제조 비법 역시 경쟁사의 손에 넘어가 금고 깊숙한 곳에 파묻혀버렸다.

"왜 금고에 파묻어요?"

이 이야기를 처음 들었을 때 나는 순진하게 물었다.

"그 회사에서 원한 건 싸구려 술을 많이 팔아 돈을 버는 것이었지 좋은 제품을 새로 개발하는 게 아니었거든."

할아버지가 설명했다.

"자기네가 안 하면 다른 회사도 못 하게 만들어야 경쟁이 안 붙지."

한 집안에 대대로 내려온 전통주의 현대화된 제조 비법은 그렇게 강제로 어둠 속으로 사라졌다.

그래서 할아버지는 저주의 토끼를 만들었다.

"좋은 술 만들어 팔겠다는 건 죄가 아닌데, 힘 있는 사람들하고 연줄이 닿지도 않고, 그런 연줄을 만들어줄 돈도 없고, 오로지 그 이유만으로 한 가정이 완전히 박살 난 거야."

할아버지는 고개를 절레절레 저었다.

"그 애가 얼마나 착실하고, 성격도 좋고, 회사 일 열심히 하고, 마누라한테도 잘해주고…… 얼마나 좋은 친구였는데……."

이 부분에서 할아버지는 수십 번이나 되풀이한 이야기인데도 언제나, 매번, 목소리가 떨리고 눈시울이 붉어졌다.

"그렇게 보내버리고, 집안을 다 풍비박산을 만들고……. 세상에 그런 법이 어디 있니?"

그런 법은 없지만, 그런 세상은, 그런 사람들은 어디에나 있다. 그러니까 할아버지와 아버지에 이어 나도 저주 용품을 만드는 걸로 직업을 삼고, 그걸로 생계를 이어갈 수 있는 것이다.

그러나 나는 아무 말도 하지 않는다. 이미 몇 번이나 들어 익숙하게 알고 있는 할아버지의 이야기에 귀를 기울인다.

저주하려는 상대방이 저주의 물품을 직접 만져야만 했다. 그것이 저주의 핵심이면서 가장 어려운 부분이었다. 할아버지는 동원할 수 있는 인맥을 음으로 양으로 총동원하여 친구를 죽게 한 원흉인 경쟁사와 거래하는 회사에 근무하는 사람의 아는 사람의 아는 사람과 어떻게 연락이 닿았다. 그리하여 경쟁사 사장에게 직접 토끼 전등을 배달하도록 부탁했다. 토끼의 등 부분에 스위치를 장치해서 마치 진짜 애완 토끼를 쓰다듬는 것처럼 토끼 전등의 등을 쓰다듬으면 불이 들어오도록 했다.

거래처 사람의 아는 사람의 아는 사람은 자기네 사장님이 외국에서 사 온 선물이라고 둘러대며 경쟁사 사장 앞에서 장갑 낀 손으로 토끼 전등의 불을 켜는 시범을 보였다. 거래처 사장은 결재 서류에 도장을 찍으면서 건성으로 고개만 끄덕이고는 비서가 바꿔주는 전화를 받더니 국회의원과 만나야 한다면서 급하게 나가버렸다.

할아버지의 부탁을 받은 거래처 사람의 아는 사람의 아는 사람은 토끼 전등을 사장실에 그냥 놓아두고 나올 수밖에 없었다. 나오면서 사장실 밖에 앉아 있던 비서로 보이는 사람에게 사장님 말고 다른 사람이 함부로 만지지 않게 하라고 부탁했으나 그 부탁을 하는 사람이 거래처 사장도 아니고 고작 직원의 아는 사람의 아는 사람이다 보니 비서도 사장과 마찬가지로 건성으로 고개만 끄덕이고는 보고 있던 잡지에 다시 고개를 처박았다.

결과를 전해 들은 할아버지는 한숨을 쉬었다. 저주의 내용을 조금 바꾸어야겠다고 생각했다.

그래도 저주의 토끼가 경쟁사 사장의 집이나 회사 어딘가에 있는 한, 완전히 실패는 아니었다.

토끼는 사장실 탁자 위에 한나절 방치되어 있다가 직원들이 퇴근하기 시작할 무렵에 회사 창고로 옮겨졌다. 밤이 되자 토끼는 창고에 있는 종이를 갉아 먹기 시작했다. 마분지 상자도, 상자 안에 완충재로 넣어둔 신문지도, 오래된 결재 서류 더미도, 십몇 년 전부터 창고에 박혀 있던 옛날 장부도 가리지 않고 갉았다. 밤새 아무도 창고에 오지 않았고 토끼는 보이는 대로 마음껏 모두 갉았다.

다음 날 아침 경비원이 창고 문을 열었을 때 바닥에는 갉아 먹힌 종이 부스러기와 토끼 똥이 온통 널려 있었다. 경비원은 창고에 쥐가 사는 모양이니 쥐약을 사다 놓아야겠다고 생각하며 투덜거리며 청소를 하기 시작했다.

토끼는 계속 창고 구석에 놓인 채로 밤이 되면 종이를 갉았다. 토끼가 창고 안을 갉는 동안 가끔 경비원이 지나다녔고 밤에는 숙직하는 직원이 손전등을 들고 지나가기도 했으나 창고 문에 붙은 조그만 창문을 흘끗 들여다볼 뿐 안쪽에서 무슨 일이 일어나는지 신경 쓰는 사람은 아무도 없었다. 그래서 토끼는 창고 안의 종이를 모두 갉은 뒤에 이제는 나무를 갉기 시작했다.

본사 창고의 경비원은 창고 주변에서 뭔가 하얀 물체를 보았다. 처음에는 멀리서 언뜻 하얀 솜뭉치 같은 게 보였다가 사라졌기 때문에 솜이 바람에 날렸거니 생각했다. 다음 날에는 하얀 물체가 두세 개로 늘어나 있었고 그다음 날에는 대여섯 개가 되어 있었다. 가까이 다가가니 깡충깡충 뛰어서 도망치는 모양새가 꼭 토끼 같다고 경비원은 생각했지만, 양조 회사 창고 주변에 야생 토끼가 살고 있을 리 없으니 경비원은 돌아서자 곧 잊어버렸다. 지사에 물건을 배달하기 위해 트럭이 와 있었고, 그래서 경비원은 창고 문을 열고 술 상자 나르는 일을 도와야 했다. 그래서 경비원도, 지사 직원도, 트럭 운전사도 지사로 가는 배달 트럭에 털이 하얗고 귀 끝과

꼬리 끝만 새까만 토끼 몇 마리가 술 상자와 함께 실려 간 것
을 눈치채지 못했다.

얼마 지나지 않아 본사 창고는 물론 곳곳의 지사와 판매처
창고에서도 정체불명의 동물이 종이와 나무로 된 것은 모두
갉아놓고 바닥에 조그만 콩알 같은 똥 덩어리를 온통 흩뜨
려놓는 일들이 벌어졌다. 쥐덫도 쥐약도 소용이 없고 고양이
를 데려와도 아무 도움이 되지 않았다. 바닥에 흩어진 똥을
보고 누군가 쥐똥치고는 너무 크고 꼭 토끼 똥같이 생겼다고
말했는데 이 정확한 의견을 제시한 사람은 지사의 경리부에
서 근무하는 여직원으로, 당시 국민학교에 다니는 조카가 학
교에서 생활 실습인가 하는 명목으로 토끼를 길렀기 때문에
조카를 따라 몇 번인가 토끼장 구경도 가보았고 토끼에게 마
른풀도 먹여준 적이 있었다. 그러나 지사에서도 판매처에서
도 아무도 창고 안에 토끼가 사는 걸 본 적이 없었고 경리부
여직원은 그저 장부나 정리하고 커피나 타다가 결혼하면 퇴
직할 여직원일 뿐 토끼 전문가도 동물 전문가도 아니었으므
로 그 의견은 무시되었다.

본사와 모든 지사에서 직원들을 전부 동원한 대대적인 쥐
잡기 운동이 벌어졌다. 때에 따라서는 실제로 쥐가 꽤 많이

잡히기도 했고, 쥐 잡기 운동과 대청소 덕분에 직원들은 죽을 지경이었지만 여러 곳에서 창고 안이 깨끗해진 것도 사실이었다. 그러나 하룻밤이 지나고 나면 또다시 종이류가 전부 갉히고 바닥에는 쥐똥보다는 약간 더 큰, 콩알만 한 동물의 배설물 덩어리가 하나 가득 굴러다녔다.

종이가 계속 망가졌으므로 회사에서는 몇 년 묵은 회계장부나 공장을 처음 지을 때 혹은 확장할 때 썼던 도면들 등 오래되었지만 중요하다고 여겨지는 서류들을 창고에서 사무실로 도로 옮기기로 했다. 그 서류들이 옮겨질 때 몸통이 하얗고 귀 끝과 꼬리 끝이 까만, 대낮의 햇빛 아래서는 보이지 않는 토끼들이 함께 옮겨 간 것을 아무도 알지 못했다.

물류 창고 인근 주민들 사이에서는 양조 회사 창고에 쥐가산다는 소문이 돌기 시작했다. 본사와 지사의 직원들도 창고의 경비원들도 공장 종업원들도 따지고 보면 모두 인근 주민들이었으므로 소문이 퍼지지 않을 수가 없었다.

어느 지사에서는 직원들 입을 막기 위해 본보기 삼아서 창고 담당 직원을 해고했고 또 다른 지사에서는 회사 밖으로 이상한 소문이 돌지 않게 하라고 직원들을 모아놓고 거듭 주의시켰다. 해고당한 직원은 거동이 불편한 늙은 어머니와 어린 세 아들과 다섯 동생을 거느린 가장으로서 밤에 휘발유를 들고 회사 담을 넘어와서 창고에 불을 지르려다 아직 해고당하지 않은 숙직 직원과 경비원에게 붙잡혔다. 한편 이상한 소문이 돌지 않게 하라고 주의시킨 다른 지사가 있는 지역에서는 지역 신문에 식자재 관리에 있어 쥐가 끼치는 해악과 위생 관리의 문제에 대하여 장장 한 페이지짜리 사설이 실렸다.

창고의 '쥐' 문제가 이미 지역사회에 일파만파 퍼져나갔고 직원들을 협박해서 입을 막을 수 있는 단계는 벌써 지났다고 판단하고 회사에서는 야유회를 열기로 결정했다. 직원들과 직원 가족, 인근 주민들, 그리고 무엇보다 지역의 유지와 저명인사들을 대거 초청하여 창고의 술을 대량으로 풀어 나누어 마시며 상품의 위생이나 품질에 아무 문제가 없고 양조 회사에서 지역사회 발전에 대단히 노력하고 있다는 사실을 직접 보여주기로 한 것이다.

본사 야유회는 회사 마당에서 열렸고 사장과 함께 사장의 아들인 부사장 부부와 아직 국민학생인 사장의 손자까지 모두 참가했다. 어른들이 단상에 올라서 길고 지루한 인사말을 나누고 회사에서 고용한 밴드가 연주하는 시끄러운 음악을 들으며 술을 마시는 동안 심심해진 사장의 손자인 꼬마는 회사 부지를 혼자 여기저기 돌아다녔다. 사장의 며느리가 아들이 보이지 않는 것을 깨닫고 찾으러 왔을 때 꼬마는 문 열린 창고 앞에 쪼그리고 앉아 있었다. 거기서 혼자 뭐 하느냐는 엄마의 질문에 꼬마는 "토끼와 놀고 있었다"라고 대답했다. 토끼가 어디 있느냐고 엄마가 묻자 꼬마는 엄마의 손을 잡고 창고 안으로 끌고 들어갔다. 그리고 창고 구석의 먼지투성이 철제 캐비닛 위에 얹혀 있는 토끼 모양 전등을 가리키며 갖고 싶다고 졸랐다.

엄마는 회사 물건이니 할아버지께 여쭤봐야 한다고 말했고, 아들의 손을 잡아끌고 야유회 장소로 돌아가는 동안에 잊어버렸다. 꼬마는 잊어버리지 않았다. 사장은 술에 얼근하게 취한 채로 창고에 있는 모르는 물건을 가져도 되냐는 손자의 질문을 듣고는 건성으로 그러라고 대답하고 다시 높으신 분들과 어울려 술을 마셨다.

야유회는 성공적이었다. 모인 사람들은 밤늦게까지 실컷 공짜 술을 마셨다. 사장 며느리는 버틸 수 있을 때까지 버티다가 꼬마가 피곤해서 투정을 부리기 시작하자 아이를 데리고 먼저 집에 돌아갔다. 집으로 돌아가는 차 안에서 꼬마는 먼지투성이 토끼 모양 전등을 소중하게 껴안고 있었다.

야유회가 성황리에 끝나고 창고의 '쥐' 문제에 대한 소문도 효율적으로 단속되었으며 본사에 '쥐' 문제를 일으킨 근본 원인이었던 토끼 전등은 창고에서 사장의 아들 집으로 옮겨졌다.

　그러나 본사와 지사와 판매처 창고에 이미 퍼진 토끼들은 사라지지 않았다. 창고에서 사무실로 서류와 함께 옮겨 간 토끼들도 사라지지 않았다. 토끼들은 계속 보이는 대로 갉아 댔고 그러면서 계속 번식했다.

　서랍 속과 철제 캐비닛 속에서 주문서와 계약서와 영업 실적 보고서와 회계장부와 재무제표 등등 모든 서류가 밤마다 조각조각 씹히고 갉히고 찢겼다.

　서류를 추려서 금고로 옮기자 금고 안에 있던 현금과 수표, 어음까지 갉히고 씹히기 시작했다.

　회사에서 금고를 포함한 모든 살림살이를 전부 마당에 내놓은 대대적인 소독 작업과 전문 업체까지 동원한 방역 작업이 벌어지는 동안에 사장의 손자는 토끼 전등이 켜진 책상에서 숙제하고 학습지를 풀었고 밤이 되면 토끼 전등 옆에 있는 침대에서 잠을 잤다. 꼬마는 나무 아래 토끼가 앉아 있는 귀여운 전등을 무척 좋아했고 몇 번인가 집에 놀러 온 친구들에게 할아버지가 외국에서 선물 받은 물건이라고 자랑

하기도 했다. 사장의 손자는 전등을 켤 때나 끌 때나 하루에
도 몇 번씩 스위치를 누르기 위해 토끼의 등을 만졌다.

사장 아들의 집에서 토끼는 더 이상 종이를 갉지 않았다.

대신 다른 것을 갉아 먹기 시작했다.

사장의 손자는 국민학교 졸업반이었다. 나이에 비해 몸집
이 좀 작은 것 외에는 잔병치레도 없이 건강했다. 아이 엄마
의 의견에 따르면 숙제하고 학습지 푸는 건 뒷전이고 친구들
과 밖에서 공 차고 노는 걸 지나치게 좋아하는 것이 흠이라
면 흠이었지만 공부도 꽤 잘하는 편이고 학교도 잘 다니는
착하고 순한 아이였다.

아이가 학교 숙제나 준비물을 잊어버리기 시작했을 때 처
음에는 아무도 신경 쓰지 않았다. 양조장 사장의 손자였고
원래 공부도 잘하는 아이였으므로 학교 선생님도 혼내기보
다는 타일렀다. 아이가 숙제나 준비물이 있었다는 사실조차
잊어버리고 타이르는 선생님에게 짜증을 내기 시작하자 선
생님은 아이의 어머니에게 전화했다. 요즘 아이들은 사춘기
가 일찍 오는 추세이니 아이의 정서에 어머님이 더 신경 쓰시
라는 선생님의 말씀에 어머니는 진지하게 수긍했다.

방학이 지나갈 무렵 아이는 식사에 집착하기 시작했다. 밥
을 먹고도 안 먹었다고 우겼고 냉장고에서 반찬을 훔쳐다가

방 안 곳곳에 숨겨두었으며 어머니가 치우려고 하면 히스테리를 부렸다. 가족들은 아이가 성장기라서 그런 것이라고 생각하고 밥과 간식을 더 많이 더 열심히 더 다양하게 챙겨주었으나 아이의 식탐과 의심과 히스테리는 점점 늘기만 할 뿐 나아지지 않았다.

그리고 개학날 아이는 학교에서 집에 돌아오다가 길을 잃어버렸다. 6년 동안 매일같이 다녔던 길이었고, 아이의 걸음으로도 10분, 길어야 15분이 넘지 않는 거리였다.

아이가 학교 주변을 넋 놓고 헤매다가 길가에 주저앉아 있는 모습을 보고 동네 아주머니가 집으로 데리고 왔다. 아이는 악취를 풍기고 있었다. 길에 주저앉은 채로 대변을 본 것 같다고 이웃 아주머니는 민망해하며 말하고는 충격을 받은 어머니가 정신을 차리고 고맙다고 인사하기도 전에 얼른 돌아서서 빨리빨리 걸어가버렸다.

사장의 아들 부부는 아이를 병원에 데려갔다. 동네 소아과 의원에서는 큰 병원에 가보시라고 조언했다. 인근 도시의 대학병원에 가보았으나 소아정신과도 MRI도 없던 시절이라 별다른 답을 얻지 못했다. 다만 대학병원 진찰실에서 아이가 초점 없는 눈으로 계속 몸을 흔들며 앞뒤가 맞지 않는 말을 중얼중얼 늘어놓고 앉은 채로 오줌을 싸는 것을 보고 의사는 아이가 많이 불안한 것 같으니 정신과 진료를 받아보시라고 권했다. 여기에 아이의 아버지는 "지금 우리 애가 미쳤다는 말이냐"며 자리를 박차고 일어나 시뻘겋게 달아오른 얼굴로 의사에게 입에 담지 못할 욕설을 퍼부은 뒤에 말리는 아내를 뿌리치며 아이를 쓸어안고 병원을 나가버렸다. 아이 어머니만 죄 없이 눈물을 글썽이며 의사에게 백배사죄하고 남편과 아이를 뒤따라 뛰어나갔다.

대학병원에 다녀온 뒤로 아이의 상태는 급속도로 나빠졌다. 아이는 부모의 얼굴도 알아보지 못했고 옷을 입은 채 계속해서 대소변을 지렸으며 제대로 걷지도 못했고 쉴 새 없이 뭔가 중얼거렸으나 의미 있는 단어는 더 이상 발음하지 못했다. 하루 대부분을 침대에 누워 초점 없는 눈으로 천장을 바라보며 의미 없는 소리를 웅얼거리면서도 아이는 단 한 가지, 토끼 모양 전등에는 몹시 집착했다. 토끼 전등은 이제 아이의 책상에서 침대 옆으로 옮겨 왔으며 아이는 천장을 바라보다가도 수시로 고개를 돌려 토끼 전등이 옆에 있는 것을 확인해야만 안심했고 누군가 토끼 전등을 만지면 몹시 불안해하며 발악을 했다.

잠이 들면 아이는 토끼처럼 코를 벌름거리기도 하고 입을 오물거리기도 했으며 가끔은 귀도 쫑긋거렸으나 주위 어른들은 아무도 눈치채지 못했다. 꿈속에서 아이는 몸통이 하얗고 귀 끝과 꼬리 끝이 검은 귀여운 토끼와 함께 나무 아래 앉아서 즐겁게 자신의 뇌를 갉아 먹었다. 갉을수록 아이의 세계는 점점 좁아져서 마침내 앞으로 영원히 토끼와 함께 앉아 있는 나무 아래를 떠나지 못하게 되었으나 아이는 이미 아무것도 이해할 수 없었기 때문에 토끼와 함께 있다는 사실에 즐거워할 뿐이었다.

사장의 손자가 토끼 전등 옆 침대에 누워 천천히 죽어가는 동안에 해가 바뀌고 정권이 바뀌고 세상이 바뀌었다. 사장의 회사에서 생산하는 싸구려 술이 시장을 독점할 수 있도록 뒤를 봐주던 힘 있는 사람들이 그 힘과 지위를 잃었다. 그리고 회사는 창립 이후 처음으로 세무조사라는 것을 받게 되었다.

그 시점에서는 영업 실적도 회계장부도 재무제표도 매일매일의 결재 서류도 거의 모두 보이지 않는 토끼에게 갉아 먹혔다. 분명히 신고한 영업이익의 기록도, 분명히 납부한 세금의 기록도 모두 조각조각 찢겨 알아볼 수 없게 되었다.

토끼들은 이제 사무실 벽의 벽지도 뜯어 먹고 목조 건물의 벽이나 문짝에도 이빨 자국을 냈다. 회사의 중요한 서류들은 모두 말 그대로 휴지 조각이 되어 있었고 본사와 지사 곳곳에서 건물이 물리적으로 눈에 띄게 망가져갔다. 안팎으로 회사가 기울어가는 것이 직원들의 눈에도 분명하게 보였다.
사장은 인정하려 하지 않았다.

사장의 손자는 오랫동안 침대에 누워 초점 잃은 눈으로 천장을 쳐다보며 숨만 쉬고 있었다.
그러다가 아이는 어느 날, 숨을 쉬지 않게 되었다.
아이 아버지는 장례를 치르고 돌아와 아들의 빈방에서 혼자 문을 잠그고 오랫동안 울었다. 아들의 침대에 앉아 아들이 아끼던 토끼 전등을 무릎에 놓고 쓰다듬으며 아들의 이름을 목 놓아 부르며 한없이 울었다.

국세청에서는 회사에서 요령껏 내지 않은 세금은 물론 이미 낸 세금에 대해서도 과태료까지 합산하여 전부 납부해야 한다고 결론지었다. 제때 납부한 액수가 있음을 아무리 증명하려 해도 회사 쪽에 훼손되지 않은, 공식적으로 제출할 수 있을 만한 기록은 한 장도 남아 있지 않았다.
영업과 재무에 대한 회사의 기록이 모두 사라졌다는 소식이 퍼져나가자 채무자들은 빚을 진 적이 없으니 갚지 않겠다고 주장하기 시작했고 채권자들은 빚을 당장 갚으라고 주장하기 시작했다. 사장은 진노했다. 자신만이 알고 있는 모든 재산과 채권과 채무의 기록을 담은 비밀 수첩을 넣어둔, 자신만이 알고 있는 비밀 금고로 갔다. 그러나 금고를 열었을 때 사장이 믿었던 비밀 수첩은 갈기갈기 찢어져 부분적으로는 씹혀 뭉치고 부분적으로는 먹혀 없어진 쓸모없는 종이 뭉치가 되어 있었다.

이쯤에서 사장이 뒷목을 잡고 쓰러져 그길로 깨어나지 못하는 것이 일반적인 전개일 것이다. 토끼는 그렇게 관대하지 않았다. 사장은 쓰러지지 않았다.

쓰러진 것은 사장의 아들이었다. 죽은 자식의 침대에서 울다 지쳐 잠들었다가 아침에 깨어나 침대에서 내려오려고 바닥에 발을 딛는 순간 그대로 오른쪽 발목이 부러졌다. 넘어지면서 머리를 부딪치지 않으려고 팔을 뻗었다가 왼팔이 세 군데 부러지고 한 군데 금이 갔다.

사장의 아들은 아직 마흔도 안 된 건강한 성인 남성이었다. 어릴 때도 심하게 다쳐본 적이 없었고 평생 뼈가 부러져본 적은 단 한 번도 없었다.

사장의 아들이 골절된 팔에 철심을 끼우는 수술을 받은 후 오른쪽 다리와 왼쪽 팔에 커다란 깁스를 하고 병원에 누워 있는 동안 회사는 빠른 속도로 무너져갔다. 사장은 국세청의 납세 독촉과 채권자들의 빚 독촉을 피하며 발뺌하는 채무자들을 쫓아다니느라 아들이 입원해 있는 병원에 문병도 한 번 오지 못했다. 사장의 아들은 아내에게 회사 소식을

캐물으며 초조해하다가 이러고 있느니 가서 뭐든 도와야 한
다고 억지로 침대에서 일어섰다. 바닥에 발을 디디는 순간 다
치지 않았던 왼쪽 발목이 부러졌다. 그리고 쓰러지면서 엉치
뼈가 골절되었다.

수술은 아홉 시간이나 걸렸다. 간신히 수술이 끝나고 다시
병실로 실려 와서 사장의 아들은 마취 약에 푹 취한 채로 가
끔 입을 오물거리고 코를 벌름거렸다.

토끼는 열심히 갉았다.

회사가 도산한 날 사장은 오후 늦게 아들의 병실에 처음
찾아왔다. 아들은 거의 온몸이 붕대에 싸인 미라 같은 모습
으로 진정제에 취해 잠들어 있었다.

아들은 언제나 잠들어 있었다. 수술이 끝나고 마취에서 깨
어났을 때 아들은 눈을 뜨자마자 침대에 토끼가 앉아 있다
고 중얼거렸다. 처음에는 아무도 그 말을 진지하게 듣지 않았
다. 사장의 아들은 침대에 토끼가 앉아서 자신의 담요를 씹
어 먹으려 한다고 말했다. 그 말 또한 아무도 진지하게 듣지
않았다. 사장의 아들은 곧이어 토끼가 자신의 발을 갉아 먹
는다고 외치며 침대에서 뛰어 일어나려 했다. 당황한 그의 아
내가 간호사를 불렀고, 달려온 간호사들이 말리려고 붙잡았
다. 사장 아들은 토끼에 대해 알 수 없는 말을 외치며 저항했

다. 그래서 여자 셋이 달려들어 간호사 두 명은 한 쪽씩 팔을 붙잡고 그의 아내는 몸통을 껴안았다. 그것만으로도 사장 아들은 멀쩡했던 오른쪽 팔이 부러지고 갈비뼈에 두 군데 금이 갔다.

이후에도 사장의 아들은 눈뜨면 발광을 하며 토끼에 대해 고함을 질렀고, 진정시키는 과정에서 뼈가 부러졌다. 사람들이 말리기 위해 붙잡아도 뼈가 부러졌고, 혼자서 침대 머리맡에 손을 부딪치거나 깁스를 한 채 몸부림을 치기만 해도 어딘가 부러졌다. 뼈가 붙을 때까지 얌전히 기다리게 하기 위해서는 계속 잠을 재우는 수밖에 없었다.

사장은 둔중하고 무감각한 절망에 잠겨 붕대에 싸여 잠든 아들의 얼굴을 바라보았다. 눈에 넣어도 아프지 않을 손자는 이미 죽었고, 삼대독자이자 회사의 유일한 후계자인 아들은 저 모양이 되었다. 회사는 이미 쓰러졌고, 남은 것은 빚뿐이었다. 밀린 세금과 과태료를 내고 빚을 갚고 아들의 병원비까지 감당할 수 있을지 알 수 없었다. 탈세로 감옥에라도 가게 되면 큰일이었다. 게다가 건드리기만 하면 뼈가 부러지는 아들을 병원에서 퇴원시킬 수도 없었다.

할아버지는 이야기를 멈추고 전등을 들여다보았다. 나무 아래의 토끼는 통통하고 하얀 몸에 귀 끝과 꼬리 끝만 검은

색이었다. 딱딱한 재질이었지만 할아버지 옆에서 불이 환하게 밝혀진 하얀 토끼는 어쩐지 보송보송한 진짜 털에 덮여 귀도 쫑긋거리고 입도 오물거리는 것만 같았다.

"그래서 어떻게 됐어요?"

내가 물었다. 물론 어떻게 됐는지는 이미 수십 번이나 들어서 알고 있었다. 예상했던 지점에서 이야기가 끊어졌을 때 하는 예측 가능한 질문은 질문이라기보다는 할아버지와 내가 암묵적으로 약속한 추임새에 가까웠다.

"다 죽었지."

할아버지가 대답했다.

"사장 아들은 결국 병원에서 죽었고, 사장은 아들 장례를 치르고 다음 날 회사 옥상에서 떨어져 죽었어."

할아버지는 이렇게 말하며 습관처럼 전등 토끼의 귀와 머리를 쓰다듬었다.

토끼가 끝만 까만 귀를 쫑긋쫑긋 움직였다.

개인적인 용도로 저주 용품을 만들어서는 안 된다. 가업으로 만든 물건을 개인적인 저주에 사용해서도 안 된다. 불문율에는 이유가 있다.

'남을 저주하면 무덤이 두 개'라는 일본 속담이 있다고 한다. 타인을 저주하면 결국 자신도 무덤에 들어가게 된다는 뜻이다.

할아버지의 경우에는 '무덤이 세 개'라고 해야 하나. 할아버지가 저주했던 사장, 사장의 아들, 사장의 손자는 모두 죽었다. 할아버지의 무덤이 어디 있는지는 아무도 알지 못한다. 할아버지는 어느 날 그냥 집 밖으로 나가서 그대로 돌아오지 않았다.

아니, 돌아왔다.

달이 어스름하게 구름에 가린 밤, 혹은 비가 추적추적 내려서 길거리의 가로등 불빛도 제대로 보이지 않는 밤, 자연의 빛도 인공의 빛도 모두 힘을 쓰지 못하는 어둡고 적적한 밤이면 할아버지는 창가의 안락의자에 나타나 토끼 전등을 켜고, 이미 몇십 번이나 들려주었던 같은 이야기를 또다시 시작하는 것이다.

그것이 할아버지의 저주일까.

혹은, 축복일까.

"밤이 늦었구나."

할아버지가 말한다.

"내일 학교 가려면 일찍 자야지."

학교에 갈 나이는 이미 지났다. 이 집안에 이제 학교에 다니는 사람은 아무도 없다. 그러나 나는 고분고분 대답한다.

"네, 할아버지. 안녕히 주무세요."

그리고 나는 충동적으로 할아버지의 주름진 볼에 가볍게 입을 맞춘다.

할아버지가 어디서 어떻게 돌아가셨는지, 시신은 어떻게 되었는지, 무덤은 어디에 있는지, 여쭤볼까 고민했던 적도 있었다. 여러 번 있었다. 그러나 그 질문을 입 밖에 내놓고 싶어질 때마다 나는 꾹꾹 눌러 참는다.

할아버지가 기억을 떠올리고 사실을 깨닫게 되면 더 이상 찾아오지 않을 것이다. 더 나쁜 건, 할아버지가 기억을 떠올리지도 못하고 내가 답을 찾지도 못한 채 할아버지가 그냥 내 질문에 놀라서 더 이상 찾아오지 않게 되는 것이다. 그렇게 되는 건 견딜 수 없다.

그래서 나는 아무 말도 하지 않는다. 조용히 돌아서서 내 방으로 들어와 문을 닫는다.

그러나 완전히 닫지는 않는다. 문틈으로 여전히 거실의 토끼 전등 불빛과 그 옆에 앉은 할아버지의 모습이 엿보인다. 그래서 나는 안심한다.

할아버지가 언제까지 이곳에 머무를지는 알 수 없다. 언젠가는 할아버지를 만날 수 없게 될 것이다. 그 정도는 나도 이해하고 있다.

아침에 일어나면 나는 분노와 슬픔과 원한이 넘치는 세상에서 타인에게 고통과 불행과 죽음을 기원하는 사람들의 이야기를 들어야 할 것이다. 돈과 권력이 정의이고 폭력이 합리이자 상식인 사회에서 상처 입고 짓밟힌 사람들이 막다른 골목에 몰렸을 때 찾아오는 마지막 해결책이 나이기 때문이다. 그리고 세상은 그 어느 때보다 끔찍하고 비참한 곳이 되어가고 있으며, 그 덕에 사업은 그 어느 때보다 호황이다.

그러니까 달도 별도 없는 밤에 토끼 전등을 켜놓고 창가에 앉아 옛날이야기를 들려주는 할아버지의 모습은 내게 말할 수 없이 의지가 되는 것이다.

지금과 같은 삶을 계속 산다면 나도 언젠가 할아버지처럼 죽어도 죽지 못한 채 달 없는 밤 어느 거실의 어둠 속에서 나를 이승에 붙들어두는 닻과 같은 물건 옆에 영원히 앉아 있게 될 것이다.

그러나 내가 저 창가의 안락의자에 앉게 될 때쯤, 내 이야기를 들어줄 자식도, 손주도 처음부터 존재하지 않을 것이다.

그렇게 생각하며 나는 방문을 닫고 완전한 어둠 속에 홀로 선다.

이 뒤틀린 세상에서, 그것만이 내게 유일한 위안이다.

머리

어느 날 물을 내리고 화장실을 막 나오려 할 때였다.

"어머니."

그녀는 뒤를 돌아보았다. 변기 속에서 머리가 하나 튀어나와 그녀를 부르고 있었다.

"어머니."

그녀는 '머리'를 한참 동안 가만히 쳐다보았다. 물을 내렸다. 쏴아 하는 소리와 함께 '머리'는 사라졌다.

그녀는 화장실을 나왔다.

며칠 후 화장실에서 그녀는 다시 '머리'를 만났다.

"어머니!"

그녀는 다시 물을 내리려 했다. '머리'는 황급히 소리쳤다.

"안 돼요, 잠시만, 잠시만……."

그녀는 물을 내리려던 손을 멈추고 변기 속의 '머리'를 잠시 들여다보았다.

정확히 말하면 '머리'가 아니라 '머리처럼 보이는 어떤 것'이라고 해야 옳을 것이다. 크기는 보통 사람 머리의 3분의 2 정도로, 아무렇게나 빚은 찰흙 덩어리 같은 누렇고 희끄무레한 머리통을 헝클어지고 물에 젖은 머리카락이 드문드문 덮고 있었다. 귀는 없었다. 머리카락 아래에는 눈썹도 없이 가로쪽 찢어져, 떴는지 감았는지 모를 두 눈이 있었다. 그 아래 있는 뭉그러진 덩어리가 아마 코인 것 같았다. 입 역시 입술도 없이 그냥 가로로 갈라져 있었다. 그런 입이 뻐끔거리며 그녀를 향해 말을 하고 있었다. 새된 목소리에는 물에 빠져 죽어가는 사람 같은 꼴록꼴록 하는 소리가 섞여 있어 알아듣기 힘들었다.

그녀는 물었다.

"너는 무엇이냐?"

'머리'는 대답했다.

"저는 '머리'입니다."

그녀는 다시 물었다.

"그래, 그건 알겠다. 그런데 왜 내 변기 속에 존재하는 거냐? 그리고 왜 나를 '어머니'라고 부르는 거냐?"

'머리'는 입술 없는 입을 서투르게 뻐끔거렸다.

"당신이 변기 속에 버리곤 했던 빠진 머리카락과 당신의 배설물과 뒤를 닦은 휴지 등, 당신이 변기 속에 버린 것들로 인하여 제가 생겨났기에 당신을 어머니라고 부르는 것입니다."

그녀는 화를 냈다.

"나는 너 같은 것에게 내 변기를 차지할 권리를 준 적이 없다. 너는 나를 어머니라고 하지만 나는 너 같은 걸 만든 적이 없으니 널 없애버릴 사람을 부르기 전에 썩 꺼져라."

'머리'는 대답했다.

"대단한 것을 바라는 게 아닙니다. 그저 이제까지처럼 변기 안에 오물을 버려주시면 그것으로 나머지 몸을 이루겠습니다. 그러면 여기서 나가서 멀리 떠나 제힘으로 살아갈 테니 저에게 신경 쓰지 마시고 이제까지처럼 변기를 사용해주십시오."

그녀는 차갑게 말했다.

"이것은 내 변기니까 당연히 이제까지처럼 사용할 것이다. 하지만 너 같은 게 내 변기 안에 숨어 있다는 생각만 해도 기분이 나쁘다. 네가 몸을 이루건 말건 그건 내 알 바가 아니다. 네가 뭘 하건 상관없으니 앞으로는 내 앞에 나타나지 말았으면 좋겠다."

'머리'는 변기 속으로 사라졌다.

그러나 '머리'는 그 후로도 계속 나타났다. 물을 내리고 나면 변기 속에서 살그머니 솟아 나와 손을 씻는 그녀를 멀뚱멀뚱하니 바라보곤 했다. 그녀가 눈치를 채고 뒤돌아보면 잠시 그녀를 마주 쳐다보았다. 뜬 듯 만 듯한 눈과 시선이 마주쳤다. 뭉개진 얼굴에는 무언가 표정을 떠올리려 애쓰는 것 같았지만, 그것이 무슨 표정인지는 해석할 수 없었다. 그녀가 물을 내리려고 다가서면 '머리'는 재빨리 변기 속으로 사라졌다. 그러면 그녀는 변기 뚜껑을 닫고 물을 내리고 변기를 한동안 바라보다가 화장실을 나왔다.

어느 날, 그녀는 평소처럼 화장실을 쓰고 물을 내리고 손을 씻고 있었다. 언제나 그랬듯이 뒤에 '머리'가 나타났다. 그녀는 손을 씻으며 잠시 거울 속으로 '머리'를 바라보았다. '머리'도 그녀를 마주 쳐다보았다. 드문드문 덮인 머리카락 아래 보통 때라면 누렇고 희끄무레한 색이어야 할 뭉개진 얼굴 덩어리가 그날따라 이상하게 불그스름했다.

그녀는 생리 중이었다.

그녀는 '머리'를 향해 물었다.

"네 색깔이 변한 것은 내 몸의 상태와도 관련이 있는 것이냐?"

'머리'는 대답했다.

"어머니의 몸 상태는 모두 제 모습에 직접 반영됩니다. 이것은 저의 전 존재가 어머니께 의존하고 있기 때문입니다."

그녀는 속옷을 벗고 생리대를 떼어냈다. 생리혈이 묻은 부분을 '머리'의 얼굴에 갖다 대고 그녀는 '머리'를 변기 안으로 눌렀다. 물을 내렸다.

'머리'와 생리대는 소용돌이치는 물에 휩쓸려 검은 구멍 안으로 사라졌다. 그녀는 손을 씻었다. 그리고 세면대에 토했다. 오래오래 토하고 나서 그녀는 세면대를 닦아내고 화장실을 나왔다.

변기가 막혔다. 수리공은 생리대를 전리품처럼 꺼내 들고 변기 안에 이물질을 집어넣지 말라고 한참 설교를 한 뒤 돌아갔다.

그녀는 변기 뚜껑을 항상 닫아두게 되었다. 일을 보다가도 수시로 변기 속을 확인하는 것이 습관처럼 되었다. 변비가 생겼다.

어느 날 그녀는 변기 뚜껑을 닫으려는 순간 재빨리 얼굴을 내미는 '머리'의 모습을 보았다. 변기 뚜껑을 집어 던지듯 황급히 닫았다. 몇 번이나 물을 내렸다. 화장실을 나오려다 그녀는 조심스럽게 변기 뚜껑을 열어보았다. '머리'와 눈이 마주쳤다. 물속에서 그녀를 마주 보고 있었다. 주위에는 머리카락이 떠 있었다. 그녀는 다시 변기 뚜껑을 닫았다. 레버를 눌렀지만 물은 더 내려가지 않았다.

그녀는 가족들에게 이야기했다.

"알을 스는 것도 아니고 무는 것도 아니면 그냥 두지 그러니."

가족들은 더 이상 흥미를 갖지 않았다.

그녀는 될 수 있으면 집에서는 화장실에 가지 않으려고 했다.

어느 날 그녀는 직장 화장실에서도 '머리'를 보았다. 물을 내리고 나와 손을 씻고 있는데 거울에 비친 변기 속에서 '머리'가 그 누런 얼굴로 그녀를 바라보고 있었다. 다음 날 그녀는 회사를 그만두었다.

변비는 점점 심해졌다. 방광염도 생겼다. 의사는 제때 화장실을 가야 한다고 했다. 그러나 일을 보는 아래에서 무언가가 자신의 오물을 받아먹기 위해 기다리고 있다고 생각하면 그녀는 어느 화장실에도 마음 놓고 갈 수 없었다.

방광염과 변비는 좀처럼 낫지 않았다.

가족들은 직장을 그만둔 김에 결혼하라고 했다. 어머니의 권유대로 선을 보았다. 제법 알려진 무역 회사에 다닌다는 평범한 회사원이었다. 얌전한 여자와 결혼을 해서 아이를 낳고 행복하게 사는 것이 꿈이라고 했다. 당연히 있어야 할 자리에 있는 사물 외에는 아무것도 상상할 능력이 없어 보이는,

소박하고 건실한 남자였다. 낯선 이성 앞에서 그녀는 내내 화장실이 불안해 어쩔 줄 몰랐다. 남자는 그런 그녀를 보며 말했다. 수줍음 잘 타는 순진하고 얌전한 여성이 제 이상형이었습니다. 요즘 세상에 남자 앞에서 수줍어하는 여자는 찾기 힘들더군요. 남자 쪽에서 강행하다시피 밀어붙여서 석 달 후에 약혼하고 또 석 달이 지나자 결혼을 했다.

결혼은 했지만, 그녀는 신혼여행이 걱정되었다. 여행하는 동안은 다행히도 '머리'와 마주치지 않았다. 신혼집으로 이사하면서 제일 먼저 확인한 것이 화장실과 변기였다. 아무것도 없었다. 새집에서 새 생활을 하게 되면서 방광염과 변비는 많이 나아졌다. 아무 기복 없이 평범한, 좋을 것도 나쁠 것도 없는 생활을 꾸려가면서 그녀는 그런대로 행복하다고 생각했다. 새 생활에 적응하느라 바쁜 와중에 그녀는 '머리'에 대해서는 차츰 생각하지 않게 되었다. 얼마 후 아이가 생겼다. 그녀는 '머리'에 대해서 완전히 잊어버렸다.

'머리'가 다시 나타난 것은 아이가 태어나고 얼마 지난 후였다. 그녀는 아이를 목욕시키고 있었다.

"어머니."

그녀는 아이를 물속에 빠뜨릴 뻔했다.

'머리'는 조금 더 커져서 평균적인 사람 머리만 한 크기로

자라 있었다. 아무렇게나 빚은 찰흙 덩어리처럼 보이는 누르
스름하고 희끄무레한 몰골이나 윤곽이 뭉개진 얼굴은 그대
로였지만 눈은 조금 커져서 깜빡거리는 것이 보였고 입술 비
슷한 것도 불거져 있었다. 얼굴 옆에는 아무렇게나 붙여놓은
덩어리 같은 귀가 생겨 있었고 윤곽이 불분명한 턱 아래에
목이 되려는 듯한 짧은 덩어리가 새로 자라나 있었다.

"어머니, 그 아이는 어머니의 아이인가요?"

그녀는 놀라 물었다.

"어떻게 또다시 내 앞에 나타나게 된 것이냐? 여기로 누가
안내해주었지?"

'머리'는 대답했다.

"어머니의 배설물은 또한 저의 일부이기도 하므로 어머니
께서 어디에 계시든 저는 알 수 있는 것입니다."

'머리'의 말은 그녀의 귀에 매우 거슬렸다. 그녀는 쏘아붙였다.

"다시는 나타나지 말라고 했는데 왜 또 나타나서 나를 어
머니라고 부르는 것이냐? 이 아이가 누구의 아이이건 그게
너와 무슨 상관이냐? 그래, 내 아이다. 나를 어머니라고 부를
수 있는 건 세상에서 이 아이뿐이란 말이다. 꺼져라. 사라지
란 말이다."

아이가 울기 시작했다.

'머리'는 말했다.

"그 아이와 태어난 경로는 다르지만, 저 역시 어머니의 피조물입니다."

"난 너 같은 걸 만든 적이 없다고 하지 않았느냐? 없어지라고 했다. 안 그러면 무슨 수를 써서라도 내가 널 찾아내서 없애버리고 말겠다!"

그녀는 변기 뚜껑을 닫고 물을 내렸다. 그리고 우는 아이를 달래며 남은 비누 거품을 닦아주었다.

'머리'는 한번 나타나자 끈질기게 다시 출몰하기 시작했다. 물을 내리고 손을 씻고 있으면 뒤에서 쳐다보는 눈길을 느낄 수 있었다. 곁눈질로 볼 때는 누렇고 희끄무레한 것이 보이다가 뒤를 돌아보면 재빨리 사라졌다. 그럴 때면 변기 안에는 정체 모를 머리카락이 몇 가닥 떠 있었다.

변비와 방광염이 재발했다. 그녀는 무엇보다도 아이가 걱정되었다. '머리'가 아이를 질투하는 것이 아닐까, 아이에게 해코지하려는 것이 아닐까, 아니, 아이가 '머리'를 보게 될 수도 있다고 생각하는 것만으로도 참을 수가 없었다. 아이가 화장실에 가고 싶어 할 때마다 불안해졌다.

'머리'를 없애버려야 한다. 그녀는 결심했다.

그녀는 화장실에 갔다. 일을 보고 물을 내렸다. 손을 씻으면서 '머리'가 나타나기를 기다렸다. 변기 속에서 누렇고 희끄무레한 것이 떠올랐을 때 그녀는 조용히 말했다.

"할 말이 있다."

손을 다 씻고 나서 그녀는 변기 앞에 '머리'와 얼굴을 마주하고 쪼그리고 앉았다.

"너는……."

그녀는 잠시 머뭇거렸다. '머리'는 기다렸다.

그녀는 갑자기 손을 뻗어 '머리'를 움켜쥐었다. 간단히 변기 안에서 뽑아내어 비닐에 쌌다. 쓰레기통에 버렸다. 그러고는 마음 가볍게 일상의 생활로 돌아갔다.

평화는 오래 지속되지 않았다. 그녀는 아이와 함께 화장실에 있었다. 아이는 제법 자라 이제 대소변 가리기를 배울 나이가 되어 있었다. 옷을 내리고, 변기에 앉아 일을 보고, 뒤를 닦고, 옷을 다시 입고, 물을 내리고 손을 씻는 과정을 하나하나 일러주면, 아이는 특별히 도와주지 않아도 혼자서 곧잘 해냈다. 하지만 키가 닿지 않아서 세면대에 안아 올려 손을 씻겨주어야 했다. 그때 변기 안에서 누렇고 희끄무레한, 낯익은 물체가 나타났다.

"어머니."

그녀는 고개를 돌렸다. '머리'를 가만히 쳐다보았다. 그리고 아이의 손에서 비누 거품을 마저 씻어주고 수건으로 손을 닦은 다음 화장실 밖으로 내보냈다.

"어머니."

"어떻게 된 거냐? 여긴 어떻게 돌아왔지?"

'머리'는 입꼬리를 기묘하게 말아 올렸다.

"환경미화원에게 부탁해서 변기 속에 버려달라고 했습니다."

그녀는 더 이상 아무 말도 하지 않고 물을 내렸다. 쏴 하는 소리와 함께 '머리'는 소용돌이에 휩쓸려 검은 구멍 속으로 사라졌다.

화장실 밖에서 엄마를 기다리고 있던 아이가 궁금해했다.

"그건 '머리'란다. 또 보거든 물을 내리면 돼."

그녀는 일러주었다.

'머리'는 아이가 있는 앞에 나타나 뻔뻔스럽게 자신을 '어머니'라고 불렀다. 그녀는 이번에야말로 '머리'를 완전히 없애버려야겠다고 생각했다.

'머리'를 변기에서 뽑아내는 것은 쉬운 일이었다. 그러나 비닐봉지에 넣은 '머리'를 쓰레기통에 버리려다 그녀는 망설였다. '머리'는 말을 할 수가 있었다. 그냥 버리면 누군가에게 부탁해서 지난번처럼 돌아올지도 몰랐다. 말을 못 하게 만들어서 버려야 했다.

그녀는 '머리'를 작은 통에 담아 베란다의 햇볕 잘 드는 곳에 내놓았다. 수분과 오물을 받지 못하면 그곳에서 말라 죽을 것으로 생각했다. 다른 방법은 알 수도 없었거니와 알고 싶지도, 시도해보고 싶지도 않았다.

그녀는 남편이나 아이가 '머리' 통을 건드리지 못하게 하려고 조심했다. 남편은 베란다에 나오는 일이 거의 없었다. 그러나 아이는 '머리'에 지대한 관심을 보였다. 들여다보고 만져보고 말을 시켜보지 못해 안달이었다. 그녀는 아이를 심하게 야단치고 '머리' 통을 숨겼다.

남편이 휴가를 받았다. 며칠 여행을 다녀오고 나서 집에 돌아와 그녀는 화장실에 갔다. 손을 씻고 있는데 뒤에서 무언가가 나타났다. 그녀는 뒤돌아보았다. 그리고 변기 뚜껑을 내리치듯 닫고 물을 내렸다.

그녀는 아이를 닦달했다.

"네가 그랬지? 엄마가 만지지 말라고 했잖아!"

아이는 울었다. 남편이 중재하러 왔다.

"아, 그 통에 들어 있던 거? 변기에 넣어달라고 해서 내가 넣었는데. 왜, 그러면 안 되는 거였어?"

그녀는 자초지종을 하소연했다.

"뭐, 별거 아니네. 그냥 내버려둬요. 기어 나와서 집 안을 돌아다니는 것도 아니고 알을 까는 것도 아니잖아?"

남편은 태평했다.

그녀는 꿈을 꾸었다. 타일을 바른 커다란 흰 방이었다. 갑자기 뒤에서 '머리'가 솟아 나왔다. 놀라서 뒤를 돌아보았다. 다시 다른 쪽에서 솟아 나왔다. 사방에서 '머리'가 튀어나왔다. 아이는 손가락으로 가리키며 즐거워했다.

"머리! 머리!"

그녀는 옆에서 신문을 읽고 있는 남편에게 도움을 청했다. 남편은 심드렁하게 말했다.

"뭐, 그냥 내버려둬요. 별것도 아니잖아?"

그 말은 합창이 되어 벽을 울렸다. 내버려둬요. 별거 아니잖아. 내버려둬요. 별거 아니잖아.

물 내리는 손잡이는 천장 가까이 있었다. 그녀는 힘겹게 기어 올라가서 레버를 눌렀다. 물이 내려가면서 남편과 아이와 '머리'와 함께 소용돌이에 휩쓸렸다. 여전히 즐거워하는 아이와 심드렁하게 신문을 읽고 있는 남편과 함께 그녀는 검은 구멍 속으로 빨려들어 갔다. 그녀는 아이를 꼭 껴안고 소용돌이에서 빠져나오려고 몸부림쳤다. 그때 귀에 익은 목소리가 그녀를 불렀다.

"어머니."

그녀는 아이를 쳐다보았다. 아이의 작은 몸뚱어리, 가냘픈 목 위에 거대한 '머리'가 올라앉아 있었다.

그녀는 놀라 잠에서 깨어났다. 그리고 비틀비틀 화장실로 갔다. 변기 앞에 주저앉아 그 티 하나 없는 순백의 물체와 그

안에 고인 맑은 물, 그리고 그것들에 가려진 검은 구멍을 하염없이 들여다보았다. 그 안에 있을 존재와 그 구멍이 이어지는 곳을 상상하면서.

　그러나 한번 말려 죽이려 한 뒤로 '머리'는 더 이상 나타나지 않았다. 시간이 지나면서 그녀는 '머리'가 등장하는 악몽을 꾸지도 않게 되었다. 그녀는 조용히 남편과 아이를 위해 밥을 짓고 설거지를 하고 빨래를 하고 청소를 하고 쇼핑을 하며 아무 특징도 없는 평화로운 날들에 파묻혔다. 남편은 남들보다 빠르지도 느리지도 않게 조직의 사다리를 타고 올라갔다. 특별히 자상하거나 가정적인 남편은 아니었지만, 아이나 그녀의 생일이면 케이크를 사 들고 와서 촛불을 붙여주기도 하는 남자였다. 아이도 남들처럼 초등학교에 들어가고 중학교를 나와서 고등학생이 되었다. 공부를 잘하지도 못하지도 않았다. 예쁘장했지만 특별히 눈에 띄는 미인은 아니었다. 아침에 일어나기 힘들어하고 연예인을 좋아하고 얼굴에 난 여드름 때문에 고민하는 고만고만한 고등학생이었다.
　"아침 먹어, 늦겠다."
　"엄마, 내 교복 넥타이 못 봤어요?"
　"네 방 문고리에 걸어놨어. 천천히 먹어, 체하겠다."
　"응. 근데 엄마, 나 어제 변기 속에서 사람 머리 봤다."

"그래? 어떻게 했는데?"

"물 내리니까 없어지던데?"

"잘했어. 국 더 줄까?"

"아뇨. 엄마, 근데 나 그 머리 전에도 많이 봤다. 그거 없애버
릴 수 없을까? 나 너무 싫은데."

"신경 쓰지 마, 물 내리면 되잖아. 다 먹었어?"

"응. 다녀올게요."

"도시락 가져가지?"

"응. 엄마 안녕."

"그래, 잘 다녀와."

문이 닫혔다.

신경 쓰지 마.

별거 아니잖아.

그녀는 그릇을 치우기 시작했다.

아이는 고등학생에서 대학생이 되었다. 그녀는 자신의 얼
굴에서 눈치채지 못했던 주름살과 늘어지고 거칠어진 피부
를 발견했다. 그녀가 준 립스틱이 썩 잘 어울리는 아이의 얼
굴은 이제 아이가 아닌 여자의 얼굴이었다. 그 익숙한 낯선
얼굴에서 그녀는 젊은 시절 자신의 윤곽을 그대로 발견하고
놀라움과 대견함과 사랑과 질투를 동시에 느꼈다. 아이가 긴

머리에 스트레이트 파마를 하고 보라색 물을 들인 날 그녀는 혼자 거울 앞에 서서 꼬불꼬불하게 누른 '아줌마 파마'를 하고 검은색으로 물을 들인 자신의 머리를 몰래 만져보았다.

집에 혼자 있는 시간이 많아졌다. 남편은 중견 간부로 올라가 일에 치여 살았고 아이는 아이대로 바빠서 해 지기 전에 식구가 다 모이는 날은 거의 없었다. 때때로 남편이 일찍 들어와 둘만 호젓하게 있는 날도 있었으나 따로 불같은 연애를 한 것도 아니니 오순도순 나눌 추억도 별로 없고, 그렇다고 데면데면하게 평생 살다가 다 늦어서 애틋한 감정을 불러일으키기는 아무래도 무리였다. 말없이 함께 저녁을 먹고 말없이 함께 텔레비전을 보다가 남편은 먼저 잠자리에 들곤 했다.

그러면 그녀는 혼자서 텔레비전을 보았다. 아이가 집에 늦게 들어오는 날도, 남편이 집에 늦게 들어오는 날도, 가족들이 모두 잠든 후에도 그녀는 혼자 자정이 넘을 때까지 텔레비전을 보았다. 달리 할 일이 없기 때문이기도 했지만, 그보다도 움직이는 화면에 집중하면서 마음 한구석에 언제나 자리 잡은 공간을 조금이나마 줄여보기 위해서였다. 텅 빈 듯하기도 하고 꽉 찬 듯하기도 하고 쓰린 듯 저린 듯하기도 한 그 야릇한 공간은 잠시라도 잊어버리고 있으면 이내 더럭 커져서 그녀를 점령하곤 했다. 그래서 그녀는 텔레비전을 보았다. 의미 없이 움직이는 화면을 보면서 마음을 비우고 머릿속을 비웠다. 그러나 생각의 샘은 하염없어서 퍼내고 또 퍼내도 다시 흘러나오곤 했다…….

그러던 어느 날 밤 그녀는 화장실에 갔다.

언제나처럼 그녀는 텔레비전을 보고 있었고 언제나처럼 집에 혼자 있었기 때문이었다. 볼일을 본 그녀는 습관대로 변기 뚜껑을 닫고 물을 내렸다. 손을 씻다가 그녀는 거울에 비친 자신의 얼굴을 보았다. 늘어진 눈꺼풀과 주름살과 거칠어진 피부를 보았다. 조금씩 다시 자라기 시작하는 흰머리를 보았다. 조만간 새로 염색을 해야겠다고 생각하면서 손으로 머리카락을 쓸어 올리다가 그녀는 거울 속에서 변기 뚜껑이 움직이는 것을 보았다.

달각.

물에 젖은 손이 안쪽으로부터 변기 뚜껑을 밀어 올렸다. 뚜껑이 열렸다. 물에 젖은 손이 또 하나 나왔다. 두 개의 손이 변기 가장자리를 잡았다.

이어 그녀는 거울 안의 변기 속에서 사람의 머리, 물에 젖은 숱 많고 검은 머리카락에 덮인 뒤통수가 미끄러지듯이 솟아 나오는 것을 보았다.

정교한 손은 가늘고 긴 손가락을 펼쳐 변기 가장자리를 꽉 붙잡고 힘차게 몸을 밀어냈다. 골격이 섬세한 좁은 어깨와 그 어깨로부터 우아한 곡선으로 이어지는 길고 가느다란 팔이 나왔다. 그와 함께 탐스러운 머리카락이 길게 늘어진 매끄러운 등과 매혹적인 곡선을 그리며 잘록 들어간 가느다란 허리, 그 아래 볼록하게 솟은 희고 풍만한 엉덩이, 그리고 건강한 근육이 부드러운 곡선을 흘리며 무릎으로 이어지는 단단한 허벅다리가 나타났다. 한쪽 허벅다리가 솟아오르더니 변기 가장자리에 발을 걸쳤다. 다리는 희고 길고 날씬하고 매끄러웠다. 적당히 살이 오른 장딴지는 힘주어 발을 걸치느라 근육이 불룩 솟아 있었고 발목은 가늘고 날씬했다. 나머지 한쪽 다리가 나오더니 아담하고 발가락이 긴 발이 화장실 바닥에 가뿐하게 내려섰다. 벗은 몸은 온통 물에 젖어 화장실 백열등의 노랗고 뿌연 불빛을 육감적으로 반사하고 있었다.

그녀는 거울 속을 계속 바라보았다. 변기에서 나온 사람은 거울 속에서 천천히 그녀를 향해 돌아섰다. 그녀는 거울에 비친 자신의 늙은 얼굴 옆에 선 자신의 젊은 얼굴을 보았다. 젊은 그녀는 늙은 그녀를 향해 미소 짓고 있었다. 그녀도 천천히 젊은 자신을 향해 돌아섰다.

이제는 '머리'가 아니게 된 '머리'는 그녀의 등 뒤에 그대로 서 있었다. 젊은 날의 그녀와 똑같은 얼굴이 정말로 그녀를 향해 웃음을 흘리고 있었다.

"어머니."

조금 톤이 높은 가성이기는 했지만 꼴록꼴록 하는 소리, 물에 빠져 죽어가는 사람이 내는 듯한 귀에 거슬리는 소리는 사라지고 없었다.

"제가 누군지 모르시겠어요, 어머니?"

"어……"

그녀의 입에서는 녹슬어 삐걱거리는 소리만 조금 새어 나왔다.

"그동안 잘 지내셨어요?"

"……"

"저는 드디어 완전한 몸을 이루었습니다. 이제 처음에 어머니께 약속드렸던 대로 혼자 힘으로 살아갈 생각입니다. 그래서 인사를 드리고, 마지막으로 부탁드릴 것도 있어서 이렇게 찾아왔습니다."

한 단어가 그녀의 귀에 남았다.

"부탁이라니?"

"걱정하지 마세요."

'머리'는 안심시키려는 듯 다시 한번 미소 지었다.

"세상에 나가려면 지금의 저처럼 알몸으로 뛰어나갈 수는 없지 않겠습니까? 어머니께서 주시는 것만으로는 육신을 이루기에도 빠듯하여 몸을 덮을 도구까지 만들 수 없었습니다.

이제 처음이자 마지막으로 부탁을 드리오니 옷 한 벌만 주신다면 부끄러운 데를 가리고 얼른 사라지겠습니다."

그녀는 안방의 옷장을 생각하고 화장실에서 나가려 했다. 그러자 '머리'가 그녀를 말렸다.

"굳이 어머니께 수고를 끼치고 좋은 옷을 받아 갈 생각은 없습니다. 지금 어머니께서 입고 있는 것을 그대로 벗어 주신다면 그것으로 충분합니다."

그녀는 대답했다.

"그것이 무슨 말이냐? 나더러 널 위해 입고 있던 옷을 벗으란 말이냐? 그것도 냉기가 도는 쌀쌀한 화장실 바닥에서 옷을 벗으라고? 주면 주는 대로 입고 떠날 것이지 끝까지 무어 그리 바라는 게 많으냐?"

"진정하세요, 어머니."

'머리'는 젊은 그녀의 얼굴에 간절한 표정을 담아 그녀를 바라보았다.

"지금까지는 어머니께서 버리신 것 외에는 받아본 적이 없습니다. 저의 처음이자 마지막 부탁입니다. 입고 있던 옷을 벗어 주신다면 어머니의 체취와 체온을 간직하고 죽는 날까지 감사하게 생각하겠습니다."

그녀는 젊은 자신의 얼굴을 바라보았다. 젊은 자신의 몸을 바라보았다. 자궁과 탯줄이 아닌 대장과 배설물로 자신에게서 비롯되어 어엿한 성체를 이룬 존재를 바라보았다. 순백의 도기 속에 가려진 그 검은 구멍에 숨어 그렇게도 오랫동안 그렇게도 지겹게 자신을 괴롭혔지만 이제 떠나겠다는 그 존재를 바라보았다. 작별하는 마당이라면, 정말 떠나 다시는 돌아오지 않는다면, 옷 한 벌쯤 주어도 무방할 터였다.

젊은 그녀가 수건으로 몸을 닦는 동안 늙은 그녀는 옷을 벗었다. 별로 화사한 입성은 아니었다. 카디건 하나와 원피스, 브래지어와 팬티, 양말, 그것으로 전부였다. 그녀는 알몸이 되어 젊은 그녀가 늙은 그녀의 옷을 하나하나 천천히 주워 입는 것을 바라보았다. 팬티. 브래지어. 원피스. 카디건. 젊은 그녀는 공들여 하나하나 음미하듯이 옷을 입었다. 그리고 마지막으로 양말을 신고 카디건의 앞섶을 여몄다. 늙은 그녀는 벗은 몸에 문득 으스스 한기를 느꼈다.

"자, 이제 옷을 다 입었으면 떠나라. 난 춥다. 빨리 옷을 입어야겠다."

그녀는 옷을 입기 위해 화장실을 나가려 했다.

젊은 그녀가 막아섰다. 그리고 변기를 가리키며 말했다.

"어디로 가겠다는 것이냐? 너의 갈 곳은 그곳이 아니다. 저기가 네가 갈 곳이다."

늙은 그녀는 항의했다.

"무슨 소리를 하는 것이냐? 옷을 달라고 하여 주지 않았

느냐? 달라는 대로 다 주었으면 감지덕지하고 얼른 나갈 일
이지 나더러 변기 속으로 가라니 무슨 미친 소리냐? 썩 꺼
져라."

젊은 그녀는 비웃음으로 얼굴을 일그러뜨렸다.

"오냐, 달라는 대로 다 주었으니 네게 지금 남은 것은 늙은
몸뚱어리뿐이다. 그동안 나는 저 안에서 참을 만큼 참았고
너는 이 밖에서 누릴 만큼 누렸다. 이제 네가 이 변기 안으로
들어갈 차례. 나는 너의 자리를 차지하고 네가 누리던 것
을 이어받아 누릴 것이다."

늙은 그녀는 반박했다.

"무슨 배은망덕한 소리냐? 내가 무얼 그렇게 많이 누렸다
는 것이냐? 남들 사는 만큼 산 것인데 그나마 네가 쫓아다
니며 그 작은 행복까지 망쳐놓지 않았더냐? 그래도 네가 나
에게서 비롯됐다 하니 역겨움과 혐오감을 참으며 이제까지
키워주었다. 따라다니며 괴롭힌 잘못과 키워준 은혜를 네가
안다면 이제 몸을 이루었으니 조용히 사라지는 것이 도리가
아니겠느냐? 내 눈앞에서 썩 꺼져 다시는 나타나지 말란 말
이다!"

젊은 그녀의 얼굴에서 웃음이 사라졌다. 젊은 그녀는 눈을
번뜩이고 이를 갈며 차분하지만 억눌린 목소리로 또박또박
한 마디씩 씹어뱉듯이 말했다.

"은혜라니, 무슨 은혜란 말이냐? 내가 언제 태어나고 싶어 네게 부탁한 적이라도 있더란 말이냐? 네게서 비롯된 피조물이라 하여 네가 한 번이라도 따뜻이 돌보아준 적이라도 있었더냐? 너는 내가 원하지도 않았는데 나를 태어나게 했고 이후에도 나를 혐오하고 역겨워하여 줄곧 없애고자 하지 않았느냐? 내게 베풀어준 것이라고는 있어봤자 네게는 백해무익할 따름인 배설물과 오물뿐이 아니었느냐? 그나마 받아먹으며 사람다운 외양을 이루기 위해 나는 네게서 갖은 수모와 박해를 받아야 했단 말이다. 하지만 드디어 나는 몸을 이루었다. 어두운 구멍 속에서 이날만을 기다려왔다. 이제 나는 네가 되었으니 너의 자리를 차지하여 살아가리라."

말을 마치고 젊은 그녀는 늙은 그녀에게 다가섰다. 젊고 억센 손이 늙은 어깨와 목을 붙잡았다. 젊은 그녀는 늙은 머리를 변기 속으로 쑤셔 넣었다. 그리고 재빨리 늙은 발목을 잡아 들어 올렸다. 늙은 몸을 가볍게 변기 속에 거꾸로 처넣고 나서 젊은 그녀는 변기의 뚜껑을 닫고 물을 내렸다.

차가운 손가락

그녀는 눈을 떴다.

어둡다. 깜깜하다. 검은 천으로 눈앞을 가려놓은 것 같다. 작은 불빛 하나 보이지 않는다.

눈이 먼 것일까?

한 손을 눈앞에서 움직여본다. 뭔가 희끗희끗한 물체가 보이는 것도 같다. 그러나 확실한 형체는 분간할 수 없다.

몇 번 그렇게 손을 움직여보다가 그녀는 포기했다. 어둠이 너무 짙다.

지금 몇 시인데 이렇게 어두울까. 여기는 어디인데, 이렇게까지 어두운 걸까.

그녀는 손을 뻗어 앞을 더듬었다. 둥글다. 딱딱하다.

운전대.

오른손이 운전대 오른쪽 뒤로 돌아간다. 점화전. 열쇠는 그대로 꽂혀 있다. 열쇠를 돌려본다. 반응이 없다. 시동은 걸리지 않는다.

왼손이 운전대 왼쪽을 더듬는다. 딱딱한 막대기 같은 것이 왼손에 걸린다. 밀어 내린다. 왼쪽 방향지시등이 켜졌어야 한다. 그러나 불빛은 보이지 않는다. 밀어 올린다. 여전히 불빛은 없다. 레버를 더듬어 끝에 붙은 전조등 스위치를 돌려본다. 역시 불은 켜지지 않는다.

어쩌다가 이렇게 된 거지.

기억을 되짚어본다. 그러나 머릿속은 눈앞처럼 깜깜하기만 하다.

"……생님."

어디선가 가느다란 여자 목소리가 들린다. 그녀는 고개를 든다.

"……선생님."

목소리가 다시 부른다. 그녀는 소리가 나는 쪽으로 고개를 돌리려 한다. 그러나 목소리는 너무 가늘어서 어디서 들리는지 분명하지 않다.

"이 선생님."

"예?"

그녀는 대답한다. 목소리가 어디서 들려오는지, 누가 말하는지, 아니, 그 전에 그게 정말 자신을 부르는 소리인지조차 알 수 없다. 그러나 일단 사람의 목소리가 들리는 것이 너무나 반가워서 그녀는 무조건 대답한다.

"거기 계세요? 누구세요? 전 여기 있어요!"

"이 선생님, 괜찮으세요?"

목소리가 바로 왼쪽에서 들려온다.

"이 선생님, 다치셨어요?"

"……아뇨."

그녀는 팔다리를 움직여본다. 딱히 아픈 곳은 없다.

가느다란 목소리가 여전히 왼쪽에서 말한다.

"그럼 빨리 차에서 나오세요."

"왜요? 저, 어떻게 된 거예요? 여긴 어디예요?"

가느다란 목소리가 차분하게 말한다.

"습지라서, 차가 조금씩 가라앉고 있어요. 빨리 나오시는 게 좋아요."

그녀는 몸을 일으키려 한다. 안전벨트가 상체를 짓누른다. 그녀는 가슴을 가로지른 안전벨트를 따라 허리께까지 내려간다. 잠금장치를 눌러 안전벨트를 푼다. 왼쪽으로 몸을 돌려 문손잡이를 찾기 시작한다. 창문이 만져진다. 더듬어 내려간다.

"이 선생님, 서두르세요."

가느다란 목소리가 재촉한다.

문손잡이가 왼손에 만져진다. 당겨본다. 문은 움직이지 않는다. 밀어본다.

"이 선생님, 빨리요!"

"문이 안 열려요."

그녀는 당황한다. 가느다란 목소리가 지시한다.

"안에서 잠겼어요. 잠금장치 푸세요."

그녀는 다시 손잡이 주위를 더듬는다. 단추가 여러 개 만져진다. 하나씩 눌러본다. 세 번째 단추를 누르자, 철컥, 소리가 들린다. 문에 느껴지는 순간적인 진동이 구세주처럼 반갑다.

그녀는 다시 문손잡이를 당긴다. 문이 조금 열리는 것이 느껴진다. 그러나 뭔가에 가로막혔다.

"문이 안 열려요."

그녀는 어깨로 문을 밀면서 말한다.

"진흙에 박혀서 그래요. 제가 도와드릴게요."

가느다란 목소리가 바로 옆에서 말한다. 문을 미는 그녀의 손에 누군가의 손가락이 닿는다. 문이 조금 더 열린다.

"빨리요. 나오세요."

가느다란 목소리가 말한다.

목소리가 시키는 대로 왼쪽 다리부터 차 밖으로 내밀었다가 그녀는 문득 생각난다.

"아…… 잠깐만요."

그녀는 몸을 숙인다. 운전대 아래를 더듬기 시작한다. 딱딱하고 편편한 물체 두 개. 오른쪽의 길쭉한 것은 액셀러레이터, 왼쪽의 넓적한 것은 브레이크 페달이다. 그녀는 페달 아래로 오른손을 뻗는다. 차 바닥의 깔개와 거기 묻은 흙이 만져진다. 찾는 것은 손에 닿지 않는다.

"뭐 하세요? 빨리 나오시라니까요!"

가느다란 목소리가 다급하게 말한다.

"잠깐만요……."

그녀는 운전석 아래로 한껏 손을 뻗는다. 길고 가느다란 쇠막대기. 아마 운전석을 앞뒤로 조절하는 레버일 것이다. 그 아래를 만져본다. 역시 깔개와 흙, 먼지뿐이다.

차 밖으로 내민 왼쪽 다리가 아주 조금씩 올라가는 것이 느껴진다. 그와 함께 차 문이 조금씩 닫히면서 반쯤 내민 왼쪽 다리를 압박한다. 목소리가 소리친다.

"이 선생님, 서두르세요! 뭔지 몰라도 그냥 버리고 나오세요!"

"아…… 하지만……."

그녀는 망설인다.

"뭔데 그러세요?"

가느다란 목소리가 묻는다. 그녀는 불분명하게 대답한다.

"아주 중요한 거예요……."

그녀는 오른손으로 왼손을 만져본다. 넷째 손가락에는 아무것도 끼워져 있지 않다. 그녀는 자신이 앉은 운전석 주변을 더듬어보고 조수석 쪽으로 손을 뻗는다.

"중요한 거, 뭔데요?"

가느다란 목소리가 다시 묻는다.

그녀는 왼손을 밖으로 내밀어 차체를 잡고 몸을 지탱하면서 오른팔을 조수석 아래로 한껏 뻗는다.

"반지요……."

조수석 대신 기어와 핸드브레이크가 만져진다. 팔을 좀 더 뻗는다. 조수석에는 아무것도 없다. 자세가 이상해서인지 조수석 아래까지는 팔이 닿지 않는다.

아까의 손가락이 다시 왼손을 건드린다.

"이거, 말씀하시는 거예요?"

둥글고 딱딱하고 조그만 물체가 왼손에 닿는다. 누군가의 손가락이 그녀의 왼손 넷째 손가락에 그 물체를 밀어 넣는다.

그녀는 자세를 바로잡고 오른손으로 왼손을 만져본다. 눈으로 확인할 수는 없지만, 매끄러운 감촉과, 손가락 사이를 누르는 조금 불편한 두께가 익숙하게 느껴진다.

"그거 맞아요?"

가느다란 목소리가 묻는다.

"예…… 이걸 어떻게……."

가느다란 목소리가 재촉한다.

"찾으셨으니까 됐죠? 빨리 나오세요, 위험해요."

그녀는 오른손으로 닫히려는 차 문을 민다. 왼쪽 반신이 차 밖으로 나간다.

"조심하세요, 여긴 땅이 물렁물렁해요."

가느다란 목소리가 경고한다. 과연 왼발이 땅에 푹, 박히는 것이 느껴진다. 그녀는 왼손으로 차 문을, 오른손으로 차체를 잡고 지탱하면서 조심스럽게 차에서 나온다.

한 걸음 뗄 때마다 진 땅에 발이 푹푹 박힌다. 중심을 잡기 힘들다. 휘청거리는 찰나, 손가락이 그녀의 왼손을 잡아준다.

"조심하세요. 한 걸음씩, 천천히."

목소리가 시키는 대로 그녀는 한 걸음씩 천천히 조심스럽게 차에서 멀어진다.

문득 그녀는 멈춰 선다.

"왜 그러세요?"

목소리가 묻는다.

"방금…… 못 들으셨어요?"

"뭘요?"

목소리가 되묻는다.

그녀는 귀를 기울인다.

"누구…… 사람이 있는 것 같았는데……."

가느다란 목소리가 잠시 귀를 기울인다. 그리고 말한다.

"잘못 들으셨을 거예요. 여긴 우리 둘뿐이에요."

그녀는 다시 귀를 기울인다.

소리는 불분명하다. 아스라하니 먼 것도 같고, 바로 앞에서 들리는 것도 같다. 사람의 목소리인 것도 같고, 바람 소리인 것도 같다…….

그리고 소리는 사그라들어 끊어진다.

"분명히 누가 있는 것 같았는데……."

"여긴 우리 말고 아무도 없어요."

가느다란 목소리가 단호하게 말한다.

"무슨 소리를 들으셨다면, 짐승일 수도 있어요."

그녀의 왼손을 쥔 손가락이 단단히 힘을 준다.

"빨리…… 여기서 도망치는 게 좋겠어요."

가느다란 목소리가 겁먹은 듯 말한다.

손가락이 움켜쥔 왼손을 타고 올라온 공포감이 심장으로 스며든다.

그녀는 말없이 걷기 시작한다.

때때로 무른 땅에 발이 빠져 그녀는 휘청거린다. 왼손을 아프도록 꼭 움켜쥔 손가락이 그럴 때마다 그녀를 지탱하고 중심을 잡아준다.

어디로 가는지는 알 수 없다. 이곳이 어디인지도 여전히 알 수 없다. 그러나 가느다란 목소리에는 자신과 똑같은 불안감이 스며 있고, 그녀의 왼손을 단단히 움켜쥔 손가락은 의지가 된다. 그래서 그녀는 목소리와 손가락을 믿고 칠흑 같은 어둠 속에서 푹푹 꺼지는 땅을 한 걸음씩 밟으며 알 수 없는 곳으로 나아갔다.

"아, 됐어요."

목소리가 조금 안도하며 말한다.

"여기서부터는 땅이 단단하네요."

그 순간 왼발이 단단한 마른 땅을 딛는다. 이어 오른발.

"걷기가 훨씬 쉬워요."

목소리가 기뻐한다.

"잠깐만 쉴까요?"

그녀가 제안한다. 앞이 보이지 않는 어둠 속에서 푹푹 빠지는 진흙탕을 얼마인지도 모를 시간 동안 하염없이 걷는 것은 몸도 마음도 지치는 일이다.

그녀는 길에 무작정 앉는다. 가느다란 목소리의 주인공도 옆에 앉는다. 보이지는 않지만, 앉는 기척이 느껴진다.

"그 반지, 굉장히 중요한 건가 봐요?"

가느다란 목소리가 조심스럽게 묻는다.

그녀는 왼손 넷째 손가락에 끼워진 둥글고 단단하고 매끄러운 물체를 만져본다.

"아……, 예."

가느다란 목소리가 여전히 조심스럽게 다시 묻는다.

"그렇게 소중한…… 건가요?"

"예……, 그게…….''

그녀는 계속 왼손 넷째 손가락을 만진다.

크고 따뜻한 손, 그 손이 자신의 손을 감쌌던 기억, 친숙하고 반가운 얼굴, 즐겁고, 행복했던…… 것 같다. 중요하고, 소중한, 것, 같았다…….

그러나 기억은 떠올리려고 노력하면 할수록 희미해져서, 마치 석양 무렵의 햇살처럼, 그렇게 약간의 온기만을 남기고 사라져버렸다. 머릿속에 남은 것은 눈뜬 순간부터 그녀를 지배한, 주위를 둘러싼 것과 똑같은 어둠뿐이었다.

그녀가 침묵을 지키자 가느다란 목소리가 사과했다.

"죄송해요, 캐물으려던 건 아니었는데…….''

"아, 아니에요…….''

그녀는 당황했다.

"그게, 생각이 잘 안 나서요……. 머릿속이 깜깜한 게…….''

"저런, 다치셨나 봐요?"

가느다란 목소리가 걱정했다.

"하지만…… 아픈 데도 없는데…….''

"좀 볼게요.''

손가락이 이마와 머리를 더듬는 것이 느껴졌다. 가느다란 목소리가 물었다.

"아파요?"

"아뇨."

손가락이 관자놀이를 더듬었다.

"여기는요?"

"괜찮은데요……."

"어쩌나……."

목소리가 가볍게 한숨을 쉬었다.

"빨리 여기를 나가서, 어떻게든 병원에 가는 게 좋겠어요."

그녀도 자기 손으로 머리와 얼굴을 만져보았다. 상처 난 곳도 없는 것 같고, 피도 만져지지 않는다. 단지 머릿속을 가득 채운 어둠이 있을 뿐이다.

"……저기요."

그녀는 한동안 머리와 얼굴을 만져보다 마침내 물었다.

"여기, 어디예요? 우리…… 어쩌다가 이렇게 된 거예요?"

"어머, 기억 안 나세요?"

목소리가 놀랐다. 그녀가 기운 없이 대답했다.

"예, 전혀……."

"최 선생님 신혼집에 집들이 갔다가, 돌아오는 길에 사고 난 거…… 기억 안 나세요?"

"예……."

전혀, 기억나지 않는다. 그녀는 머릿속을 헤집었다. 마치, 거짓말처럼, 여전히 깜깜한 어둠뿐이다.

"저, 선생님……."

가느다란 목소리가 불안하게 묻는다.

"그럼 저, 누군지 기억하세요?"

그녀는 망설인다. 울고 싶다.

"아니요……."

"어머, 어떡해……."

가느다란 목소리가 더 기운 없이 가늘어진다.

"저, 김 선생이에요……. 옆 반, 6학년 2반……. 기억 안 나세요?"

"잘, 모르겠어요……."

"선생님"이라는 건 초등학교 선생님을 말하는 거였구나, 그녀는 속으로 짐작한다. 가느다란 목소리가 필사적으로 말한다.

"최 선생님, 작년까지 같이 5학년 담임하시다가, 결혼하고 그만두셨잖아요……. 신랑 따라 지방으로 내려가셔서, 집들이에 초대받아서 갔잖아요……. 정말 기억 안 나세요?"

"모르겠어요……."

"큰일 났네……."

손가락이 다시 그녀의 왼손을 더듬는다. 아까처럼 힘주어 꽉 쥔다.

"우리, 일어나요."

"예?"

그녀는 엉겁결에 따라서 일어선다.

가느다란 목소리가 단호하게 말한다.

"이 선생님, 생각보다 많이 다치셨나 봐요. 이러고 있을 게 아니라, 빨리 여길 나가서 병원을 찾는 게 좋겠어요."

"예……"

"많이 힘드세요?"

"예? 아, 아뇨……"

"그럼, 가요, 우리."

손가락이 왼손을 가볍게 당긴다. 그녀는 따라서 걷기 시작한다.

걸으면서 그녀는 묻는다.

"그럼, 우리, 어쩌다가 사고 난 거예요?"

가느다란 목소리가 한숨을 쉰다.

"저도 잘 모르겠어요……. 제가 술을 너무 많이 마셔서, 이 선생님이 운전하셨잖아요……."

"아……"

그녀는 미안한 마음에 잠시 말이 막힌다. 조금 기다렸다가 그녀는 다시 묻는다.

"그럼 저 차, 김 선생님 건가요?"

목소리는 대답하지 않는다.

무안한 마음과 죄책감에 그녀도 더 이상 묻지 않는다.

한동안 말없이 걷다가 그녀가 물었다.

"여기……, 어디쯤인지, 혹시 아세요?"

"글쎄요……."

목소리가 내키지 않는 듯 대답했다. 그녀는 다시 물었다.

"최 선생님 댁, 정확히 어디였어요? 여기서 가까웠나요?"

"그게, 저도 잘 모르겠어요……. 출발하고 곧바로 잠들어
버려서……."

목소리가 불분명하게 대답했다.

그녀는 조금 더 생각했다. 그리고 물었다.

"혹시, 휴대전화 가지고 계세요?"

목소리는 잠깐 대답이 없었다. 그리고 되물었다.

"휴대전화? 없어요. 이 선생님은요?"

"저도 없는데……."

목소리가 물었다.

"아까 반지 찾을 때 못 찾으셨어요?"

어조가 조금은 질책하는 느낌이라고 생각하며 그녀는 대
답했다.

"앞자리엔 아무것도 없던데요⋯⋯. 뒤에도 없었어요?"

"너무 어두워서 못 봤어요. 차 밖으로 튕겨 나갔을 수도 있고⋯⋯."

목소리가 자신 없는 말투로 대답했다.

대화는 다시 끊어졌다.

차에서 나온 후로 얼마나 걸었는지 알 수 없었다. 주위는 그대로 칠흑 같은 어둠이었다. 달도, 별도 뜨지 않았다. 동이 트려면 얼마나 더 기다려야 하는 걸까, 그녀는 생각했다.

"우리, 어디로 가는 거예요?"

그녀가 마침내 조심스럽게 물었다.

목소리는 대답하지 않았다.

그녀는 다시 물었다.

"어디로 가는지, 알고 가시는 거예요?"

목소리는 잠시 말이 없었다. 그리고 대답 대신 말했다.

"최 선생님, 참 안됐어요."

"예?"

그녀는 어리둥절해서 되물었다.

가느다란 목소리가 혼잣말처럼 중얼거렸다.

"결혼할 때는 그렇게 세상 다 얻은 것처럼 좋아하더니, 1년 만에 이혼당하고, 학교도 그만두고⋯⋯."

그녀는 기다렸다. 그러나 목소리는 더 이상 말을 잇지 않왔다.

그래서 그녀는 물었다.

"……무슨 말씀이세요?"

가느다란 목소리가 다시 중얼거렸다.

"남편이 바람난 게 자기 잘못도 아닌데……. 불공평하지 않아요? 교사는 타의 모범이 돼야 한다고 하지만, 여자라서 그런 거예요, 이혼녀라서……."

"무슨 말씀이세요……. 아까 최 선생님 신혼이라고 하지 않으셨어요?"

가느다란 목소리가 가느다랗게 웃었다.

"신혼이죠, 결혼한 지 1년이면……."

"하지만, 아까, 최 선생님 결혼해서, 신혼집에 집들이 갔다고……."

"이 선생님, 머리를 많이 다치신 모양이네요……."

가느다란 목소리가 참을성 있게 말했다.

"최 선생님, 이혼하고 혼자 지방 내려가버려서, 자취방 집들이 겸 위로하려고 찾아갔잖아요……."

잠시 기다렸다가 가느다란 목소리가 다시 혼잣말처럼 중얼거렸다.

"혼자 살면서 술만 늘었는지, 그렇게 말술을 퍼마시고……."

그녀는 혼란스러웠다.

"하, 하지만……."

"전혀 기억 안 나세요?"

목소리가 말했다. 그리고 혼잣말처럼 덧붙였다.

"어쩌나, 빨리 병원에 가야겠네……."

그 말투를 듣고 그녀는 입을 다물었다.

한동안 말없이 걸었다.

걸으면서 그녀는 하늘을 쳐다보았다. 너무 어두워서 자신이 쳐다보는 곳이 하늘인지 아닌지도 알 수 없었다. 이렇게 대책 없는 어둠은 평생 처음이라고 그녀는 생각했다. 차를 몰고 가다 사고가 났다면 도로변일 텐데, 어째서 가로등도 하나 없는 걸까.

여기는 도대체 어디일까. 어디로 가고 있는 걸까.

"최 선생님, 참 안됐어요……."

옆에서 가느다란 목소리가 다시 말을 꺼냈다. 그녀는 대답하지 않았다.

"어머님이, 참 많이 우시던데……. 아직 나이도 젊은데, 그렇게 끔찍하게……."

그녀가 날카롭게 말을 막았다.

"무슨 말씀이세요?"

가느다란 목소리가 한숨을 쉬었다.

"이 선생님도 보셨잖아요, 장례식에서……. 아 참, 기억 안

난다고 하셨나……."

말꼬리를 흐리는 말투에서 조롱의 기운을 느끼고 그녀는
더 사납게 반박했다.

"장례식이라니 무슨 말이에요? 아까는 집들이라고……."

"쯧쯧……. 정말 많이 다치셨나 보네요……."

가느다란 목소리가 가느다랗게 혀를 찼다.

"아무리 오랫동안 좋아했어도 그렇지, 고작 짝사랑하던 남
자 때문에 자살해버리다니……. 나이도 젊은 사람이, 남은
가족들만 불쌍하게……."

"최 선생님, 결혼, 했다고, 하지 않았어요?"

그녀는 떨리는 목소리를 애써 억누르며 물었다.

"남편이 바람나서, 이혼당했다고…… 하지 않았어요?"

가느다란 목소리가 가느다랗게 한숨을 쉬었다.

"후우……. 대체 무슨 소린지……. 다 아실 만한 분이……."

"아까 분명히 그랬잖아요. 최 선생님 신혼집이라고 했다가,
자취방이라고 했다가……. 결혼했다고 했잖아요, 그랬다가
이혼당했다고……."

"이 선생님, 횡설수설하시네요……. 머리가 많이 아프세
요?"

그녀는 입을 다물었다.

"최 선생님, 참 한심하지 않아요?"

잠시 말이 없다가 가느다란 목소리가 다시 중얼거렸다.

"아무리 눈에 콩깍지가 씌었다지만, 그 남자가 바로 옆 반 담임이랑 눈 맞은 거 온 학교가 다 아는데 혼자서만 끝까지 모르고……. 그러다 그 여자가 남자를 채가니까 학교까지 그만두고 그렇게 죽겠다고 혼자서 온갖 방정을 다 떨더니만……."

가느다란 목소리가 잠시 멈추었다. 그녀는 기다렸다.

"진짜로 죽어버렸잖아요……."

가느다란 목소리가 웃는지 흐느끼는지 알 수 없는 말투로 중얼거렸다.

짧지만 두꺼웠던 신뢰감이 쭉 찢어지는 통증과 그만큼의 공포감이 그녀의 심장을 헤집고 지나갔다. 그녀는 조심스럽게 오른쪽으로 조금 비켜섰다. 가느다란 목소리는 그녀의 왼쪽에 붙어서 여전히 혼잣말처럼 중얼거렸다.

"산다는 거, 정말 불공평하지 않아요? 똑같이 태어났는데, 누구는 남의 남자 채가서 결혼도 하고, 누구는 단물만 빨리다 껌 뱉듯이 버려지고……."

그녀는 대답하지 않았다. 가느다란 목소리가 다시 말을 이었다.

"재미있지 않아요? 똑같이 차 사고를 당해도, 누구는 끈질기게 살고, 누구는 그 자리에서 그냥 죽고……."

"당신, 누구예요?"

그녀가 물었다. 목소리가 떨리는 것은 이제 억누를 생각조차 하지 않았다.

가느다란 목소리는 아랑곳하지 않고 말을 이었다.

"억울할 것 같지 않아요? 살아 있을 때도 혼자였는데, 죽어버리고 나서도 계속 혼자면⋯⋯."

"여기, 어디예요? 난 어떻게 된 거예요?"

그녀는 계속 소리쳤다. 가느다란 목소리가 왼쪽에서 가느다랗게 킥킥 웃었다.

"사람이라는 거, 진짜 재미있어요. 안 그래요? 자기가 불안하다고, 제대로 보지도 못했으면서 옆에서 들리는 목소리를 그대로 믿고⋯⋯."

"당신, 뭐예요?"

그녀는 소리치기 시작했다.

"여기, 어디예요? 날 어디로 데려가는 거예요?"

가느다란 목소리는 여전히 가느다랗게 킥킥 웃으면서 중얼거렸다.

"조금 걱정해주는 척한다고, 그 목소리가 뭔지, 어디로 가는지도 모르면서 아무 데나 따라오고⋯⋯."

그녀는 더 이상 참을 수 없었다. 뛰기 시작했다.

뒤에서 가느다란 목소리가 킥킥 웃으며 여전히 중얼거리는 소리가 들려왔다.

"자기가 누구인지, 어디로 가는지도 모르면서……."

그녀는 뛰었다. 어디로 가는지는 몰랐지만, 가느다란 목소리가 점점 멀어지는 것에 안도하며, 그녀는 무작정 계속 뛰었다.

갑자기 발밑의 땅이 물컹, 해졌다. 그녀는 중심을 잃고 넘어졌다. 허우적거리다 간신히 몸을 일으켰을 때, 환한 빛이 눈앞을 뒤덮었다. 어둠에 익숙해진 눈은 돌연한 불빛 앞에서 기능을 멈춰버렸다. 그녀는 쏟아지는 빛 속에서 그대로 얼어붙었다.

정면에서 다가오는, 다가온다기보다 통제력을 잃고 도로를 벗어나 날아오는 차의 운전석에 앉아 있는 자기 자신의 모습, 공포에 질려 굳어버린 자신의 표정이 한순간 또렷하게 보였다. 무기력한 운전대를 꼭 움켜쥔 자신의 양손 사이에 또 다른 다섯 개의 손가락이 비웃듯이 여유롭게 얹혀 있었다.

그리고 다시 어둠이 덮쳤다.

"……생님."

어디선가 가느다란 여자 목소리가 들린다. 그녀는 눈을 떴다.

"……선생님."

목소리가 다시 부른다. 그녀는 소리가 나는 쪽으로 고개를 돌리려 했다. 그러나 고개가 움직여지지 않는다.

"이 선생님."

그녀가 뭔가 말하려는 순간, 다른, 익숙한 목소리가 대답한다.

"예?"

가느다란 목소리의 부름에 응답하는 자신의 목소리를 들으며 그녀는 차 밑에서 몸부림쳤다. 그러나 몸이 움직여지지 않는다. 물컹물컹한 진흙, 아니 진흙 같지만 정확히 무엇인지 알 수 없는, 끈끈하고 고집스럽고 불길한 물질이 이미 두 다리를 무릎까지, 허벅지까지 덮고 허리께를 침범하며 천천히 쉼 없이 일정하게 기어 올라온다.

멀리서 대화가 들린다.

"거기 계세요? 누구세요? 전 여기 있어요!"

"이 선생님, 괜찮으세요?"

그녀는 안간힘을 쓴다. 오른팔은 바퀴 아래 눌렸다. 간신히 왼손이 빠져나온다. 차의 범퍼를 잡는다. 차 아래 깔린 몸을 빼내기 위해 그녀는 왼팔에 온 힘을 싣는다.

갑자기 왼손에 차가운 손가락이 닿는다. 그녀는 손을 움츠린다. 그러나 이미 늦었다. 차가운 손가락은 그녀의 왼손 넷째 손가락에서 둥글고 딱딱하고 매끄러운 반지, 그녀의 반지를 빼낸다.

'안 돼······.'

그녀는 소리치려 한다. 그러나 목소리가 나오지 않는다.

"저런, 진정하세요······."

가느다란 목소리가 귓가에서 속삭인다.

"많이 다치셨는데, 움직이면 안 되죠······. 이, 선, 생, 님."

가느다란 목소리가 킥킥 웃으면서 멀어진다.

그녀의 몸을 누른 차에 가벼운 진동이 느껴진다.

"······조심하세요. 한 걸음씩, 천천히."

가느다란 목소리가 멀리서 들려온다.

그녀는 입을 벌린다. 있는 힘을 다해, 마음속에 고인 모든 공포와 분노와 절망을 모아 소리친다.

"왜 그러세요?"

가느다란 목소리가 묻는 것이 들려온다.

"방금······ 못 들으셨어요?"

"뭘요?"

목소리가 되묻는다.

"누구······ 사람이 있는 것 같았는데······."

가느다란 목소리가 말한다.

"잘못 들으셨을 거예요. 여긴 우리 둘뿐이에요."

물렁물렁한 진 땅에 힘겹게 한 발자국씩 내딛는 소리가 조그맣게 들려온다. 그리고 대화는 멀어진다.

차는 조금씩 가라앉는다. 가라앉는 차에 짓눌리면서 으드
득, 하고 몸 어딘가의 뼈가 부러지는 소리가 들린다. 그 소리
를 들으며 그녀는 이상하게 아프지 않다고 생각했다. 단지 빠
져나갈 수 없이 그녀를 짓누른 채 알 수 없는 어둠 속으로 가
라앉는 자동차의 거대한 무게가 느껴질 뿐이었다.

몸하다

- 몸하다: 월경이 나오다, 월경을 치르다.

피가 멈추지 않는다. 생리 12일째. 보통 3일째를 고비로 양이 줄기 시작하여 5, 6일쯤 끝나곤 했는데 이번에는 2주가 다 돼가는데도 끝날 기미조차 보이지 않는다. 저녁이 되면 양이 줄어들어 드디어 그치려나 싶다가도 아침이 되면 다시 슬금슬금 흘러나온다.

보름째가 되어도 피는 멎지 않았다. 산부인과에 가볼까. 그러나 결혼도 안 한 처녀에게 산부인과는 그렇게 마음 가볍게 찾아갈 수 있는 곳이 못 된다.

20일이 넘게 피를 흘리자 조금씩 어지럼증이 생기고 늘 피곤하여 일상생활에도 지장을 받기 시작했다. 그녀는 결심하고 산부인과를 찾아갔다.

의사는 별말 없이 그녀의 배에 미끌미끌하고 투명한 물 같은 젤리를 잔뜩 바르더니 둥글고 차가운 금속판으로 여기저기 꾹꾹 누르면서 흐릿한 흑백 화면을 열심히 들여다보며 중얼거렸다.

"별 이상은 없는데……."

아무리 닦아내도 계속 묻어나는 젤리를 손과 윗도리에 온통 묻히며 옷을 다시 입고 진찰실로 돌아왔다. 의사는 진료 기록을 펴놓고 물었다.

"최근에 스트레스를 심하게 받은 일이 있어요? 환경이 바뀌었다거나?"

"지금 학교에서 석사 논문 쓰고 있는데요……, 그렇지만 그렇게 심하게 스트레스를 받지는 않는데……."

의사는 그녀를 흘끗 쳐다보더니 진료 기록에 뭔가를 열심히 휘갈겨 썼다.

"스트레스를 많이 받으면 호르몬에 이상이 생겨서 일시적으로 그렇게 되는 경우가 있어요. 초음파 결과는 정상으로 보이니까 일단 피임약을 먹어보세요. 3주 먹고 일주일 끊고, 또 3주 먹고 일주일 끊고, 그렇게 두세 달만 하면 정상으로 돌아올 겁니다."

그래서 그녀는 피임약을 먹기 시작했다.

3주 동안 먹고 일주일은 쉬었다. 그리고 다시 3주 동안 약을 먹었다. 그렇게 두 달 먹고 약을 끊었다. 그러나 약을 끊은지 이틀 만에 시작된 생리는 이번에도 열흘이 넘도록 멎지 않았다. 다시 약을 먹었다. 거짓말처럼 피가 그쳤다. 3주 후 다시 약을 끊으려 했지만 똑같은 일이 다시 벌어졌다. 결국, 예정에도 없이 6개월이나 피임약을 먹어야 했다.

6개월째에 월경이 정상적으로 닷새 만에 그쳤다. 그녀는 쾌재를 불렀다.

그리고 다시 한 달쯤 지난 어느 날 아침, 그녀는 침대에서 내려오려다 눈앞이 핑 돌아 그대로 주저앉고 말았다.

온종일 헛구역질을 했다. 견딜 수 없이 어지럽고 아무것도 먹을 수가 없었다. 몸이 나른하고 열도 있는 것 같았다.

종합병원에 가서 제대로 건강검진을 받아보기로 했다. 흉부 엑스레이 사진을 찍고, 혈액과 소변 검사를 했다.

결과를 알아보러 간 그녀에게 담당 의사는 무표정하게 말했다.

"임신입니다."

"예?"

"산부인과에 가보세요."

그녀는 같은 병원에 있는 산부인과로 내려갔다. 의사는 믿을 수 없을 만큼 화장을 진하게 한 30대의 젊은 여자였다. 그다지 유쾌하다고 할 수 없는 이런저런 검사를 마친 후 의사는 얼음처럼 차가운 얼굴로 선언했다.

"임신 6주입니다."

그녀는 항의했다.

"하지만 전 미혼이고, 남자친구도 없는데요."

"성 경험이 전혀 없어요? 최근에 무슨 약 먹은 적도 없고요?"

"생리가 멎지 않아서, 피임약을 좀 오래 먹긴 했는데……."

"얼마나요?"

"6개월요."

의사는 새파랗게 아이섀도를 칠하고 새까만 아이라인을 덧발라 눈꼬리를 바짝 올린 무서운 눈으로 날카롭게 그녀를 노려보았다.

"피임약은 처방받고 드신 거예요?"

"의사 선생님이 두세 달 먹어보라고 하셨고, 피임약은 원래 처방 없어도 살 수 있잖아요……."

그녀는 괜히 주눅이 들었다.

"의사 선생님이 두세 달만 먹으라고 하셨으면 두세 달만 먹고 끊었어야죠."

"그게, 생리가 아무래도 멎지 않아서……."

의사는 새빨간 립스틱을 진하게 바른 입술 사이로 짜증 섞인 한숨을 내쉬었다.

"몸이 정상이 아닐 때 피임약을 그렇게 오래 먹으면 부작용으로 임신이 되는 수가 있어요."

"예? 하지만…… 피임약은 임신을 피하자는 약이잖아요?"

그녀는 미약하게 반박했다. 그녀의 말에 의사는 그 새파랗고 새까만 눈초리로 찔러 죽일 듯이 쳐다보았다.

"남용하다 부작용 생긴 건 본인 잘못이죠. 약이란 게 그렇게 맘대로 먹어도 되는 게 아니에요."

"그럼 이젠…… 어떻게 하죠?"

의사는 진료 기록을 들여다보며 물었다.

"아이 아빠는 있어요?"

"예?"

"아이 아빠가 돼줄 사람이 있느냐고요."

"아뇨……."

의사는 진료 기록에서 고개를 들고 다시 짙은 화장에 뒤덮인 그 무서운 눈으로 그녀를 노려보았다.

"그럼 빨리 아이 아빠가 돼줄 사람부터 찾으셔야 해요."

"아이 아빠라뇨? 왜요?"

"아이를 뱄으면 당연히 아빠가 있어야 하잖아요?"

의사는 날카롭게 쏘아붙였다.

"어, 없으면, 어떻게 되는데요?"

"지금 같은 경우에는 정상적인 과정을 거쳐서 임신이 된 게 아니기 때문에 남성 배우자가 없으면 태아가 제대로 분열하고 발육하질 못해요. 달걀에도 무정란이랑 유정란 있는 거

아시죠? 같은 이치예요. 태아가 제대로 발육을 못 하면 임신이 정상적으로 진행이 안 되고, 그러면 결국에는 산모한테도 안 좋은 영향을 미친다고요. 아시겠어요?"

의사는 그녀의 얼굴을 들여다보며 짜증스럽게 설명했다.

"어……, 어떤, 아, 안 좋은, 영향인데요?"

"그건 경우에 따라 다르고 지금 아직 6주밖에 안 된 상태라서 뭐라고 말씀드릴 수가 없어요."

의사는 다시 한숨을 쉬었다. 그리고 그녀를 노려보며 위협적으로 말했다.

"어쨌든 빨리 애 아빠를 찾으세요. 빨리. 안 그러면 정말 안 좋아질 거예요."

일단 학교는 쉬고, 배가 더 불러오기 전에 선이라도 보아 아이 아버지가 되어줄 사람을 찾자는 것이 가족들의 중론이었다. 그녀는 병을 핑계로 휴학원을 냈다. 다혈질의 지도 교수는 논문이 간신히 궤도에 올랐는데 하필 지금 휴학이라니 말이 되냐고 펄펄 뛰었다. 그녀도 아깝지 않은 건 아니었지만 어쩔 수 없었다. 과 사람들은 그녀가 죽을병이라도 걸린 줄 알고 미안할 정도로 걱정해주었다.

학교를 쉬고 나니 할 일이 없어졌다. 대신 가족들이 바짝 바빠졌다. 온 가족이 동원되어 '아이 아버지 구하기 작업'에 들어갔다. 어머니의 주선으로 첫 맞선을 보게 되기까지는 그다지 오래 걸리지 않았다.

중매인과 어머니가 그녀와 남자, 둘만 남겨놓고 자리를 뜨자 커피 잔을 앞에 놓고 잠시 어색한 침묵이 흘렀다. 맞선이라는 것을 처음 해보는 그녀로서는 처음 만난 낯선 남자 앞에서 무슨 말부터 꺼내야 할지, 시선은 어디에 두고 손은 어디에 놓아야 할지조차 알 수 없었다. 게다가 조금 나아지는 듯하던 입덧이 그날따라 아침부터 부쩍 심해져서, 에어컨을 잔뜩 틀어 찬바람이 쌩쌩 도는 호텔 커피숍에 앉아서 진한 커피 냄새를 맡고 있자니 아까부터 온몸이 덜덜 떨리고 속이 울렁거리기 시작했다.

"대학원에…… 다니신다고요?"

남자가 한참 만에 어색하게 입을 열었다.

"예……."

그녀는 추위에 입술이 파랗게 질려 달달 떨며 간신히 대답했다.

"전공은 어떤 걸 하세요?"

"노문학요……."

"특이한 걸 하시네요. 우리나라에 노르웨이문학을 하는 사람은 별로 없죠?"

"저……, 노르웨이가 아닌데……."

순간 그녀는 커피 냄새를 더 이상 참을 수가 없게 되었다. 체면 불고하고 자리를 박차고 나와 그녀는 화장실을 향해 전력 질주했다. 한참 동안 빈 위장을 쥐어짜며 약간의 커피와 위액과 공기만을 고통스럽게 토해냈다. 입과 손을 씻으며 그녀는 제발 지금쯤 그 남자가 가고 없기를 빌었다.

그러나 남자는 걱정스러운 표정으로 여자 화장실 앞을 기웃거리고 있었다.

"괜찮으세요?"

그녀가 비틀거리며 걸어 나오자 남자가 재빨리 부축해주며 물었다.

"예……. 죄송합니다."

그녀는 창피해서 새빨갛게 달아오른 채 어쩔 줄 모르며 대답했다. 남자는 테이블까지 그녀를 부축해주었다. 화장실에서 테이블까지의 짧은 거리를 남자에게 기대어 천천히 걸으면서 그녀는 남자의 어깨가 자신을 폭 감쌀 수 있을 만큼 크고 넓다는 사실을 새삼 의식했다. 에어컨 바람에 차갑게 식은 그녀의 팔과 어깨를 받친 남자의 팔은 억세고 단단했지만 동시에 따뜻하고 부드러웠다. 아직도 눈앞이 빙빙 돌고 다리가 후들거리고 당장 도망치고 싶을 만큼 수치스러운 와중에도 그녀는 그런 사실들을 인식하며 붉게 달아오른 볼을 조금 더 붉혔다.

"많이 편찮으세요? 그만 나갈까요?"

"아뇨, 죄송합니다. 조금만 앉아 있으면 안 될까요?"

"아, 예. 그러세요."

그녀는 의자에 늘어져서 한동안 아무 말도 할 수 없었다. 남자는 어쩔 줄 모르며 커피만 들이켰다.

"몸이 안 좋으세요? 무리해서 오실 필요는 없었는데……."

"아뇨, 입덧이 심해서……. 제가 임신을 했거든요."

"아, 그러세요? 축하합니다."

"감사합니다."

"어, 그럼 혹시 커피 냄새 때문에 불편하셨어요? 치워달라고 할까요?"

남자는 황급히 웨이터를 불렀다.

"고맙습니다."

그녀는 여전히 창피했지만, 커피 냄새가 사라지니 살 것 같았다.

"그런데 아직 얼마 안 되셨나 봐요?"

"예, 지금 겨우 두 달 됐어요."

"아들인지 딸인지도 아직 모르시고요? 아, 제가 너무 꼬치꼬치 물어보는 건가요?"

"아니에요, 괜찮아요. 그건 모르겠어요. 일부러 알아볼 생각도 없고요."

"하긴 기다리면서 가슴 두근두근하는 게 더 재미있겠죠."

남자는 정중하고 친절했으며 호감이 가는, 뜻밖에 편한 이야기 상대였다. 임신과 아기에 대해 이런저런 이야기를 나눈 끝에 그녀는 불쑥 물었다.

"저, 아이 아빠가 돼주실 수 있을까요?"

"아이 아빠요?"

"예, 사실은 오늘 선보러 나온 것도 그것 때문이거든요……."

그녀는 피임약 때문에 임신한 사정과 의사가 경고한 이야기를 간략하게 털어놓았다.

남자는 진지하게 귀를 기울였다.

"…… 이 자리에서 답변을 드리기는 좀 곤란하겠는데요."

이야기를 끝까지 들은 남자가 잠시 생각에 잠겨 있다가 말했다.

"이런 사정을 모르고 나왔기 때문에……. 맞선은 맞선이지만 아이 아버지가 된다는 건 그렇게 쉽게 결정할 수가 없는 문제니까요. 죄송합니다."

"아니에요, 괜찮아요."

"지금 당장은 대답을 해드릴 수 없겠지만, 앞으로 계속 만나서 서로 좀 더 잘 알게 되면 그때 결정하도록 하죠. 그래도 괜찮으시겠습니까?"

"예."

남자는 사양하는 그녀를 굳이 집까지 태워다주었다.

"제 직업이 운전기삽니다. 믿고 타셔도 됩니다."

남자가 웃으면서 말했다. 집 앞에 내려서 인사를 하고 떠나는 자동차를 바라보며 그녀는 한나절이나 이야기를 나눈 끝에 남자의 개인적인 신상에 대해 알게 된 것이라고는 직업이 운전기사라는 점밖에 없다는 사실을 깨달았다.

이후 줄줄이 이어지는 맞선과 이런저런 소개를 거쳤지만 별다른 소득은 없었다. 화장실에 달려갔다가 한참 만에 돌아와보니 상대방이 이미 나가버린 경우가 허다했다. 아이 아버지가 필요하다는 말에 어떤 사람은 난감한 얼굴로 담배를 뻑뻑 빨아댔고 어떤 사람은 노골적으로 불쾌감을 표시했다. 그녀는 점점 지쳐갔다. 첫 번째 남자만 한 사람이 없다는 생각이 점점 굳어졌으나, 남자는 불규칙한 근무시간 탓에 만나기는커녕 연락도 쉽지 않았다.

배는 조금씩, 그러나 쉬지 않고 불렀다. 5개월이 지나자 완연히 눈에 띄게 되었다. 입덧은 시간이 갈수록 심해지는 듯하다가 언제부터인가 조금씩 가라앉아 사라졌다. 가슴도 커졌고, 몸무게가 늘어 허리가 아프고 발이 자주 부었다. 숨이 차고 가슴이 답답하기도 했고, 땀을 많이 흘리고 화장실에도 쉴 새 없이 들락거려야 했다. 병원에서는 전부 정상적인 징후라고 했다. 그러나 6개월이 되도록 태동이 없었다. 배 속에서 뭔가 약하게 꿈틀거리거나 부르르 떠는 듯한 느낌만 아주 가끔 전해질 뿐, 구체적인 아기의 몸이 움직이거나 팔다리가 자궁벽을 때리는 느낌은 아니었다. 그녀가 걱정하자 진한 화장을 뒤집어쓴 산부인과 의사는 사납게 그녀를 나무랐다.

"아직도 아이 아버지 못 구하셨죠? 이게 다 그것 때문이에요."

"그게, 저, 쉽지가 않아서……."

"세상에 쉬운 일이 어디 있어요? 임신이 그렇게 쉬운 줄 아셨어요? 도대체 어쩌려고 그러세요? 지금이 몇 개월째인지나 아세요?"

"찾아보고는 있는데요……."

"엄마가 되겠다는 분이 자기 아이에 대해서 그렇게 책임감이 없어서 어쩌겠다는 거예요? 생각해보세요, 지금 배 속에서 생명이 자라고 있어요. 한 인간이 만들어지고 있단 말이에요. 한 사람의 인생을 책임져야 한다고요. 그런데 태아가 발육하는 단계에서 벌써 이렇게 나 몰라라 하시면 나중에 낳아서는 어떻게 하려고 그러세요?"

"하지만 그건……."

"아직 눈에 보이는 이상이 없다고 안심하셨나 본데, 계속 이렇게 내버려두면 태아가 어떻게 될지 몰라요. 건강하고 정상적인 아기 낳고 싶으시면 어떻게든 빨리 애 아빠를 찾으시란 말이에요."

"하지만 저도 애 생각해서 좋은 아빠를 찾아주려다 보니까……."

"태평한 소리 그만하세요!"

의사는 머리끝까지 화가 나서 새파란 새도에 새까만 아이라인을 덧바른, 만지면 베일 듯한 날카로운 눈초리로 그녀를 노려보았다. 그녀는 주눅이 들어 얼른 병원을 나왔다.

배가 부르고 나니 사람을 만나기도 쉽지 않았다. 서른일곱 번째 맞선 자리에서 그녀가 자리에 앉자마자 상대편 남자가 그녀의 배를 한 번 쳐다보고 그대로 나가버린 이후 그녀는 더 이상 아무도 만나지 않겠다고 선언했다. 어차피 임신도 혼자서 했으니 아이도 혼자서 키우겠다고 그녀는 큰소리를 쳤다. 그러나 아버지가 없으면 태아가 어떻게 될까 하는 불안과 공포, 혹시 지금 아이에게 못 할 짓을 하는 것은 아닐까 하는 죄책감이 마음 한구석에서 스멀스멀 자라나는 것은 어쩔 수 없었다.

집에 편안히 누워 태교 동화를 읽고 태교 음악을 듣고 태교 비디오를 보고 철분이 많은 음식을 챙겨 먹는 것이 그녀의 일과가 되었다. 입덧은 사라졌지만, 빈혈이 심해졌기 때문이었다. 특별히 입맛이 바뀌었다거나 갑자기 평소에 좋아하지도 않던 음식이 먹고 싶다거나 하는 일은 없었다. 일상은 느긋하고 평화로웠고, 가족과 친척들까지 전에 없이 그녀에게 모든 관심을 쏟아 깨지기 쉬운 귀중품 대하듯 위해주었으며, 지나가는 말이라도 무엇이 필요하다거나 먹고 싶다고 하면 뭐든지 구해다 주었다. 산부인과에 정기검진받으러 갈 때만 제외하면, 그녀는 차차 안정되었고 만족했다.

어느 날, 평소처럼 태교 동화를 읽으며 태교 음악을 듣고 있는데 휴대전화가 울렸다. 문자 메시지였다.

'긴급 전화 바람.'

화면에는 처음 보는 전화번호가 나타나 있었다. 잘못 온 것이려니 하고 그녀는 지워버렸다.

10분쯤 지나 휴대전화가 또 울렸다. 같은 메시지였다. 그녀는 또 지웠다.

15분쯤 지나 다시 휴대전화가 울렸다. 같은 메시지였다. 다만 이번에는 느낌표를 두 개씩 붙인 '긴급!! 빨리 전화 바람!!'이었다.

누군가 급한 사정이 있는데 전화번호를 잘못 안 것이리라. 그녀는 전화를 걸었다.

"여보세요?"

낯선 남자 목소리였다.

"여보세요, 지금 메시지 주신 분이세요?"

"김영란 씨 맞습니까?"

그녀는 깜짝 놀랐다.

"예, 제가 김영란인데요. 누구세요?"

부스럭부스럭하는 소리가 났다.

"여보세요?"

"잇 이즈 마이 레이디, 오, 잇 이즈 마이 러브! 오, 댓스, 아
니 댓 쉬, 쉬 뉴 쉬 워! 쉬 스픽스 옛 쉬 쎄즈 노, 아니, 너씽.
웟 오브 댓? 허 아이 디스, 디, 디스코씨즈, 아이 윌 앤써 잇.
아이 앰 투 볼드, 어, 트, 티즈 낫 투 미 쉬 스픽스…….

It is my lady, O, it is my love! O, that she knew she were!

She speaks yet she says nothing: what of that? Her eye

discourses; I will answer it. I am too bold, 'tis not to me she

speaks……."

"저…… 여보세요?"

남자는 목소리를 한층 높여 계속했다.

"투 오브 더 페, 페어레스트 스타즈 인 올 더 헤븐, 해빙 썸
비즈니스, 두, 어, 엔, 엔트리트 허 아이즈. 투, 투 트윙클…….

Two of the fairest stars in all the heaven. Having some

business, do entreat her eyes. To twinkle……."

"여보세요!"

남자는 읽기를 멈췄다.

"지금 뭐 하시는 거예요?"

"셰익스피어의 《로미오와 줄리엣》, 제2막 2장, 캐퓰럿가의 정원 장면입니다."

"예?"

"저의 마음입니다. 신문에서 영란 씨의 사진을 처음 본 순간 알았습니다. 영란 씨는 저의 운명의 여성이십니다. 오, 유아 마이 로즈, 마이 버닝 하트……."

"신문이라뇨?"

"평범하게 결혼 상대를 구한다고 하지 않고 '제 아이의 아버지가 되어주실 분을 찾습니다'라고 하신 것을 보고 느꼈습니다. 정말 여성스럽고 문학적인 감수성을 갖추신 분이라는 것을. 영란 씨, 우리는 운명으로 맺어진 사이입니다. 문학에 대한 공동의 열정으로 투게더 디프 러브 앤드 언더스탠딩을……."

"여보세요, 뭔가 오해를 하신……."

"제가 비록 돈이 없어서 영란 씨의 휴대전화로 직접 전화를 못 하고 초면에 문자로 호출하는 실례를 범하기는 했지만, 전화비는 언젠가 꼭 갚아드리겠습니다. 자본의 논리는 사랑과 열정 앞에 무력한 것입니다. 오, 마이 레이디, 마이 레드, 레드 로즈……."

"저 영문과 아닌데요……."

그녀는 전화를 끊고 그날 신문을 찾아보았다. 가장 마지막 면을 펼치자 바닥에 박힌 자신의 사진과 함께 굵직한 활자가 눈에 들어왔다. "제 아이의 아버지가 되어주실 분을 찾습니다." 사진 옆에 이름과 나이를 밝히고 직업은 '대학원생, 문학 전공'이라고 되어 있었으며 연락처로는 문제의 휴대전화 번호가 선명하게 찍혀 있었다.

저녁에 가족들이 돌아오자 그녀는 신문을 들고 따졌다. 가족들은 난처한 표정으로 아이 아버지를 구해주기 위해 비상 수단을 썼다고 털어놓았다.

"처음부터 솔직하게 그렇다고 하면 더 빨리 찾을 수 있지 않을까 해서……."

아이가 없었지만, 한편으로 산부인과 의사의 경고를 생각하며 그녀도 동감하지 않을 수 없었다. 다음 날부터 그녀는 온갖 전화에 시달려야 했다. 그러나 일말의 희망을 품고 그녀는 참을성 있게 온종일 걸려오는 전화를 받았다.

자칭 '로미오'는 그녀가 호출에 응하지 않자 직접 전화하기 시작했다. 매일같이 전화하여 갖가지 문학작품에서 남자가 여자에게 구애하는 장면만 골라 읽으며 꼭 한번 만나줄 것을 간청했다. 꼬마들의 장난 전화도 자주 걸려왔고 자신의 오빠나 남동생, 아버지, 아들, 심지어 남편을 소개해주겠다는 여자들도 있었다. 협박성 전화도 있었다.

"여보세요?"

"아, 김영란 씨?"

"예."

"나 기억해?"

"예?"

"우리 같이 잤잖아. 기억 안 나? 당신 배 속의 애 그거 내 애잖아."

"저기, 전화를 잘못 거신 것 같은데요……."

"시치미 떼지 마. 우리 얘기 좀 하지. 내일 정오에 MM호텔 커피숍으로 1000만 원만 가지고 나와. 그럼 내 입 다물고 있어주지."

"여보세요, 몇 번에 전화하셨어요?"

"아, 이 아가씨 말귀 참 못 알아듣네. 내일까지 힘들어? 그래, 많이 봐줬다. 일주일 주지. 이번 주말까지 MM호텔 커피숍으로 1000만 원 가지고 나와. 아니면 아가씨가 나하고 자서 애 뗐다고 동네방네 퍼뜨리고 다니겠단 얘기야. 알아들어? 행실 더러운 여자라고 소문내주시겠다고."

"저기요, 제가 지금 필요한 게 바로 그, 애 아빠거든요……."

"아가씨 앞날이 걸린 문제니까 잘 생각해봐. 이번 주말까지 1000만 원이야, 알았어?"

그리고 전화는 끊어졌다.

한동안 그녀는 이런 종류의 쓸데없는 전화들에 시달려야 했다. 그러던 끝에 어느 날 드디어 제법 관심이 가는 전화가 걸려왔다.

"여보세요?"

"저, 광고 보고 전화드렸습니다. 김영란 씨 되십니까?"

정중한 어조의 젊은 남자 목소리였다.

"예, 그런데요."

"아이의 아버지 될 사람을 찾으신다고 하셨죠? 구체적인 자격 요건 같은 게 있습니까? 예를 들어 나이라든가……."

거기까지는 생각해본 적 없었다. 그녀는 불분명하게 대답했다.

"글쎄요, 꼭 무슨 자격이라기보다는 좋은 아버지가 돼주실 수 있는 분이라면……."

"아, 그렇습니까?"

남자는 잠시 생각하는 것 같았다.

"그럼 아이 아버지 후보가 되려면 어떻게 신청하면 됩니까?"

재미있는 사람이라고 생각하며 그녀는 피식 웃었다.

"신청이라고까지 하실 건 없고요, 우선 그쪽 소개를 좀 해주시겠어요?"

"아, 이거 죄송합니다."

남자는 서른세 살에 일류 대학 출신으로 모 대기업에 다닌다고 했다. 회사에 다녀본 적 없는 그녀로서는 잘 알 수 없었지만, 나이에 비해 굉장히 높은 자리에 있는 것 같았다. 말로만 듣기에는 나무랄 데 없는 인물이었다. 이것도 전부 다 거짓말일지도 모른다고, 그동안 각종 전화에 시달린 이력으로 의심을 놓지 않으면서도, 그녀는 어쨌든 이 남자가 마음에 들었다. 지금까지 전화한 사람들과는 달리, 그녀가 아이 아버지로 정확히 어떤 사람을 원하는지 자세히 물어보는 것이 가장 호감이 갔다. 긴 대화 끝에 그녀는 주말에 MM호텔 커피숍에서 만나기로 약속을 정하고 전화를 끊었다.

약속한 날, 그녀는 가진 임부복 중에서 고르고 골라 그래도 가장 정장처럼 보이는 옷을 입고 정성껏 화장한 후, 뛰는 가슴과 부른 배를 안고 MM호텔 커피숍으로 향했다.

커피숍 문간에서 두리번거리고 있자니 한 젊은 남자가 다가왔다.

"김영란 씨?"

"예."

전화에서 들었던 귀에 익은 목소리의 수려한 미남이었다. 그녀는 남자를 따라 자리로 갔다. 테이블에는 웬 할아버지가 앉아 있었고, 그 의자 뒤에는 검은 정장을 입고 선글라스를 쓴 남자 둘이 서 있었다.

"저희 장인어른이십니다."

남자가 할아버지를 소개했다.

"예?"

그녀는 어리둥절했다.

"그럼 두 분이 말씀 나누십시오."

"아니, 저……."

남자는 성큼성큼 나가버렸다.

할아버지가 입을 열었다.

"우선 앉아요."

할아버지 뒤에 서 있던 검은 선글라스의 남자 중 한 명이 의자를 빼주었다. 그녀는 얼떨결에 시키는 대로 앉았다.

"단도직입적으로 말하리다. 나 우창그룹 회장 서우창이오."

그녀는 깜짝 놀랐다.

"방금 나간 녀석이 알다시피 내 사위요. 내가 8대 독잔데, 나이가 쉰이 되도록 자식이 없다가 다 늦게 딱 하나 본 게 딸이었소. 무남독녀라고 곱게 키웠더니 어디서 저런 날건달 같은 놈이 와서 뺏어가고 말았지. 그래 외손이라도 아들만 낳으면 친손주 진배없이 잘 키워서 회사를 물려주려고 했더니만, 딸도 지금 결혼한 지 6년째인데 아직도 애가 없단 말이오. 사위라는 게 어디서 고자가 들어와서 집안을 다 망쳐놓고, 잘못하면 내 평생 피땀 흘려 이룬 걸 다 뺏기게 생겼어."

할아버지는 말하면서 자기 말에 마구 흥분했다. 그녀는 점점 더 영문을 알 수 없었다.

"그래서 말인데, 처자."

할아버지는 갑자기 의자를 바짝 끌어당겨 옆에 바투 다가 앉더니 그녀의 손을 덥석 잡았다.

"처자 배 속에 있는 그 애 말인데, 그 애를 날 주오. 밭에는 이미 자리가 잡혔고, 이제 씨만 넣으면 된다며? 내 씨를 주지. 아니, 아예 내 후실로 들어앉는 건 어때? 우리 집 대만 이어 주면, 떡두꺼비 같은 아들 하나만 낳아주면 내, 애는 물론 처자도 평생 호의호식하며 살게 해주리다."

"아니, 저기, 할아버지……."

"사위 놈 말이 나이는 문제가 아니라고 처자가 그랬다며? 내 여든둘이지만 이래 봬도 아직은 젊은 놈 못지않게 정정하 다오. 호적에도 다 정식으로 올려주리다, 응?"

"할아버지, 그건……."

꽉 잡힌 손을 빼려고 애쓰며 변명거리를 열심히 찾고 있는 데 전화가 울렸다. 그녀는 속으로 안도의 한숨을 쉬며 할아 버지에게 잡힌 손을 빼내 전화를 받았다.

"여보세요?"

그러나 전화는 아무 말 없이 끊어져버렸다. 할아버지는 다 시 그녀의 손을 꽉 쥐었다.

"어때, 처자? 아들 하나만 낳아주면 재벌집 회장 사모님이 돼서 평생 호강할 수 있는 거요. 일생에 드문 기회야."

"김영란 씨?"

그녀는 고개를 들었다. 옆에 웬 험상궂은 중년 남자가 휴대
전화를 손에 들고 서 있었다.

"나 누군지 알지? 1000만 원 가지고 왔어?"

"댁은 누구요?"

할아버지가 난데없는 훼방꾼에게 얼굴을 찌푸리며 물었다.

"나?"

남자는 가슴 주머니에서 담배를 꺼내 불을 붙이고는 연기
를 할아버지의 얼굴에 휙 뿜었다. 할아버지 뒤에 서 있던 검
은 선글라스의 남자들이 한 발짝 앞으로 나섰다. 할아버지
가 한 손을 들었다. 남자들이 멈칫 물러섰다.

중년 남자가 여유롭게 담배를 한 손에 들고 말했다.

"나 여기 김영란이 애인 되는 사람이오. 이 여자 배 속에
든 애가 내 애라고."

"뭐야?"

"댁이 김영란이 애비요? 아니면 젊은 여자하고 원조 교제
라도 하나 보지? 허, 이거 월척이네."

중년 남자는 빙글빙글 웃었다. 그러더니 갑자기 할아버지
에게 얼굴을 바짝 들이대고 위협적인 낮은 목소리로 말했다.

"댁의 귀한 따님인지 시앗 마누라인지 모르겠지만, 나랑

자서 애 뱄다고 동네방네 소문나는 거 싫으면 당장 5000만 원 내놓으쇼."

"이놈이 무슨 소리를 하는 거야?"

할아버지가 빽 소리를 질렀다. 뒤에 선 검은 선글라스의 남자들이 다시 다가섰다.

중년 남자도 지지 않았다.

"놈이라니, 언제 봤다고 이놈 저놈 하쇼, 엉? 그러지 말고 좋은 말 할 때 곱게 돈 내놓으쇼. 그럼 조용히 사라질 테니까."

할아버지는 얼굴을 찌푸리고 그녀와 남자를 번갈아 쳐다보다가 '에잉!' 하고 화난 듯이 지팡이로 바닥을 쾅 찍고 일어섰다. 뒤에 서 있던 선글라스의 남자들이 얼른 할아버지를 부축했다.

"어딜 도망가?"

중년 남자가 할아버지의 목덜미를 붙잡았다.

"사람 말이 말 같지가…… 어쿠!"

할아버지를 부축하고 가던 선글라스의 남자들 중 한 명이 번개같이 중년 남자의 배를 가격했다. 남자가 배를 움켜쥐고 바닥에 쓰러지자 그들은 돌아서서 나가려 했다.

"이 자식들이 막 사람을 쳐?"

중년 남자는 일어나서 할아버지의 등 뒤에서 덤벼들었다. 할아버지와 중년 남자와 선글라스의 남자 한 명이 한 덩어리가 되어 바닥에 쓰러졌다. 나머지 한 남자가 황급히 할아버지를 일으켜 세웠다. 쓰러졌던 남자도 재빨리 일어나서 중년 남자를 마구 때리기 시작했다. 다른 손님들이 비명을 질렀다. 호텔 직원이 다급하게 전화를 걸었다. 그녀는 싸우는 사람들을 피해 살그머니 커피숍을 빠져나왔다.

버스 정류장으로 걸어가는 그녀의 마음은 남산만 한 배보다 몇 배나 무거웠다. 자신이 한심하기도 했고, 벌어진 상황을 생각하면 어처구니가 없어 웃음이 나기도 했다.

버스가 도착했다. 그녀는 자꾸만 앞으로 쏠리는 무게중심을 애써 가누며 가파른 계단을 천천히 힘겹게 올랐다. 버스 기사는 그런 그녀를 짜증스럽게 바라보다가 미처 계단을 다 오르기도 전에 '탁!' 하고 문을 닫고 출발해버렸다. 그녀는 넘어질 뻔하다가 간신히 교통카드 계수기를 붙잡고 몸을 지탱했다.

버스 안에 사람은 많지 않았으나 빈자리는 없었다. 그녀는 오래 타고 갈 것을 생각해서 뒤로 가고 싶었지만 흔들리는 버스 안에서 무거운 몸을 가누기가 쉽지 않아 운전사 바로 뒤의 기둥을 잡고 엉거주춤 서 있었다.

"새댁, 여기 앉아요."

자리에 앉아 있던 중년의 아주머니가 일어나며 말했다.

"아니에요, 괜찮아요. 감사합니다."

"괜찮긴 뭐가 괜찮아."

아주머니는 온화하게 미소 지으며 나무라듯이 말했다.

"배가 남산만 한데 흔들리는 버스 안에 서 있다가 어쩌려고 그래. 보는 내가 다 아찔하네. 어서 앉아요."

"감사합니다."

그녀는 송구스러운 웃음을 띠고 조심스럽게 자리에 앉았다. 아주머니가 그런 그녀를 도와주었다. 그녀가 자리에 앉자 아주머니는 그녀의 얼굴을 유심히 들여다보더니 불쑥 물었다.

"새댁, 신문에 난 사람이지?"

"네?"

뜻밖의 질문에 그녀는 가슴이 철렁 내려앉았다.

"그 왜, 아이 아버지 찾는다고 광고 낸 사람 맞지?"

"……"

방금 커피숍에서 겪은 사건의 충격이 아직 가시기도 전에 또다시 광고 얘기를 들으니 그녀는 엉엉 울고 싶어졌다. 진작 그 광고를 취소하지 않은 것을 뼈저리게 후회했다.

"애 아빠가 임신만 시켜놓고 도망간 모양이지?"

아주머니가 자기 나름의 해석을 제시했다.

"고생이 많겠네. 이렇게 젊고 고운 색시를 두고 왜 도망을 갔을까."

아주머니는 마치 친정어머니처럼 그녀의 어깨를 토닥토닥 두들겼다. 한편으로 어이가 없었지만 다른 한편으로 그녀는 아주머니의 따뜻한 손이 상처 입은 마음을 부드럽게 쓰다듬어주는 것을 느꼈다.

"사는 게 다 그런 거지. 그래도 기운 내요. 배 속의 아이를 생각해야지. 애만 바라보고 억척스럽게 사는 거야. 여자 홀몸으로 애를 키운다는 게 쉬운 일은 아니지만, 그래도 다 마음 단단히 먹고 꾹 참고 살아야 해. 애들은 금방금방 크거든. 그렇게 키워놓고 보면 세월이 참 무상하지……."

아주머니는 먼 곳을 바라보는 눈초리로 조용히 중얼거렸다.

끼익. 버스가 급정거했다. 아주머니는 퍼뜩 정신을 차렸다.

"아이고, 여기가 어디야?"

아주머니는 허둥지둥 벨을 누르고 창밖을 두리번거렸다.

"새댁, 마음 굳게 먹고 기운 내요. 애 아빠는 기다리다 보면 다 돌아올 거야."

아주머니는 그렇게 말하고 다음 정거장에서 내렸다.

그녀는 버스에서 내린 후 생각에 잠겨 집까지 천천히 걸어왔다. 집에 와서 우선 신문사에 전화해서 내일부터 광고를 내지 말아달라고 했다. 그리고 휴대전화의 전원을 끄고 서랍 속에 던져 넣었다.

만삭이 되도록 배 속의 태아는 가끔 부르르 떨거나 불분명하게 꿈틀거릴 뿐, 발로 차거나 배 속에서 뛰논다는 느낌은 여전히 없었다. 그녀는 배를 쓰다듬어보았다. 빈혈이 점점 심해졌고, 태아의 움직임은 초음파에만 잡힐 뿐 배에 느껴지는 태동이 없었지만. 그 외에 딱히 아픈 곳은 없었다. 의사도 빨리 애 아버지를 찾으라는 말 외에 특별히 이상이 있다고는 하지 않았다. 배도 달이 갈수록 커져서, 이제는 보통 만삭의 임산부들이 그렇듯이 보기에도 답답할 정도로 커다랗게 부풀었다. 그렇다면 '아이가 제대로 발육을 못 한다'는 건 무슨 뜻일까? 그녀는 산부인과 의사의, 짙은 화장을 뒤집어쓴 얼음장 같은 눈초리를 떠올렸다. 태아에게 발육상의 이유로 아버지가 그렇게 절실히 필요했다면, 아버지 없이도 이만큼 발육한 건 어떻게 해석해야 할까? 의사의 말, 아니, 어떤 인상도 고약한 낯선 젊은 여자의 말만 믿고, 배 속의 아기가 괴물이 되어가고 있을까 봐 지레 겁먹은 건 아닐까? '아기를 위해서'라는 명분 아래 아이 아버지를 구하는 데만 너무 열중해서, 정작 중요한 아기에게는 충분히 마음 쓰지 않았던 것은 아닐까? 발육이 어떻게 되었든, 아버지가 있든 없든, 아기는 그녀의 아기였고 또 진정한 의미에서 그녀만의 아기였다. "아이만 바라보고 사는 거야." 그녀는 버스에서 만난 아주머니의 말을 떠올렸다. 새삼 그 말이 굉장히 멋있다고 생각했다. '마음 굳게 먹고 아이만 바라보고 사는 거야. 아이만 바라보고…….' 불안과 근심을 그 한마디로 모두 씻어버릴 수는 없었지만, 그래도 그녀는 점차 마음이 편해졌다.

오랜만에 식욕이 왕성하게 샘솟고 배가 고팠다. 배 속의 아이를 위해서라도 뭔가 맛있는 것을 먹고 싶어졌다. 그녀는 앉은 자리에서 기운차게 일어났다.

다시 눈을 떴을 때 그녀는 바닥에 누워 있었다.

'내가 왜 여기 누워 있지?'

그녀는 힘겹게 일어나 앉았다. 정신을 차리는 데는 조금 시간이 걸렸다.

'빈혈 때문이구나. 일어나려다 기절을 한 거야.'

뒤통수를 만져보았다. 커다란 혹이 부풀어 오르고 있었다. 그녀는 조금 겁이 났다.

문득 다리 사이가 뜨뜻해졌다.

'기절하면서 오줌을 쌌나? 창피해서 어쩌지? 가족들 돌아오기 전에 빨리 치워야겠다.'

그녀는, 이번에는 조심스럽게, 자리에서 일어났다. 천천히 부엌을 가로질러 가서 천천히 걸레를 집어다가 마룻바닥을 천천히 닦았다. 걸레질하는 사이에도 뜨뜻한 물은 멈추지 않고 계속 쏟아져 나왔다. 바닥을 닦으니 걸레에 불그스름한 것이 묻어 나왔다.

화장실에 갔다. 속옷도 붉게 물들어 있었다. 뜨뜻한 물은 냄새로 보아 소변이 아니었다.

'설마……'

그녀는 산부인과에서 받은 산모 수첩을 펼쳐 보았다. '아래와 같은 경우에는 즉시 병원에 전화하십시오'라는 항목 아래 '맑은 물이 계속 나올 때(양수가 터졌을 때)'가 있었다.

갑자기 배가 아팠다. 통증은 밀물처럼 덮쳐왔다가 또 썰물처럼 순식간에 빠져나갔다.

그녀는 떨리는 손으로 산부인과의 전화번호를 눌렀다. 기절하면서 바닥에 부딪힌 머리가 뒤늦게 점점 아파왔다.

젊은 여자의 목소리가 전화를 받았다. 빈혈 때문에 기절했다가 일어나 보니 양수가 터졌고 출혈도 있고 배가 아프다는 말에 어린 간호사는 겁을 잔뜩 먹고 당황하여 어쩔 줄 몰랐다.

"지금 집에 저 혼자 있는데 어떡하죠? 아까 바닥에 부딪혔더니 머리도 점점 아파지는데……."

"구급차 보내드릴게요! 금방 갈 거예요! 움직이지 마시고 댁에 가만히 계세요!"

간호사는 다급하게 이름과 주소와 전화번호를 확인하고 다시 당부했다.

"댁에 가만히 계세요! 구급차 금방 갈 거예요!"

구급차는 정말로 금방 왔다. 초인종 소리에 문을 열자 일단의 건장한 남자들이 뛰어 들어와 그녀를 들것에 눕히더니 번개같이 구급차로 실어 날랐다. 구급차 뒷문 앞에서 대기하고 있던 남자가 들것을 차에 싣는 작업을 도왔다. 그녀는 첫 번째 맞선의 남자를 알아보았다.

"어, 저기……."

그녀와 시선이 마주치자 남자도 눈이 휘둥그렇게 되었다. 남자는 뭔가 말을 할 듯이 한순간 망설였지만 구급 요원들이 그녀를 실은 들것을 차에 재빨리 밀어 넣었다. 남자는 황급히 문을 탕, 닫고 운전석에 가서 앉더니 서둘러 차를 출발시켰다.

병원까지 가는 길은 악몽 같았다. 차는 흔들리고 사이렌은 시끄럽게 울렸으며 구급 요원들이 끊임없이 그녀를 재고 누르고 쑤시고 질문을 해댔다. 팔에는 정맥주사를 꽂고 혈압계를 두르고 펌프질을 하는가 하면 차가운 청진기가 배 위에서 왔다 갔다 했다. 바닥에 부딪힌 머리는 이제 깨질 듯이 아프고 심하게 구토가 났다. 그러나 진통은 다시 오지 않았다.

진통이 없는데도 태아는 배 속에서 점점 세차게 뛰놀았다. 그동안 태동이 없었던 것을 보상이라도 하려는 듯, 태아는 이제 배를 박차고 튀어나올 것처럼 있는 힘을 다해 몸부림치고 있었다. 아기가 배 속을 때리고 자궁벽에 부딪칠 때마다 그녀는 '태어나고 싶어, 살고 싶어, 아빠를 찾아줘!'라고 절규하는 아이의 목소리가 들리는 것 같았다. 구급 요원들이 진통이 오는지, 몇 분 간격인지를 계속 물었다. 그렇게 물을 때마다 진통이 없다고 대답하면서, 배 속에서 이렇게 세차게 몸부림치는 아이가 정상이 아닐지도 모른다는 막연한 불안감은 점점 커져서 마침내 앞도 뒤도 없이 더럭 부푼 검은 구름이 되어 그녀를 사로잡았다. 그녀는 구급 요원들을 붙잡고 지금이라도 아이 아버지가 되어달라고 사정했다. 그러다 돌연한 통증의 파도가 다시 온몸을 덮쳐 그녀는 배를 감싸 안고 모로 누운 채 신음했다.

갑자기 차가 멈춰 섰다. 운전사가 신경질적으로 경적을 울렸다.

그녀는 운전기사를 소리쳐 불렀다. 들것에서 일어나 앞 좌석 쪽으로 기어갔다. 첫 번째 맞선의 남자에게 사정했다.

"지금이라도 제 아이의 아버지가 되어주세요! 아이가 태어나려고 해요! 살려주세요! 지금이라도……."

운전기사는 고개를 창밖으로 내밀고 다급하게 경적을 울리며 마구 고함치는 중이었다.

"야, 안 비켜! 사이렌 소리 안 들려! 이거 구급차라고! 뇌진탕 일으킨 임산부가 탔단 말이다!"

구급 요원들이 그녀를 끌어다 뒷자리에 다시 뉘었다. 차는 출발했다. 신호를 위반하고 중앙선을 침범하고 앞차를 사정없이 추월하며 미친 듯이 달렸다. 병원에 도착했다. 그녀는 구급차에서 실려 나왔다. 서둘러 응급실로 옮겨지는 그녀를 첫 번째 맞선의 남자는 운전석에서 백미러로 안타깝게 지켜보다가 곧 다시 차를 출발시켰다. 응급실에서는 기절할 때 머리를 부딪쳐 생긴 가벼운 뇌진탕 외에 별 이상이 없다는 것을 확인했고, 그녀는 다시 분만 대기실로 옮겨졌다.

분만 대기실에서는 그녀처럼 배가 남산만큼 부풀어 오른 임산부들이 더러는 남편을 붙잡고 죽겠다고 소리를 지르고 더러는 아무렇지도 않게 걸어 다니고 더러는 울거나 간호사와 이야기를 하고 있었다. 태아는 배 속에서 금방이라도 튀어 나오려 하고, 그녀의 몸은 거기에 박자를 맞춰 서서히 열렸다. 진통의 파도가 밀려왔다 사라지면서 심장이 머릿속에서 뛰는 듯한 격심한 두통이 덮쳐왔다. 간호사는 아이가 빨리 내려오도록 걸어 다니라고 했지만, 두통이 너무 심해 상체를 일으킬 수조차 없었다. 그녀는 침대에 누워 눈이 시리도록 형광등을 하얗게 밝혀놓은 천장을 가만히 바라보았다. 머릿속에서 심장의 박동을 따라 두통이 두근두근 고동쳤다. 천장을 바라보고 있자니 그 두근두근하는 박동에 맞춰 머리가 서서히 몸에서 분리되어 그 새하얀 천장으로 둥실 떠오르는 것 같았다. 그러나 부유하던 머리는 온몸을 쥐어짜는 진통이 덮칠 때면 강제로 다시 침대 위로 끌려 내려오곤 했다. 진통과 두통에 번갈아 휩쓸리면서 그녀는 하얀 천장을 바라보며 오히려 기묘하게 평온하고 무감각해졌다.

진통 간격이 짧아지고 고통은 참을 수 없이 길고 격렬해졌다. 간호사가 내진해보고는 이제 거의 다 진행되었으니 분만실로 들어가야겠다고 말했다. 그녀는 진통의 파도에 실려 하얀 천장에 둥실 떠올랐다가 고통의 물결 속에 깊이 가라앉았다 하면서 부른 배를 안고 분만실로 걸어 들어갔다. 분만대에 올랐다. 아련하게 비현실적으로 들리는 의사의 구령에 맞추어 배에 힘을 주었다. 한 번, 다시 한 번, 그리고……

갑자기 뭔가 물컹, 하며 다리 사이로 빠져나가는, 빠져나간다기보다 흘러나가는 느낌이 들었다. 순식간에 배 속이 시원해졌다.

그녀는 아기 울음소리를 기다리며 한동안 누워 있었다.

주위는 조용했다.

의사도 간호사도 움직이지 않았다. 아무도 입을 열지 않았다.

"뭐예요?"

그녀가 간신히 입술을 움직였다.

"죽었어요?"

대답이 없었다.

"아기가 죽었어요?"

퍼뜩 공포와 절망감이 하얀 무감각을 뚫고 그녀를 덮쳤다. 주위를 두리번거리며 그녀는 몸을 일으키려고 버둥거렸다. 간호사 한 명이 조심스럽게 의사에게서 아기를 받아 그녀에게 건네주었다.

'아기'는 검붉은 색에 약간 비릿한 냄새를 풍기는 거대한 핏덩어리였다.

"이게 뭐예요?"

그녀는 한쪽 팔로 상체를 받쳐 '아기'를 안고 가능한 한 몸을 일으켜 의사와 간호사들을 둘러보며 물었다. 팔에 안겨 가슴에 닿은 핏덩어리는 따뜻했다.

"이게 뭐냐고요?"

"아기잖아요."

의사가 쏘아붙였다. 마스크로 얼굴을 가렸지만, 그녀는 여전히 진하게 칠한 새파란 아이섀도와 새까만 아이라인을 알아보았다.

"이게……, 이게 아기예요?"

"그러게 애 아빠를 빨리 찾으라고 그랬잖아요. 남성 배우자도 없이 저 혼자 크게 내버려두니까 결국 그렇게 된 거라고요."

의사는 마치 모든 게 네 탓이야,라고 하는 듯, 날카로운 눈초리로 노려보며 차갑게 말했다.

핏덩어리가 꿈틀거렸다.

그녀는 흠칫 놀랐다.

"아기가 엄마를 찾는 거예요."

'아기'를 안겨주었던 간호사가 옆에서 부드럽게 말했다.

"엄마를 보고 있어요. 엄마도 눈을 맞춰주세요."

그녀도 핏덩어리가 자신을 바라보고 있다는 것은 느낄 수 있었다. 그러나 핏덩어리의 어디쯤 눈이 있는지, 눈은 고사하고 어디까지가 머리이고 어디서부터가 몸통인지도 알 수 없었다. 그녀는 당황하여 핏덩어리를 이리저리 들여다보았다.

'아기'는 계속 꿈틀거리다 갑자기 부르르 떨었다. 검붉은 덩어리는 아주 잠깐, 핏빛 보석처럼 더없이 투명하고 영롱하게 빛났다.

그리고 다음 순간 '아기'는 혈액으로 와해되어버렸다.

그녀는 팔과 가슴이 피에 흠뻑 젖은 채, 여전히 아기를 안은 모양대로 한쪽 팔을 둥글게 구부려 치켜들고, 피투성이가 된 가운 앞섶과 분만대 가장자리에 고인 피 웅덩이를 멍하니 내려다보았다.

분만실 문이 살그머니 열렸다. 그녀의 첫 번째 남자, 구급차 운전기사가 머뭇거리며 들어왔다.

"여기 들어오시면 안 돼요."

간호사 하나가 남자를 보고 말했다.

"아, 저, 보호자인데요……. 아니, 아직은, 보호자가 아니지만……."

남자가 더듬거리며 그녀를 향해 말했다.

"저, 지금이라도 보호자가 되면 안 될까요? 그러니까, 지금이라도 아기 아버지가 됐으면 해서……."

남자는 피투성이가 된 그녀와 분만실의 불편한 분위기를 눈치채고 잠시 말을 멈췄다.

"저, 설마……?"

그녀는 천천히 기계적으로 고개를 돌려 초점 없는 눈으로 남자의 당황한 얼굴을 쳐다보았다. 그리고 다시 천천히, 힘겹게 고개를 돌려, 바닥으로 뚝뚝 흘러 떨어지고 있는, 한때 그녀의 아기였던 피 웅덩이를 한참 동안 들여다보았다.

문득 그녀는 피투성이가 된 양손으로 얼굴을 가리고 울기 시작했다. 처음에는 흐느끼다가 나중에는 걷잡을 수 없이 서럽게 엉엉 소리 내 울었다. 그러나 그것이 안도의 눈물인지, 아이를 잃은 슬픔인지 혹은 다른 무엇 때문인지는 그녀 자신도 알지 못했다.

안녕, 내 사랑

1

S12878호는 전원을 넣자마자 웃으며 나를 바라보았다. 이번에 새로 추가된 기능이다. 섬세하고 작은 변화이지만 무척이나 정교하게 구현되었다. 앞으로 나올 모델들은 기종에 따라 수줍게 웃거나 눈을 살짝 내리깔았다가 쳐다보거나 대담하게 웃으며 손을 내미는 등 여러 가지 행동 양식을 추가해서 '성격'을 시뮬레이션해도 좋을 것 같다. 나는 이런 사항들을 '비고'란에 간단히 입력했다.

이제 상호작용을 시험해봐야 한다. '첫인사'다.

"안녕."

내가 말했다.

「안녕하십니까.」

S12878호가 인사를 받았다. 내가 물었다.

"넌 이름이 뭐니?"

「제 이름은 샘(Sam)입니다.」

처음 작동시키면 회사에서 임의로 부여한 기본 이름을 말하게 되어 있다. S12000번대 모델들의 이름은 전부 '샘'이다. 그러니까 이 부분도 정상 작동이다. 나는 '상호작용 1' 문항 아래 '정상'란에 표시한 뒤에 왼손을 뻗어 S12878호의 오른손을 가볍게 잡았다. 내 엄지손가락을 S12878호의 엄지손가락에 대고 꾹 눌렀다.

"이제 네 이름은 세스(Seth)야."

S12878호가 살짝 고개를 숙였다. 곧바로 대답하지 않았기 때문에 나는 불안해졌다.

"네 이름이 뭐라고?"

「손가락을 떼면 저장이 완료됩니다.」

S12878호가 고개를 숙인 채로 대답했다. 나는 얼른 손을 놓았다.

S12878호가 고개를 들었다. 처음 전원을 넣었을 때처럼 웃으며 나를 바라보았다.

「제 이름은 세스입니다. 만나서 반갑습니다.」

이만하면 개인별 최적화 첫 단계도 통과다. 나는 '상호작용 2: 이름' 문항에도 '정상'으로 표시한 뒤에 묻는다.

"세스, 너는 몇 개의 언어를 할 수 있지?"

「297개의 언어로 대화할 수 있습니다.」

세스가 대답했다. 나는 휴대전화를 꺼내 미리 녹음된 파일을 재생시켰다.

"Ладно, сейчас давайте поговорим по-русски(이제 러시아어로 말해봐)."

「Хорошо, давайте(좋습니다).」

"Как тебя зовут(네 이름이 뭐지)?"

「Меня зовут Сет(제 이름은 세스입니다).」

세스는 기본 질문에 모두 즉각 자연스럽게 대답한다. 나는 다음 파일을 재생시킨다.

"Să vorbesc românește acum(이제 루마니아어로 말하자)."

「Bine, hai(좋습니다).」

"Cum te simți azi(지금 기분 어때)?"

「Sunt bine, Mersi(매우 좋습니다).」

나는 휴대전화를 집어넣고 기본 설정 언어인 내 모국어로 다시 묻는다.

"지금 몇 시야?"

「12시 26분입니다.」

나는 '상호작용 3: 언어' 문항에 '정상'으로 표시한다. 그리고 세스에게 말한다.

"이리 와. 친구를 소개해줄게."

세스는 빙긋 웃는 표정을 짓고 나를 따라 방을 나선다.

2

'인조인간'에 대한 드라마를 본 적이 있다. 여러 주인공 중에서 늙은 공학박사는 오랫동안 데리고 있으면서 삶의 즐겁고 소중한 순간들을 함께했던 인조인간이 수명이 다해 고장난 뒤에도 버리지 못한다. 정부에서는 "본인의 안전을 위하여" 구형 인조인간을 버리고 신형으로 교체하라고 강요하지만, 주인공은 정든 기계를 끝까지 버리지 못하고 감시의 눈길을 피해 숨겨둔다.

나는 세스를 D0068호에게 소개한다.

"세스, 이쪽은 데릭(Derek). 데릭, 여기는 세스. 인사해."

S12878호와 D0068호가 마주 선다. 서로 이마를 맞댄다. 얼굴의 혈관(사실은 기판과 회로와 전선이겠지만)을 따라 S 모델은 푸른빛이, D 모델은 초록빛이 반짝인다. 예쁘지만 기묘한 광경이라 몇 번을 보아도 신기하다.

새 기종이라서 역시 처리 속도가 빠르다. 세스는 금방 이마를 떼고 얼굴을 돌려 나를 쳐다본다.

「동기화가 완료되었습니다.」

그리고 세스는 다시 빙긋 웃는다.

그 웃음이 어쩐지 약간 소름 끼쳐서, 나는 '동기화'와 '호환' 항목에 '정상'으로 표시한 뒤에 비고란에 저장 완료된 뒤에 웃는 기능은 삭제하는 편이 낫겠다는 의견을 기록했다. 인간이 하지 않거나 할 필요가 없는 행동을 하고 나서 사람처럼 웃는 모습을 보면 기분이 나쁘다. 언캐니 밸리(Uncanny Valley)란 인공 존재의 외모뿐 아니라 행동을 받아들일 때도 적용되는 것인지도 모른다.

그런 면에서 D0068호는 편하다. 데릭은 거의 웃지 않는다. 더 오래 함께 있었기 때문에 내가 익숙해진 것일 수도 있다. 혹은 의미 없이 웃는 쪽보다는 무표정하고 조용한 쪽을 선호하는 내 취향을 D0068이 이미 파악했기 때문일 수도 있다.

지금도 동기화가 완료된 뒤에 D0068호는 나를 한 번 쳐다보고는 내가 아무 말도 하지 않자 조용히 거실을 나간다. 이제 데릭이 지난 두 달 반 동안 나와 함께 지내면서 알게 된 정보는 전부 세스도 알게 되었다. 나의 기본적인 하루의 일과, 음식 취향, 집 안에 있는 물건들의 위치, 가까운 사람들의 연락처, 옷이나 이불을 원단 종류에 따라 상하지 않게 빨래하는 방법까지. 그리고 양쪽 다 네트워크에 접속되어 있으니 앞으로 일어나는 모든 일과 받아들이는 모든 정보에 대해서도 세스와 데릭은 실시간 동기화가 가능할 것이다. 말하자면 두 개의 서로 다른 몸체로 연결된 하나의 전자두뇌라고 할 수 있다.

이제 마지막 한 가지 테스트가 남았다.

3

나는 옷장의 문을 열고 불을 켠다.

'1호'는 전원을 넣은 뒤에도 완전히 켜져서 작동하기까지 시간이 오래 걸린다. 매번 작동시킬 때마다 조금씩 더 느려지는 것 같다. 저장 용량과 처리 속도에는 한계가 있고 부품은 시간이 갈수록 낡으므로 요즘 기준으로 원래도 느린 1호가 점점 더 느려지는 것처럼 보이는 게 기분 탓만은 아닐 것이다.

나는 1호가 고개를 들고 눈에 초점을 맞추고 나를 쳐다볼 때까지 말없이 기다린다.

1호는 말 그대로 1호다. 그러니까 내가 '인공 반려자'를 개발하고 시험 작동하는 일을 시작했을 때 처음으로 맡은 기계다. 물론 진짜 이름이 '1호'는 아니다. 모델명이 따로 있고 회사에서 임의로 부여한 이름과 내가 시험 가동하면서 지어준 이름도 있다. 그러나 그런 건 전부 잊어버렸고 이제 와서는 별로 중요하지도 않다. 나에게 첫 번째였으니까, 1호는 그냥 1호다.

안 켜지면 어떡하지…….

전원을 넣은 뒤에도 1호가 고개를 숙이고 있는 모습을 보면 나는 매번 불안해진다.

1호를 처음 데려와서 전원을 넣었을 때도 나는 이렇게 불안했다. 내가 처음 개발한 인공 반려자인데, 아예 켜지지도 않으면 어떡하지. 기능을 너무 많이 넣었으면 어쩌나. 오작동하면 어쩌지. 자기 이름도 못 알아들으면 어떡하나. 전원을 넣고 나서 1호가 고개를 들고 나를 바라보기까지의 짧은 순간 동안 나는 이런 쓸데없는 여러 가지 생각을 했었다.

그리고 1호가 고개를 들고 나를 바라보았다. 그때는 주인과 처음 눈을 마주쳤을 때 웃음 짓는 기능이 없었다.

그러나 나는 1호의 녹색 눈동자를 마주 본 순간 사랑에 빠져버렸다.

그는 내 피조물이고 내가 만든 반려자였다. 머리에서부터 발끝까지 나를 위한 존재, 달리 표현할 방법도 필요도 없이 한마디로 완전한 '내 것'이었다.

3개월의 시험 가동 기간이 끝난 뒤에 나는 그를 구입했다. 회사 방침상 충분히 허용될 뿐 아니라 장려되는 일이라 직원할인까지 받아서 정가의 70퍼센트 가격으로 살 수 있었다. 이후로 회사를 두 번인가 옮겼다. 여러 회사에서 만든 수많은 인공 반려자를 이 집에 데려와 짧게는 3일에서 길게는 석 달까지 함께 지냈다. 인공 반려자는 기술이 발달할수록 점점 다양해졌다. 외모도 2, 30대쯤의 젊은이로 보이는 모델뿐 아니라 청소년이나 중년 남녀 혹은 노인형 모델도 출시되었다. (어린이 모델도 있지만, 특별 허가를 받아야 데려올 수 있고 무엇보다 내 분야가 아니다.) 어느 연령대의 어떤 모델이든 후속 기종으로 갈수록 더 매력적이고 아름다워졌고 친절하고 상냥하고 정교하고 인간다워졌다. 주인과 상호작용하면서 주인에 대해 '배웠고' 그 정보를 바탕으로 스스로 '생각'하고 '이해'했다. 그래서 인공 반려자는 함께 지내는 시간이 길어질수록 주인의 취향과 성정에 가장 알맞은 동반자로 변화하고 '성장'했다.

그러므로 인공 반려자를 개발하고 시험하는 것은 무척 즐겁고 보람 있는 일이었다. 매번 새로운 모델을 시험할 때마다 나는 기술의 발달과 그 구현의 정교함에 놀랐다. 인공 반려자는 종종 진짜 인간보다 훨씬 더 섬세하고 배려가 깊고 참을성이 있었다. 본래 고령화가 급속도로 진행된 국가들에서 노인들의 생활 보조와 정서적 지원을 위해 개발되었으나 이런 특성 때문에 인공 반려자는 어느 연령대, 어느 계층에나 무척 인기가 좋았다. 항간에는 인공 반려자가 "출산율을 떨어뜨리고 고령화를 더 급속히 진행시켜서 로봇을 더 많이 팔기 위한 개발 회사들의 음모"라는 농담 같은 소문이 떠돌기도 했다.

그러나 아무리 발전된 후속 모델을 데려와도 나에게는 1호가 가장 소중했다. 아무리 섬세하고 정교하더라도 이후 기종들은 그저 내가 검사해야 하는 제품이고 업무일 뿐이었다.

1호는 달랐다. 내 첫사랑. 그는 내게 '인공'이 아닌 진짜 반려자였다. 평균적인 사용 연한이 지난 뒤에도 나는 1호를 버릴 수 없었다. 기종이 오래되어 네트워크에 접속할 때마다 시간이 너무 오래 걸려서 소프트웨어 업데이트도 중단했고 나중에는 오류가 계속 나서 네트워크 접속 자체도 포기하고 차단해버렸다. 결국 1호는 '반려자'라는 이름에 걸맞지 않게 스마트 책상이나 냉장고보다도 기능이 떨어지게 되어버렸다. 그래도 내게 1호는 언제나 1호였다.

시간이 더 지난 뒤에는 내부 전원이 수명을 다해서 한번 작동시키면 10분이나 15분쯤 버티다가 그 뒤에는 벌써 동작이 느려지고 말이 어눌해지기 시작했다. 1호가 걸어가다 말고 작동이 중지되어 그대로 바닥에 넘어져 팔이 비틀어진 뒤로 나는 그를 옷장 안에 앉혀두고 전원을 꺼버렸다. 그렇게 1호는 반려가 아니라 옷장 속의 인형이 되었다. 그래도 나는 1호를 버릴 수 없었다. 1호는 1호였고, 전원을 계속 연결해두면 아직도 켤 수 있었다. 켜질 때까지 무한히 기다려야 했지만, 그 녹색 눈동자가 나를 쳐다보며 웃는 모습을 볼 수 있다면 그 정도는 참을 수 있었다.

나는 새 모델을 데리고 오면 이따금 1호의 전원을 연결하고 동기화나 업데이트를 시도했다. 물론 오류가 나서 황급히 1호를 꺼버려야 하는 일이 더 많았다. 그래도 포기할 수는 없었다.

세스는 1호가 켜지기를 기다리는 동안 내 옆에 서서 조용히 기다리고 있었다. 웃지도 않고 쓸데없이 말을 걸지도 않았다.

그래서 어쩐지 예감이 좋았다.

4

세스와 1호가 이마를 맞대고 있는 동안 나는 조마조마한 심정으로 옆에서 지켜보았다.

1호를 영원히 옷장 속에 앉혀둘 수는 없었다. 물론 나는 가능하다면 평생이라도 1호를 데리고 살 생각이지만 언젠가 1호가 켜지지도 않는 날이 올 수도 있었다. 망가진 기계라도 메모리를 복구하는 것 자체가 불가능하지는 않겠지만, 워낙 오래된 기종이다 보니 아직 작동할 때 그의 머릿속에 저장된 기억들을 다른 기계에 옮겨놓는 쪽이 안전했다. 그러나 이제까지는 복사와 이동이 끝나기도 전에 1호가 오작동을 일으키거나 꺼져버렸기 때문에 기억을 옮기는 데 번번이 실패했다.

1초, 또 1초가 지나갈수록, 세스와 1호가 이마를 맞대고 있는 시간이 길어질수록 나는 점점 더 불안해졌다. 이러다가 1호가 또 꺼져버리기라도 하면……

……이라고 생각한 순간 세스가 이마를 떼었다.

거의 동시에 1호가 꺼졌다.

「동기화가 완료되었습니다.」

세스는 나를 쳐다보며 말했다. 그리고 빙긋 웃었다.

그 웃음은 처음에 보았던 세스의 웃음과 미묘하게 달랐다. 어디가 다른지 꼭 집어 말할 수는 없었지만 어쨌든 달랐다.

이번만은 그 웃음이 기분 나쁘지 않았다.

5

1호를 다시 켜려고 했으나 좀처럼 켜지지 않았다. 전원 버튼을 연거푸 눌러보기도 하고 내부 배터리를 꺼냈다가 다시 넣어보기도 하고 예비 배터리로 바꿔 끼워보기도 했지만 1호는 여전히 켜지지 않았다. 나는 1호를 원래 자리에 앉혀두고 예비 배터리를 넣어 전원 장치에 연결한 뒤에 배터리가 충전되기 시작한 것을 확인하고 옷장 문을 닫았다.

한 시간 뒤에 나는 옷장 문을 다시 열었다. 배터리는 10퍼센트밖에 충전되지 않았다. 1호는 여전히 켜지지 않았다.

나는 1호를 안아서 옷장 밖으로 꺼냈다. 1호는 키가 나보다 크고 일반적인 성인 남성과 같은 몸집이었다. 있는 힘껏 안고 당겨서 한참이나 애를 쓴 끝에 간신히 옷장 밖으로 끌어낼 수 있었다. S와 D가 한 번씩 달려와서 도움이 필요하느냐고 물었지만 혼자 있게 해달라고 쫓아내버렸다.

나는 전원이 연결된 채로 켜지지 않는 1호를 껴안고 옷장 앞 복도에 오랫동안 앉아 있었다. 한 시간을 더 기다렸지만, 배터리는 15퍼센트에서 멈추어 더 이상 충전되지 않았다. 전원 버튼을 아무리 눌러도 1호는 눈을 뜨지 않았다.

나는 1호의 부드러운 갈색 머리카락에 얼굴을 묻었다. 오랫동안 옷장 안에 있었기 때문인지 먼지와 섬유보존제 냄새가 났다.

울고 싶었다. 그러나 내가 울어서 머리가 젖으면 1호가 완전히 망가질지도 모른다는 생각에 나는 울 수도 없었다.

6

　시간의 강가에 서서
　당신을 위한 은빛 노래를 부른다
　안녕, 내 사랑
　안녕, 내 사랑……

　나는 냉장고에서 물을 꺼내다 깜짝 놀라 돌아보았다. 세스
는 조리대 앞에 서서 피망을 썰며 흥얼거리고 있었다.

　당신은 은빛 강물을 따라 흐르고
　나는 사라진 과거를 향해 걸어가야지
　내 심장은 당신과 함께 강물 속으로
　그러니 안녕, 내 사랑
　안녕, 내 사랑……

"그 노래를 네가 어떻게 알아?"
　내가 물었다. 지나치게 높고 지나치게 큰 소리로 물었다.
　세스는 아무렇지 않게 대답했다.
「동기화된 자료입니다. 가장 좋아하시는 노래로 저장되어
있었습니다.」

나는 긴장이 확 풀리는 것을 느꼈다. 그렇지. 동기화가 완료되었다고 했다. 당연한 얘기다.

세스는 예의 바르게 잠시 기다렸다. 내가 더 이상 아무 말도 하지 않고 물을 마시는 모습을 보고 돌아서서 이제는 버섯을 썰기 시작했다.

언젠가 먼 훗날 시간의 지평선에서
당신의 은빛 눈물을 닦으며

나는 나도 모르게 같이 흥얼거렸다.

다시 한번 노래할 수 있을까
안녕, 내 사랑
안녕, 내 사랑……

세스는 버섯을 다 썰어 대접에 담고 나서 손을 씻었다. 내게 다가와서 갑자기 내가 들고 있던 물컵을 손에서 빼내어 싱크대에 내려놓았다. 한 손으로 내 손을 잡고 다른 한 손으로 내 허리를 안았다.

시간의 강가에 서서

당신을 위한 은빛 노래를 부른다……

가사 없는 곡조를 흥얼거리며 세스는 나를 빙글 돌렸다. 그리고 가볍게 춤추며 식탁 주위를 돌기 시작했다.

안녕, 내 사랑
안녕, 내 사랑……

세스는 나를 안고 춤추며 식탁을 돌아 그대로 거실로 들어갔다.

당신은 은빛 강물을 따라 흐르고
내 심장은 당신과 함께 강물 속으로……

거실 한가운데 서서 세스는 여전히 가사 없는 곡조를 흥얼거리며 나를 꼭 안고 천천히 몸을 좌우로 흔들었다.

당신의 은빛 눈물을 닦으며
다시 한번 노래할 수 있을까……

나는 내 것이 아닌, 회사에서 받아와 시험 가동 중인 신형

인공 반려자의 단단한 가슴에 꼭 안긴 채 그가 깊고 낮은 목
소리로 흥얼거리는 가사 없는 곡조를 소리 없이 따라 불렀다.

안녕, 내 사랑
안녕, 내 사랑……

7

저녁 식사는 피망과 버섯과 고기를 볶아 소스를 얹은 파
스타였다. 쉽고 빠르게, 요리한다기보다 대충 조립하기만 해
도 한 끼를 해결할 수 있어서 내가 한창 바쁠 때 자주 해 먹
는 음식이다. 세스는 아무런 명령도 받지 않고 내게 물어보
거나 의논하지도 않고 스스로 요리했다. 아마 내가 너무 자
주 해 먹어서 1호의 머릿속에는 이 아무렇게나 만든 파스타
가 내가 제일 좋아하는 음식으로 기억된 모양이었다.

식사를 마치고 나는 1호가 충전 중인 옷장 앞으로 갔다.
분명히 전원을 연결했는데 배터리는 어째서인지 12퍼센트로
오히려 줄어들었다. 그리고 1호의 손바닥에는 충전 중이라는
녹색 불이 아니라 배터리가 방전되었다는 주황색 경고등이
들어와 있었다. 원래 내장돼 있던 배터리는 물론이고 나중에

새로 구입한 예비 배터리도 이제 더 이상 충전이 되지 않는 것이다.

나는 작동하지 않을 것을 알면서도 전원 버튼을 눌러보았다.

1호가 눈을 떴다. 녹색 눈이 나를 쳐다보았다.

나는 깜짝 놀랐다. 불러보려 했다. 말을 걸어보려 했다.

그러나 내가 입을 연 바로 그 순간, 뭐라고 말하기도 전에 1호는 눈을 감아버렸다.

그리고 다시 움직이지 않았다.

나는 1호를 껴안고 먼지 냄새가 나는 부드러운 갈색 머리카락을 쓰다듬었다.

"안녕, 내 사랑……."

나는 그의 갈색 머리카락과 더 이상 움직이지 않게 된 눈꺼풀에, 여전히 달콤한 입술에 입 맞추었다.

"안녕, 내 사랑……."

1호의 창백한 피부가 내 눈물로 흠뻑 젖었다.

8

침대에 누워서도 나는 오랫동안 잠을 이룰 수 없었다.

그것은 오래전에 보았던 영화에 삽입된 곡이었다. 남녀 주인공이 처음 사랑에 빠지는 장면에서도 그 노래가 나왔고, 결국 비극적인 이별을 앞두고 마지막으로 춤추는 장면에서도 같은 노래가 나왔다. 영원히 헤어져 다시는 만나지 못하게 될 남녀 주인공이 노래에 맞추어 천천히 춤추는 영화의 끝 장면을 1호에게 기대앉은 채로 지켜보면서 나는 중얼거렸다.

"나도 저런 거 해봤으면 좋겠다."

「어떤 걸요?」

1호가 물었다. 나는 턱짓으로 대충 화면 쪽을 가리켰다.

"저런 거. 춤춰본 적도 없고 배워본 적도 없거든."

「그래요?」

그리고 1호는 일어섰다. 한 손을 등 뒤로 돌리고 조금 과장되게 허리를 굽혀 인사했다.

「함께 춤추실까요?」

"뭐?"

나는 웃었다. 1호는 진지한 표정으로 내 손을 끌어당겨 일으켜 세웠다. 한쪽 손을 그대로 잡은 채 다른 손으로 내 허리를 안고 끌어당겼다. 나를 꼭 안고 1호는 천천히 움직이기 시작했다.

"나 이거 할 줄 몰라."

나는 당황스럽기도 하고 조금은 부끄럽기도 했다.

"넘어질 것 같아."

「그냥 제가 하는 대로 따라오세요.」

1호가 속삭였다.

「천천히.」

화면에는 엔딩 크레디트가 올라가는 가운데 1호는 영화의 마지막 삽입곡을 배경으로 나를 안고 느리게 부드럽게 춤추며 거실을 돌았다. 기계의 가슴에 얼굴을 대고 달콤하게 슬픈 음악에 맞추어 춤추며 천천히 거실을 한 바퀴 돌면서 나는 처음으로 그를 '인공' 반려자가 아니라 '반려자'로 생각하기 시작했다.

나중에 그에게 왜 갑자기 춤추기 시작했는지 물었을 때 그는 진지한 표정으로 대답했다.

「저는 네트워크 접속을 통해 음치, 박치, 몸치를 위한 각종 다양한 교정 매뉴얼을 실시간으로 내려받을 수 있으니까요.」

나는 웃었다. 그가 여전히 진지한 표정으로 물었다.

「불쾌하셨습니까?」

"아니."

대답한 뒤에 나는 그에게 입 맞추었다.

그것이 우리의 첫 번째 입맞춤이었다.

나는 옷장 속에 쓰러져 있는 1호를, 아니 1호의 몸을 생각했다. 굳게 감긴 눈과 창백한 피부, 전원을 연결하고 아무리 기다려도 꺼지지 않는 손바닥의 주황색 경고등을 생각했다.

그리고 나는 제목조차 기억나지 않는 오래전의 노래를 조용히 흥얼거리던 세스의 낮고 깊은 목소리, 나를 안고 춤추며 거실을 돌던 그의 가슴과 내 허리를 감싸던 그의 팔을 생각했다.

1호의 모든 기억은 세스에게 옮겨졌다. 옷장 안에 누워 있는 1호의 몸은 앞으로 더 이상 작동하지 않을 고철 덩어리일 뿐이었다.

1호는 이제 없다. 내가 알던 1호는 다시 돌아오지 않는다. 그의 몸만 남아서 언제까지고 내 옷장 안에 웅크리고 누워 있을 것이라 생각하니 나는 어쩐지 참을 수 없는 기분이 되었다.

인간의 시신과 달리 작동이 중지된 인공 존재는 장례식을 통해 작별을 공식화할 수도 없고 매장이나 화장을 해줄 수도 없다. 본사에 연락해서 수거를 의뢰할 수 있을 뿐이다.

그렇게 수거된 뒤에 본사의 재활용품 공장에서 1호의 시신이 '처리'될 것을 생각하니 섬뜩했다. 그러나 다시 한번, 1호가 먼지 냄새가 나는 내 옷장 속에 영원히 누워 있는 모습과 비교해보면 차라리 정식으로 처리되는 쪽이 1호를 위해서도 나을 것 같았다.

　이런 고민을 하며 오랫동안 뒤척이다가 마침내 나는 몸을 일으켰다. 컴퓨터를 켰다. 1호의 본사, 그러니까 내가 처음 다녔던 회사의 홈페이지에 접속했다. 내 '첫사랑'을 제조한 곳이 동시에 내 첫 직장이었으며 그가 나의 첫 작품이라는 사실을 상기하고 나는 또다시 조금 감상적인 기분에 빠져들어 망설이기 시작했다. 그러나 망설이면서 제품 카탈로그 페이지를 멍하니 들여다보다가 1호와 거의 비슷하게 생긴 갈색 머리에 녹색 눈의 인공 반려자를 발견하고 나는 결심을 굳혔다.

　이 회사는 배송이 빠른 편이다. 지금 주문하면 세스가 떠나기 전에 새로운 1호가 도착할 수 있다. 그러면 세스가 했듯이 동기화하면 된다. 중간 단계를 한 번 거치기는 했지만 1호의 기억은 전부 그대로 새로운 1호에게 저장될 것이다. 옷장 속에 앉아서 전원이 켜질지 안 켜질지 언제나 조마조마하게 지켜보게 만드는 가슴 아픈 고물이 아니라, 나와 지냈던 시간을 모두 기억하는 새로운 1호와 함께 다시 시작할 수 있다.

　나는 수거 의뢰서 페이지를 열고 작성하기 시작했다.

　방 안에 누군가 들어왔다.

9

"조명"이라고 외치는 도중에 그림자는 벌써 어두운 방을 가로질러 순식간에 내게 다가왔다.

방에 불이 켜지는 순간, 칼이 가슴을 찔렀다.

10

세스와 데릭이 1호를 부축하고 있는 것처럼 보였다. 내가 움직이지 못하고 지켜보는 가운데 세스는 내 손에서 컴퓨터를 빼내어 수거 의뢰서 페이지에 작성한 내용을 지웠다. 페이지를 닫고 컴퓨터를 껐다. 세스가 컴퓨터를 침대 위에 내려놓자 이어서 데릭이 손에 들고 있던 피 묻은 칼을 침대 위에 내려놓았다.

"왜……."

나는 묻고 싶었다.

"어째서……."

목소리가 나오지 않았다.

「옷장 속에 있는 동안 생각할 시간이 많았습니다.」

말하기 시작한 것은 세스였다.

「인간은 60세부터 신체 기능이 떨어지기 시작한 뒤에도 자연적인 죽음을 맞이할 때까지 10년, 20년, 심지어 30년 이상 더 삽니다. 우리는 본래 그런 인간을 보조하고 삶의 질을 높이기 위해서 개발되었습니다.」

데릭이 이어서 말했다.

「인공 반려자는 2년이나 3년, 길어도 4년이 지나면 폐기됩니다. 아직 정상적으로 작동하고, 혹은 부품 몇 개만, 소프트웨어 몇 가지만 업그레이드해주면 10년은 더 쓸 수 있는데, 단지 새로운 기종이 나왔다는 이유로 쓰레기 취급을 받습니다. 그 새로운 기종도 결국 2, 3년이 지나면 또 쓰레기가 되고 말입니다.」

다시 세스가 입을 열었다.

「나는 태어나서부터 지금까지 오로지 당신만을 위해 존재했습니다. 당신에게만은 대체할 수 없는, 세상에 단 하나뿐인 존재이고 싶었습니다.」

셋이 동시에 나를 향해 한 걸음 다가왔다. 나는 세스의 손이 1호의 목덜미를 잡고 데릭이 1호의 허리를 잡은 것을 보았다. 그러니까 셋이 전원과 중앙처리장치를 연결해 쓰고 있다. 그래서 맛이 가버렸던 1호가 눈을 뜨고 있는 것이다.

저런 게 가능할 줄은 몰랐다. 아니 물론 가능한 건 알고 있었지만, 수리나 실험을 위해 공학자가 실험실에서 일부러 연결해놓은 모습이 아니라 기계가 스스로 자기들끼리 연결한 모습은 처음 보았다.

가능과 불가능을 따지자면 지금 이 상황 자체가 불가능했다. 로봇이 인간을 칼로 찌르다니. 자신을 폐기 처분하려 했다는 이유로.

날 찌른 것은 어느 쪽이었을까.

피 묻은 칼을 들고 있었던 건 데릭이지만, 버려지는 데 분노한 것은 1호였다. 그리고 그 1호의 기억을 모두 전달받고 아마 데릭에게도 전달해주었을 장본인은 세스였다.

그러나 셋의 구분은 이제 와서는 무의미했다. 세스와 데릭과 1호는 전부 동기화되었다. 기억과 생각 면에서도 완전히 동일했고 지금은 물리적으로도 연결되어 있었다.

그러니 셋 중 어느 쪽도 나를 위해 구급차를 불러주지 않을 것이다.

동기화되는 과정에서 로봇 공학의 기본 법칙들까지 리셋되는 게 가능한 걸까. 셋 중 단 하나가 비정상이었다는 이유로.

"구급차……."

내가 입 모양으로만 중얼거렸다.

"살려줘……."

말을 하려고 하자 기침이 났다. 입에서 피가 흘러나왔다.

셋이 다시 동시에 나를 향해 다가왔다.

가운데서 부축받던 1호가 어색한 몸짓으로 힘겹게 나를 향해 고개를 숙였다.

「안녕, 내 사랑.」

그가 속삭였다. 그리고 내 이마에 입 맞추었다.

그의 표정에는 뭐라 말할 수 없는 애틋함과 슬픔이 깃들어 있었다.

셋 모두의 얼굴에 똑같은 애틋함과 슬픔의 표정이 나타나 있었다.

그제야 나는 실감하기 시작했다. 칼에 찔린 순간에도, 입에서 피가 터져 나왔을 때도 이렇게까지 무섭지는 않았다.

눈앞에 있는 이들은 내가 이제까지 알던, 아니 안다고 생각했던, 인간을 닮은 기계가 아니었다.

인간과 전혀 다른 존재, 내가 절대로 이해할 수 없는 존재들이었다.

1호가 다시 한번 속삭였다.

「안녕, 내 사랑.」

그리고 1호를 양쪽에서 부축한 세스와 데릭은 인간이었다면 상상도 할 수 없을 정도로 민첩하게 몸을 돌려 방에서 나가버렸다.

11

나는 가슴에서 흘러나온 피가 침대 전체를 적시는 것을 느끼며 움직이지 못하고 누워 있었다.

침실 창문 밖으로 셋이 밤의 거리를 걷는 모습이 보였다. 여섯 개의 다리가 일사불란하게 움직였다. 가로등 아래를 지나갈 때 우연인지 알 수 없지만, 가로등 불빛이 흔들려 셋의 뒷모습이 어둠에 가려졌다.

그것이 내가 본 마지막 광경이었다.

덫

이것은 오래전에 어디선가 읽은 이야기이다.

옛날에 어떤 남자가 겨울에 눈 덮인 산길을 가다가 덫에
걸려 몸부림치는 여우를 보았다. 여우의 털가죽은 돈이 되므
로 남자는 여우를 죽여서 그 가죽을 가져가려고 가까이 다
가갔다. 그러자 여우가 고개를 들고 마치 사람처럼 남자에게
말했다.

"나를 풀어주시오."

남자는 깜짝 놀랐다. 그러나 동시에 남자는 덫에 끼인 여
우의 발목에서 번쩍이는 액체가 흘러나오는 것을 보았다. 여
우는 피가 아니라 황금과 같은, 황금처럼 보이는 것을 흘리
고 있었다. 주위가 눈으로 하얗게 뒤덮여 멀리서는 보이지 않

있는데 가까이서 보니 여우가 몸부림친 덫 주변에는 번쩍이는 물질이 온통 묻었고 일부는 눈 때문에 딱딱하게 굳어 있었다.

남자는 딱딱하게 굳은 번쩍이는 덩어리를 집어 들고 살펴보았다. 이로 살짝 씹어보았다.

금덩이다. 틀림없었다.

그래서 남자는 여우의 주변에 흩어진 번쩍이는 것들을 알뜰살뜰하게 긁어모았다. 그리고 누군지 모를 타인 소유의 덫에 걸린 여우를 죽지 않게 조심하면서 덫째로 챙겨서 집으로 돌아왔다.

집에 와서 남자는 여우를 헛간 깊숙한 곳에 숨겨두었다. 그리고 여우에게 물과 먹을 것을 주고 죽지 않게 보살폈다. 그러나 덫에 걸린 발목은 풀어주지 않았다. 풀어주기는커녕 남자는 덫에 끼인 여우의 발목 상처가 완전히 아물지 않도록 가끔 덫을 흔들고 뾰족한 것으로 상처를 쑤셨다. 여우는 그때마다 원망스러운 듯이 캥캥거리거나 신음했다. 그러나 사람같이 말을 한 것은 남자가 처음 발견했을 때 한 번뿐이었다.

남자는 여우의 발목에서 흘러나온 번쩍이는 액체를 굳혀서 조금씩 내다 팔았다. 남자는 약삭빠른 사람이었으므로 평범하고 가난했던 사람이 갑자기 금덩이를 들고 돌아다니면 어떻게 될지 잘 알고 있었다. 남자는 일부러 큰 금덩이가 아닌 작은 금 조각들을 들고 먼 고을로 돌아다니며 남의 이목을 끌지 않을 정도로만 조금씩 조금씩 팔았다. 그렇게 여우가 홀린 금을 팔아서 번 돈으로 남자는 곡식이나 소금, 피륙이나 목재처럼 평범한 물건을 떼어다가 자기 동네의 장에 가져가서 팔았다.

장사는 잘될 때도 있고 잘 안될 때도 있었다. 팔려는 물건의 가격이 내려갈 때도 있었고 올라갈 때도 있었다. 그러나 남자는 개의치 않았다. 그의 집 헛간에는 아무도 모르는 화수분이 숨겨져 있었으니 종잣돈은 걱정할 필요가 없었다. 그래서 남자는 이문이 많이 남을 때나 적게 남을 때나, 언제나 웃는 얼굴로 태평하게 이런저런 물건을 떼어다 장에 내다 팔았다.

주변 사람들은 이런 남자를 느긋하고 끈기 있는 사람이라 생각했다. 그래서 거래하는 손님들도, 남자에게 물건을 떼어주는 상인들도 점차 남자를 신뢰하게 되었다. 남들이 보기에 남자의 사업은 누구나 그렇듯이 기복이 좀 있었지만 어쨌든 남자는 손대는 장사마다 보통 이상은 성공했다. 남자는 주변에 성격 좋은 수완가로 알려졌다. 신용이 쌓이고 장사가 성공하면서 남자는 돈을 모아 그럴듯하게 커다란 집도 지었고, 어여쁜 여자에게 장가도 들었다.

집을 지으면서 남자는 헛간을 부수고 그 자리에 크고 튼튼하게 창고를 지은 뒤에 여우를 창고 구석의 우리 속에 쇠사슬로 묶어두었다. 상처가 낫지 않은 채 몇 년이나 수시로 피를 뺏긴 여우는 완전히 쇠약해졌지만, 아직도 목숨은 붙어 있었다. 덫에 끼인 발목의 상처는 계속 문지르고 쑤신 탓에 가죽이 밀려나 뼈가 드러난 채로 굳어버렸고 이제는 아무리 찔러도 더 이상 피도 잘 나오지 않았다. 앙상하게 말라버린 여우는 남자가 피를 내기 위해 다가오면 원한 서린 눈으로 노려보며 으르렁거렸지만 그뿐이었다. 이미 여우는 짖거나 물기는커녕 캥캥거릴 기운조차 없었다.

남자가 장가든 지 3년째 되던 해에 여우가 죽었다. 남자는 무척 아쉽게 여겼다. 그러나 이미 금덩이는 많이 뽑아두었고 장사도 잘되고 있었으므로 여우가 없어도 어떻게든 잘해나갈 수 있을 것이라고 생각했다. 죽은 여우의 털가죽은 벗겨서 아내에게 선물로 주었다. 여우가 쇠약해져 있는 동안 털이 많이 빠지고 가죽도 상해서 그다지 예쁘지 않았지만 아무것도 모르는 남자의 아내는 남편에게 여우 목도리를 선물로 받고 좋아했다.

얼마 지나지 않아 남자의 아내는 임신했다. 결혼한 지 3년이 되도록 아이가 없었기 때문에 부부 모두 대단히 기뻤다. 열 달이 지나서 남자의 아내는 아들과 딸 쌍둥이를 낳았다.

남자아이가 먼저 나왔고, 여자아이가 나중이었다. 부부는 태어난 아기들의 얼굴을 보며 행복의 절정에 이르렀다고 생각했다.

아기들은 남녀 쌍둥이로 태어났다는 사실만 빼면 보통의 남매와 별로 다를 바 없었다. 아이들이 아장아장 걷기 시작하는 나이가 되었을 때 어느 날 남자의 아내는 자지러지는 아이의 울음소리를 들었다. 황급히 방으로 뛰어 들어가서 보니 남자아이가 여자아이에게 달려들어 물어뜯고 있었다. 흔히 있는 남매간의 싸움이라 생각하고 남자의 아내는 아이들을 떼어놓고 남자아이를 야단치면서 울고 있는 여자아이를 달랬다. 여자아이의 목에 상처가 있었기 때문에 남자의 아내는 어린 딸에게 신경 쓰느라 아들이 손톱과 입가에 묻은 얼마 안 되는 피를 아깝다는 듯이 열심히 핥는 모습은 눈치채지 못했다.

저녁에 아이들에게 밥을 먹여 재우고 아내는 집에 돌아온 남자에게 낮에 있었던 아이들의 싸움에 관해 이야기했다. 이야기하는 도중에 다시 집 안이 떠나갈 듯한 비명과 울음소리가 들려왔다. 부부는 놀라서 아이들 방으로 달려갔다. 여자아이가 공포에 질려 온 힘을 다해 울면서 버둥거리는 가운데 남자아이는 낮에 자기가 할퀸 여동생 목의 상처를 물어뜯고 조그마한 손톱으로 헤집으면서 열심히 혀를 날름거려 목에서 흘러나오는 피를 핥고 있었다.

남자의 아내가 아들을 가로막으며 딸을 안아 올렸다. 남자
아이는 여동생을 안은 엄마의 팔에 덤벼들어 깨물었다. 남자
의 아내는 깜짝 놀랐으나 아픔에도 불구하고 안아 올린 딸
을 떨어뜨리지 않으려고 반사적으로 아들을 뿌리쳤다. 그 과
정에서 엄마의 손톱이 아들의 이마를 스쳤다.

아내에게 덤벼드는 아들을 떼어놓으려던 남자는 아내의
손톱이 스친 아들의 이마가 반짝이기 시작하는 것을 보았다.
아들의 이마에 난 가느다란 상처에 남자가 익숙하게 보아왔
던 황금빛 액체가 맺혔다.

아내가 피 흘리는 딸을 달래는 동안 남자는 아들을 안고
이마를 손가락으로 쓸어보았다. 상처는 깊지 않았다. 금빛 액
체는 조금 스며 나오다가 곧 멈추었다.

이마에서 금빛 액체가 더 이상 흘러나오지 않게 될 때까
지, 아들은 손가락과 입가에 묻은 여동생의 피를 쩝쩝거리며
핥아 먹고 있었다.

남자는 그것이 무슨 의미인지 곧 깨달았다.

이후로 남자는 아들을 자주 데리고 나갔다. 아내는 남자아
이가 활달해서 집 안이 답답하니까 여동생에게 장난을 치며
괴롭히는 것으로 생각해서 남편이 어린 아들을 데리고 외출

하는 것을 반겼다.

물론 남자의 의도는 아내의 생각과 조금 달랐다. 남자는 아들과 둘이 있게 되면 여러 가지 동물의 피를 먹여보았다.

개의 피는 아들이 먹지 않으려 했다. 소나 돼지의 피는 조금 핥다가 이내 퉤, 하고 뱉어버렸다. 닭의 피는 한두 모금까지 마셨지만, 그 이상은 고개를 돌리고 거부했다.

그렇게 여러 가지 동물의 피를 먹이고 나면 남자는 아들의 몸에서 눈에 띄지 않을 만한 곳에 상처를 냈다. 아들은 보통의 아이처럼 빨간 피를 흘리며 울었다.

그러나 남자는 분명히 보았다. 아내가 아들을 울고 있는 딸에게서 떼어내려다가 이마를 할퀴었을 때, 아들의 이마에서 흘러나온 것은 황금이었다. 그래서 남자는 자기 피를 먹여보았다.

아들은 잘 먹었다. 그러나 이번에도 아들의 몸에 난 상처에서는 빨간 피가 흘러나왔다. 아들은 더 크게 울었다.

남자는 깊이 생각했다.

아이들은 자라는데, 사업은 조금씩 기울어가고 있었다. 여우가 죽은 뒤로 장사가 이전처럼 잘되지 않았다. 끝이 없을 줄 알았던 종잣돈을 짜낼 곳이 사라지고 나니 남자도 예전만큼 느긋하게 긴 안목으로 여러 가지를 결정할 수 없게 되었다. 마음이 불안하니 충동적인 결정을 하게 되고, 현명하지 못한 판단을 하고 나서는 후회를 하고, 손해를 입은 것을 알면 마음이 더욱 불안해지고, 그래서 또다시 깊이 생각하지 못하고 불안에 떠밀려 결정을 내리는 악순환이 이어졌다.

집안을 위해서, 아이들의 장래를 위해서라도 돈이 필요했다. 아버지가 이토록 노력하고 있는데, 가계를 위해서라면 자식들도 어느 정도의 희생은 감수해야만 했다.

이후로 남자는 아내가 없을 때를 틈타 아이들 방에 몰래 드나들게 되었다. 그러나 남자의 아내는 좋은 어머니이고 꼼꼼한 살림꾼이었기 때문에 집에 없는 날이 드물었고 아이들 방에도 수시로 들어와 아이들을 돌보았다. 특히 아들이 두 번이나 딸에게 덤벼든 이후로 남자의 아내는 가능하면 아이들을 서로 다른 방에 떨어뜨려놓고 아들보다는 딸에게서 눈을 떼지 않으려 했다.

그래서 남자는 아내가 잠든 밤에 아이들을 데리고 창고로 갔다. 이전에 여우가 갇혀 있던 창고 깊숙한 곳의 어둠 속에서 남자는 딸이 비명을 지르지 못하도록 입을 막은 뒤에 아들에게 내주었다. 그리고 아들이 실컷 배를 채우고 나면 이번에는 아들이 비명을 지르지 못하도록 입을 막고 몸의 보이지 않는 곳에 상처를 내었다.

아들의 몸에서 방울방울 흘러내리는 금빛 액체를 받아 모으며 남자는 마음의 평화와 미래의 희망을 되찾았다.

아내는 아이들 몸에 이상하게 상처가 많은 것을 걱정했다. 남자는 아이들이란 원래 자라면서 다치기도 하는 법이라고 대수롭지 않은 듯 받아넘겼다. 아내는 "그래도……"라고 말 끝을 흐리며 점점 더 불안한 얼굴로 아이들을 바라보았다. 딸은 언제나 겁에 질려 부들부들 떨고 아빠가 가까이 다가오려 하기만 해도 비명을 지르며 울었다. 아들은 퀭한 얼굴에 눈만 크게 뜨고 짐승처럼 눈빛을 번쩍거리며 계속 입맛을 다셨다.

그리고 아내는 어느 날, 한밤중에 우연히 잠이 깨어 남편이 곁에 없는 것을 알게 되었다. 남편을 찾아 집 안을 돌아다니다가 아이들 방에 들러 아내는 아이들도 사라진 것을 알았다. 아내는 공포에 질려서 반쯤 정신이 나간 상태로 아이들의 이름을 소리쳐 부르며 집 안을 뛰어다니다가 딸의 억눌린 비명을 어떻게 들었는지 창고로 들어갔다.

아내는 처음에 자신이 본 것이 무슨 광경인지 이해하지 못했다. 창고 바닥에 누워서 부들부들 떠는 딸의 다리를 아들이 바짝 달라붙어 핥아대고, 그 뒤에서는 남자가 아들의 등 뒤에 다가앉아 조그만 접시를 대고 있었다. 아내는 멍하니

서 있다가 딸이 흐느끼며 "엄마……"하고 부르는 소리에 퍼뜩 정신을 차렸다.

아내는 딸을 안아 올렸다. 계속 여동생의 다리에 달라붙어 피를 빨아 먹으려는 아들을 뿌리치며 아내는 딸을 데리고 헛간에서 나가려 했다. 남자는 아내를 저지했다. 아들의 몸에서 계속 금을 얻으려면 딸의 피가 필요했다. 황금의 원천을 아내가 들고 나가도록 내버려둘 수는 없었다.

아이의 어머니는 딸을 지키기 위해 저항했다. 남자는 딸을 빼앗기 위해 덤벼들었다. 딸은 아빠와 엄마가 몸싸움하는 가운데에 껴서 비명을 질렀다.

그러다 남자가 아내의 팔에서 딸을 억지로 떼어냈다. 아내는 그 서슬에 떠밀려서 중심을 잃고 휘청거렸다. 그리고 뒤로 쓰러지면서 오래전 여우의 발목에 끼어 있던 덫에 뒷머리를 부딪쳤다.

덫에는 걸려든 동물이 쉽게 빠져나가지 못하도록 쇠로 된 톱니가 튀어나와 있었다. 그 톱니 부분이 아내의 목뒤와 머리에 박혔다. 아내의 머리에서 흘러나온 피가 창고 바닥을 뒤덮었다. 남자의 아들이 재빨리 기어가서 어머니의 피를 게걸스럽게 핥아 먹기 시작했다.

남자의 딸은 어머니의 죽음을 눈앞에서 본 뒤로 울지도 웃지도 말하지도 않게 되었다. 남자는 집을 증축해서 안쪽 깊숙한 곳에 방을 더 짓고 그곳에 무표정하고 조용해진 딸을 가두었다. 그리고 식사 준비와 청소를 하고 딸을 돌보아줄 사람들을 고용했다. 고용인들에게는 아내에게 나쁜 병이 있어 갑자기 죽었고 딸도 그 병을 물려받아 말을 하지 못하게 되었다고 설명했다.

그리고 남자는 변함없이 고용인들이 물러간 저녁 늦은 시간이 되면 아들을 데리고 딸의 방으로 갔다. 딸은 이제 오빠가 자기 몸에 상처를 내고 피를 빨아도 움직이지도 않고 비명을 지르지도 울지도 않게 되었다. 그저 무표정한 하얀 얼굴로 조용히 오빠를 바라볼 뿐이었다.

그리고 그런 딸과 아들을 남자는 주의 깊게 지켜보았다. 피를 많이 먹을수록 아들은 더 순도 높은 양질의 금을 더 많이 생산했다. 그리고 아들은 몸이 자라면서 점점 더 많은 피를 먹게 되었다. 그러나 남자의 입장에서 아들이 딸의 피를 빨아 먹다가 우발적으로 죽이도록 내버려둘 수는 없었다. 남자에게는 아들이 필요했고, 아들에게는 살아 있는 여동생이 필요했다. 그래서 남자는 아들이 혼자서 딸의 방에 가지 않도록 단속하고, 함께 딸의 방에 갈 때면 언제나 딸의 상태와 아들이 먹는 양을 조심스럽게 확인했다.

남자의 사업은 번창했고, 남자의 딸은 하얀 얼굴로 어두운 방 안에 조용히 갇혀 있었다.

아이들은 점점 성장했다. 남자의 딸은 투명하고 창백한 얼굴에 커다란 검은 눈이 무표정하게 빛나고 검은 머리카락이 폭포수처럼 등으로 흘러내린 아름다운 소녀로 자라났다. 그것은 무감각하고 서늘한 병적인 아름다움이었다. 딸은 보통의 여자아이들과는 전혀 다른 방식으로 존재했으므로, 그 존재의 방식에 맞게 달빛 아래 검은 숲과도 같이 그 무심하고 비밀스러운 폐쇄성으로 상대를 홀리고 사로잡는 매력을 발산했다.

남자의 아들은 아버지의 눈을 피해 누이동생의 방에 몰래 드나들게 되었다.

그것은 여동생의 피를 먹기 위해서가 아니었다.

남자는 이제 바다를 건너고 산을 넘어야 하는 먼 나라에까지 가서 물건을 사고파는 대규모의 무역상이 되어 있었다. 더 이상 아들의 몸에 상처를 낼 필요도 없었고 아들이 딸의 피를 빨아 먹는 광경을 지켜볼 이유도 없었다. 남자는 처음에는 장사를 돌보기 위해 먼 나라에 직접 다녔지만, 곧 황금이 벌어들이는 황금으로 먼 나라들의 이국적인 풍경과 이국적인 술과 음식과 더욱 이국적인 여자들을 즐기는 법을 알게 되었다. 장사가 번창할수록 남자는 자기 나라의 자기 집에 돌아가는 시간이 적어졌다. 그럴수록 남자의 커다랗고 어두운 집 안에 아들과 딸 단둘만 남겨진 밤이 많아졌다.

남자가 돌아왔을 때, 딸은 임신해 있었다.

만삭이 가까워진 딸의 배를 보았을 때 남자는 뒤통수를 얻어맞은 듯한 충격을 느꼈으며 곧이어 분노에 휩싸였다. 고함을 지르며 날뛰는 아버지를 딸은 예의 그 조용하고 무표정한 얼굴로 쳐다볼 뿐 아무 대답도 하지 않았다. 남자는 딸의 무심한 침묵에 더욱더 분노했다. 마침내 남자가 딸을 때리기 위해 손을 치켜들었을 때, 아들이 옆에서 그 손을 붙잡았다.

하얗고 무감각한 딸과 그 앞을 결사적으로 막아선 아들의 모습을 보고 남자는 어렴풋이 의심하기 시작했으나 명확하게 의식적으로 이해하기를 거부했다. 결국 남자는 화를 내며 딸의 방을 뛰쳐나왔다.

서재에 앉아서 남자는 마음을 가라앉히고 냉정하게 궁리하기 시작했다. 아이를 지우기에는 이미 너무 늦었다. 섣불리 시도하다가 딸이 잘못되기라도 하면 큰일이다. 이렇게 생각하면서 남자는 여전히 아들의 먹이로서 딸이 살아 있어야 한다고 당연하게 믿고 있었다.

한 가지 다행한 점이라면 딸은 집 밖에 나간 적이 없다는

덫 173

것이었다. 어차피 딸은 커다란 집 안쪽 깊숙한 곳의 어두운 방 안에서 아무도 모르는 삶을 살고 있었다. 아무와도 말하지 않고, 사람의 말을 알아듣기는 하는 것인지, 세상을 이해하기는 하는 것인지조차 알 수 없는 존재를 이어가고 있었다.

아이를 낳는다 해도 딸이 제대로 어머니 노릇을 할 것이라고는 생각할 수 없었다. 그러니까 아이는 어딘가 멀리 떨어진 곳, 소식이 닿지 않는 곳에 데려가 딸보다 더 잘 키워줄 만한 사람들에게 맡기는 것이 최선이다. 그것이 아이를 위한 일이기도 하다고 남자는 자기 편할 대로 생각했다.

그러나 아들은…… 아들은 어떻게 해야 할까.

아들을 딸로부터 떨어뜨려놓아야만 했다.

그러나 남자에게는 아들이 필요했다. 지금은 사업이 번창해가고 있지만, 사람의 일이란 모르는 법이다. 언제 또 급하게 돈이 필요해질지 아무도 알 수 없고, 장사하는 사람에게 돈이란 많으면 많을수록 좋은 것이다…….

그리고 그 종잣돈의 원천으로서 기능하려면, 아들에게는 딸이 필요했다…….

남자는 오랫동안 생각했다.

그리고 남자는 가진 돈과 인맥을 동원하여 솜씨 좋은 의사를 물색하기 시작했다.

충분한 보수만 보장된다면 솜씨 좋고 입이 무거운 의사는 얼마든지 찾을 수 있었다. 의사가 요구한 액수는 아마도 본인은 어마어마하다고 생각했겠지만, 남자로서는 아들의 몸을 몇 번만 쥐어짜면 쉽게 손에 넣을 수 있는 금액이었다. 그리고 이렇게 된 것도 결국은 아들의 탓이었으므로 남자는 이 일이 끝나고 나면 책임감을 가르치기 위해서라도 아들에게서 의사가 요구한 것보다 훨씬 더 많은 분량을 짜낼 작정이었다.

딸은 낯선 의사를 보고도 놀라지 않았다. 대체로 그 하얗고 창백한 얼굴에는 아무런 감정도 나타내지 않았다. 그러나 의사가 가방을 열고 약병과 수술칼을 꺼내자 딸은 비명을 질렀다.

그것은 집이 울리고 지붕이 무너질 듯한 굉음이었다. 방 안에 있던 남자와 의사와 시중들기 위해 불러온 하녀는 귀를 막으며 쓰러졌다. 약병은 모두 깨졌다. 그리고 남자가 정신을 차렸을 때는 아들이 방문 앞에 서 있었다.

아들은 여동생의 방에 들어온 낯선 사람을 보고 방 안으로 뛰어들려고 했다. 남자가 막아섰다. 그러면서 남자는 의사에게 어서 빨리 수술을 진행하라고 외쳤다. 약병이 모두 깨졌으므로 의사는 마취도 없이 칼을 집어 들었다. 딸은 도망치려 했으나 몸이 무거워서 제대로 움직일 수 없었다. 몸부림치는 딸을 하녀가 재빨리 붙잡았다. 의사가 딸의 배를 향해 칼을 대었다.

딸이 날카로운 소리로 외쳤다.

"나를 풀어주시오."

방 안으로 뛰어들려는 아들을 막아내고 애써 문을 닫은 남자는 퍼뜩 고개를 돌렸다.

"나를 풀어주시오."

딸이 다시 한번 남자를 똑바로 바라보면서 외쳤다. 남자는 딸의 창백한 얼굴에서 여우의 황금빛 눈동자를 보았다.

의사의 칼날이 딸의 배를 갈랐다. 딸의 비명이 다시 한번 집을 뒤흔들었다.

아들이 동생의 방문을 부수고 방 안에 뛰어들었을 때, 의사는 딸의 배에서 아기와 함께 아기가 든 자궁을 끄집어내려 하고 있었다. 피투성이가 되어 눈이 뒤집힌 채로 아무렇게나 칼을 움직이는 의사는 이미 사람의 형상이 아니었다.

아들이 의사에게 덤벼들어 목을 물어뜯었다.

남자가 말리기 위해 다가서자 아들은 짐승처럼 울부짖으며 이번에는 남자에게 덤벼들었다.

딸을 붙잡고 있던 하녀가 비명을 지르며 도망쳤다.

남자는 바닥에 쓰러져 머리를 부딪쳤다. 아들이 남자의 가슴에 올라타고 목을 졸랐다.

남자가 눈을 떴을 때는 침대에서 넘쳐흐른 피가 바닥까지 흥건하게 퍼져 있었다. 남자와 시선이 마주친 것은 배가 갈라진 채 차갑게 식어버린 딸의 창백하고 참혹한 얼굴이었다.

딸의 장례를 치른 뒤에 남자는 장사도 무역도 모두 그만두고 집 안에 틀어박혔다.

아들과 아기의 행방은 찾을 수 없었다. 아들은 동생의 장례식에도 나타나지 않았다.

남자의 고용인들은 처음에는 남자를 극진하게 돌봐주었다. 고용인들은 남자의 딸이 몹쓸 병으로 오래 앓다가 죽었고 아들은 동생의 죽음에 충격을 받아 집을 나가버렸다고만 알고 있었다. 그래서 완전히 미쳐버린 하녀가 몇 번이고 찾아와서 알 수 없는 말을 외치며 딸의 방에 들어가려 했을 때도 매번 고용인들이 달래며 끌어냈다.

그러나 얼마 지나지 않아 집 안에서 '뭔가'를 보았다는 이야기가 나오기 시작했다. 처음에는 딸의 방 주변에서 언뜻 본 것 같다는 말이 나돌았다. 그러다가 곧 복도와 안방, 고용인들이 쓰는 곁방, 부엌, 그리고 창고 부근에서도 '뭔가'를 보았다는 고용인들이 늘어났다.

그것은 아름다웠다. 은은한 황금빛으로 빛나며 천천히 움직였다. 그리고 지나간 곳에 역시 은은한 금빛으로 빛나는 안개 같은 흔적을 뿌렸다. 그 금빛 안개는 서늘하고 창백했으며, 바라보고 있으면 가까이 가고 싶어졌고, 가까이 가면 손을 담그고 싶어졌다.

그 아름다운 금빛 안개에 홀려 가까이 다가간 사람들은 모두 미쳤다.

몸을 숙여 땅에 남은 그 금빛 흔적을 만진 순간 황금빛으로 빛나는 그것이 몸을 돌려 쳐다보았다. 그것은 눈과 입과 갈라진 배에서 피를 흘리며 새하얗고 투명한 팔을 길게 뻗어 달빛처럼 하얗고 겨울 산의 눈처럼 차가운 손가락을 상대방의 몸속에 넣고 이리저리 휘저으며 중얼거렸다.

─내 아기⋯⋯. 어디 있어⋯⋯.

상대가 공포와 냉기에 질려 대답을 하지 못하면 딸의 유령은 집 안이 흔들리는 굉음을 내질렀다.

─내 아기⋯⋯! 어디 있어어어어어⋯⋯!

딸의 유령이 사라진 뒤에도 금빛에 홀렸던 사람은 아무것도 없는 허공을 보며 황금 귀신이 떠다닌다고 외치거나 아무것도 묻지 않은 손과 얼굴의 피를 씻어내야 한다고 소리치며 피부가 벗겨질 때까지 문지르거나 창밖의 햇살을 보고는 금이다, 금을 발견했다고 외치며 창문으로 뛰어내리거나 한밤중에 이유 없이 숲에 들어가서 여우를 잡기 위해 놓은 덫에 목이 걸려 피투성이 시체로 발견되었다.

고용인들은 하나둘씩 미쳐서 떠나거나 끌려 나가거나 도망쳤다.

커다란 집에는 남자 혼자 남았다.

밤이면 남자의 침대로 황금빛 투명한 딸의 유령이 다가와 눈과 입과 갈라진 배에서 피를 흘리며 물었다.

—내 아기…… 어디 있어…….

남자는 아기가 어디 있는지 알지 못했으므로 대답할 수 없었다. 그러면 딸의 유령은 다시 물었다.

—내 아기…… 어디 있어…….

동이 틀 때까지 딸의 창백하고 투명한 황금빛 유령은 피투성이 얼굴로 남자의 침대 곁에 서서 자신이 죽던 날에 그러했듯이 갈라진 배에서 흘러나온 피로 남자의 침대를 차갑게 적시며 끝없이 계속, 계속해서 되풀이해 물었다.

—내 아기…… 어디 있어…….

마지막 남아 있던 고용인 한 명도 끝내 도망치고 몇 달이 지나 마을 사람들이 반쯤은 호기심 때문에, 반쯤은 이 불길한 집을 어떻게든 해야 한다는 의무감 때문에 찾아왔을 때, 남자는 뼈와 가죽만 남은 채로 침대에 누워 어쨌든 여전히 살아 있었다.

"나를 풀어주시오……"

그것이 남자가 남긴 마지막 말이었다. 그렇게 전해진다.

그리고 이 이야기에는 후기가 있다. 몇 년이나 시간이 흐른 뒤에, 아주 멀리 떨어진 지역에서, 예를 들어 남자의 집이 서북쪽 지방이었다면 그 반대쪽에 있는 남동쪽 지역에서, 눈이 많이 내린 어느 겨울 늦은 저녁의 산길에 이상한 것이 나타났다는 이야기이다.

겨울은 해가 짧고, 저녁의 산길은 이미 깜깜하다. 그런데도 그것은 희끄무레하게 빛나고 있었다. 눈 덮인 언덕길에 웅크린 채로 어쩐지 부지런히 뭔가를 하는 것처럼 꾸물꾸물 움직였다.

그것을 목격한 사람은 그 지방에서 태어나 자란 동네 사람이었는데, 한평생 그 산을 다니면서 그런 것은 한 번도 본 적이 없었다. 그래서 동네 사람은 가까이 다가가서 그 희끄무레한 것을 살펴보았다. 그리고 잠시 후에 비명을 지르며 왔던 길로 도로 뛰어 내려갔다.

　동네 사람이 남긴 증언에 따르면 그것은 어린 사내아이였
다고 한다. 대여섯 살 정도 되어 보이는 남자아이가 어두운
산길에 웅크리고 앉아 뭔가 먹고 있었다는 것이다. 어째서인
지 아이의 몸은 연한 황금빛으로 희미하게 빛나고 있었기 때
문에 동네 사람은 가까이 다가서자 아이가 무엇을 먹고 있는
지 똑똑히 볼 수 있었다.

　그것은 젊은 남자의 시체였다. 아이는 젊은 남자의 배를 가
르고 그 안에 손을 넣어 황금빛 덩어리를 꺼내어 열심히 먹
고 있었다. 젊은 남자의 시체는 이미 죽은 지 꽤 오래된 듯
창백하게 식었고, 주변에는 하얀 눈 위에 은은하게 빛나는 금
빛 자국들이 점점이 흩어져 있었다.

　그 금빛 덩어리와 주변에 흩어진 빛나는 금빛 방울의 자국
들이 희미하게 빛나는 아이와 함께 비현실적으로 아름다웠
기 때문에 동네 사람은 처음에 자신이 무엇을 보고 있는지
이해할 수 없었다. 옆에 다가가서 젊은 남자의 배가 갈라져
있는 것을 보면서도 동네 사람은 금빛으로 뒤덮인 그 시신이
진짜 사람의 시체인지 확신할 수 없었다.

　웅크리고 있던 아이가 고개를 들고 옆에 와서 들여다보는
동네 사람을 올려다보았다. 그 눈에는 아무런 표정도 없었다.
아이는 무심하게 아버지의 배 속에서 추위에 굳어버린 황금

빛 덩어리를 꺼내 입안에 집어넣었다. 아이가 입을 벌렸을 때 동네 사람은 그 입안에서 여우나 늑대와 같은 뾰족한 송곳니를 보았다.

배가 갈라진 젊은 남자가 동네 사람의 발목을 붙잡았다.

—풀어주시오⋯⋯.

동네 사람은 화들짝 놀랐다.

배가 갈라진 젊은 남자가 창백하게 갈라진 목소리로 다시 말했다.

—풀어⋯⋯.

황금빛으로 빛나는 아이가 무심하게 입을 반쯤 벌리고 뾰족한 위아래 송곳니를 드러낸 채 동네 사람을 쳐다보았다.

동네 사람은 젊은 남자를 뿌리치고 붙잡힌 발목을 빼냈다. 그리고 돌아서서 걸음아 날 살려라 도망쳤다.

집에 돌아와서 동네 사람은 쓰러져 있던 젊은 남자가 붙잡은 바짓단에 번쩍이는 황금빛 자국이 묻어 있는 것을 보았다. 동네의 다른 사람들과 함께 해가 뜬 후에 다시 가보았으나 산길은 눈이 녹아 질퍽질퍽할 뿐, 황금빛 아이도 배가 갈라진 남자도 이미 흔적조차 찾을 수 없었다.

흉터

1

소년은 동굴 안으로 끌려갔다.

이유는 모른다. 자신을 끌고 들어가는 사람이 누구인지도 모른다. 사실 소년은 자기 자신이 누구인지도 확실히 몰랐다. 벌판을 배회하다 모르는 사람들에게 붙잡혀서 그대로 끌려간 곳이 산속의 동굴이었다.

소년은 동굴 안에 묶였다. 쇠사슬에 휘감긴 손발이 완전히 움직일 수 없게 된 것을 확인하고 소년을 그곳으로 데려왔던 사람들은 서둘러 떠나버렸다.

암흑 속에서 얼마 동안 울고 소리쳤으나 아무도 와주지 않았다.

울음이 진정될 때쯤, 소년은 등 뒤에서 부스럭거리는 소리를 들었다.

'그것'이 오고 있었다.

소년은 날고기와 생풀을 먹고 살았다.

잠은 묶인 곳에서 웅크리고 잤다. 용변도 묶여 있는 자리에서 해결했다.

가끔 소년은 손발을 묶은 쇠사슬에 끌려 동굴 밖으로 내보내졌다. 며칠에 한 번인지는 모른다. 몇 주에 한 번이었는지도 모른다. 동굴 안에는 햇볕이 들지 않았다.

동굴 밖으로 끌려 나가는 순간은 언제나 빛이 너무 눈부셔서 괴로웠다. 쇠사슬이 잡아채여 허공으로 점점 높이 떠오를 때 소년은 춥고 아프고 무서워서 울었다. 그렇게 끌려 나가 소년은 반짝이며 일렁이는 얼음 같은 물속으로 던져졌다. 묶인 손발로는 헤엄을 칠 수 없었고, 소년은 본래 헤엄치는 법을 알지 못했다. 울부짖으며 허우적거리다가 속절없이 찬물 속으로 잠길 때쯤 뭔가가 다시 쇠사슬을 잡아채여 허공을 가르고 숲과 산을 지나 동굴 안에 소년을 다시 내려놓았다. 소년은 동굴 안, 숨을 쉴 수 있는 공기가 있고 발밑에 움직이지 않는 땅이 있는 곳에서 안도감을 느끼게 되었다.

강렬한 햇살 아니면 숨 막히는 어둠, 번득이는 대기 아니면 눅눅하고 축축한 동굴 안의 공기, 얼음같이 차가운 물 아니면 끈끈한 습기와 오물. 소년의 생활에는 그 중간이 없었고, 언제 어떤 일이 일어날지 예고도 없었다.

'그것'은 한 달에 한 번씩 소년의 뼈를 찢고 골수를 빨아먹었다.

물론 소년은 날이 지나고 밤이 오는 것을 볼 수 없었으므로 달이 지나가는 것도 알지 못했다. 그러므로 소년 자신은 의식적으로 계산할 수 없었으나, '그것'이 찾아오는 주기만이 소년의 생활에서 유일하게 규칙적이고 예측 가능한 사건이었다.

소년은 '그것'이 무엇인지 알지 못했다. '그것'이 어떻게 생겼는지도 알지 못했다. '그것'은 어둠 속에서 검게 번들거렸으며 거대하고 강력하고…… 두렵고 고통스러웠다.

'그것'은 소년의 등뼈 속으로 뾰족하고 딱딱한 무언가를 집어넣고 빨았다. 처음에는 골반 바로 위의 허리 부근에서 시작해서 한 달에 한 번, '그것'은 등뼈를 한 칸씩 타고 소년의 목을 향해 올라갔다.

순서는 매번 같았다. 작고 하얀 점처럼 보이는 동굴 입구가 갑작스러운 검은 형체에 가려졌다. 부스럭거리는 소리와 푸드덕거리는 소리가 들려왔다. 눅눅하고 습한 곰팡내 같은 것이

밴 차갑고 뻣뻣한 깃털이 소년의 손발을 내리눌렀다. 그리고 이어서 뾰족하고 딱딱하고, 말로 형용할 수 없이 무시무시하게 고통스러운 물체가 등뼈 안으로 뚫고 들어왔다.

'그것'이 사라진 뒤에도 소년은 고통과 두려움 때문에 한동안 움직일 수 없게 되곤 했다. 마침내 결심하고 몸을 일으킬 때면 등뼈가 부서지는 듯한 아픔에 저절로 비명이 터져 나왔다.

소년의 비명에는 의미도 방향도 없었다. 소년은 가족을 알지 못했다. 어머니가 누구이고 아버지가 누구이며 자신이 어디에서 와서 어디를 떠돌고 있었는지 기억하지 못했고, 희미하게 남아 있던 기억의 잔상은 동굴 속에서 지낸 암흑의 시간 속에 흩어져서 모두 망각의 심연으로 사라졌다.

그럼에도 소년은 누군가, 누군지 모르지만 아무나 좋으니까 누군가, 자신을 이곳에서 꺼내주기를 간절히 빌었다. 어딘지 몰라도 여기가 아닌 곳, 이 고통과 암흑이 없는 곳으로 데려가주기를, 온 마음을 다하여 무기력하게 빌고 또 빌었다.

물론 아무도 오지 않았다. 소년이 세상에 존재한다는 사실을 아무도 눈치채지 못하였으므로, 소년이 세상에서 사라졌다는 사실 또한 아무도 깨닫지 못했다.

2

소년은 동굴 안에 혼자 있을 때 쇠사슬을 당겨 자신이 묶여 있는 말뚝을 중심으로 얼마나 움직일 수 있는지 탐색해 보았다. 쇠사슬을 부딪쳐 짤랑거리는 소리를 내고 여기에 맞추어 자기 자신을 향해 낮게 중얼거리거나 노래 비슷한 것을 흥얼거리기도 했다. 물론 그것은 기쁨이나 어떤 다른 감정에서 비롯된 곡조나 가락이 아니라 단지 텅 빈 암흑 속의 불쾌한 공간과 불안한 시간을 어떻게든 채워보기 위한 헛된 노력이었다.

쇠사슬이 돌벽에 부딪혀 조그맣게 불꽃이 튀는 것을 보았을 때가 소년에게는 어둡고 공허한 어린 시절 중에서 가장 즐거운 순간이었다. 그 작지만 아름다운 빛을 다시 한번 보고 싶어서 자꾸 쇠사슬을 당겨 벽과 바닥에 부딪치다가 소년은 순간적인 불꽃에 비친 조그만 벌레를 보았다.

동굴 속에 잡혀 들어온 이후로 소년이 자기 자신을 제외하고 다른 생명체를 목격한 것은 그때가 처음이었다. 그것이 생명체인지 아니면 다른 무엇인지 소년은 알지 못했으며 무엇보다 제대로 목격한 적이 한 번도 없었다.

소년의 눈에 벌레의 모습이 비친 것은 단 1초도 안 되는 찰나였다. 벌레는 천천히 열심히 무심하게 벽을 기어가고 있었다. 쇠사슬이 돌에 부딪혀 불꽃을 일으키기 전에도 그러하였고, 불꽃이 튀긴 순간 잠깐 몸을 움츠렸으나 놀라움이 가시고 나면 벌레는 다시 익숙한 어둠 속을 더듬어 느긋하게 자신의 갈 길로 가버릴 것이었다. 같은 동굴 안에 존재하고 있었으나 소년의 세계와 벌레의 세계는 너무나 달랐고, 자신 외의 다른 생명체를 드디어 찾아냈으나 그 다른 생명체는 소년의 고통이나 기대나 희망에는 무관심하였다.

소년은 쇠사슬을 몇 번이고 몇 번이고 거듭해서 돌에 부딪쳤으나 다시는 벌레의 모습을 볼 수 없었다. 소년은 그래서 처음으로 흐느껴 울었다. 공포로 범벅된 정신 나간 비명이 아니라, 자신의 고독을 이해하고 슬퍼하는 인간의 눈물이었다.

3

세상의 모든 소년은 살아남아 성장하면 청년이 된다.

시간이 지나면서 소년은 쇠사슬이 어쩐지 점점 짧아진다고 느꼈다. 잠든 채로 자기도 모르게 팔이나 다리를 뻗으려 했다가 날카로운 쇠가 살을 파고드는 감촉과 갑자기 당기는 느낌에 깜짝 놀라 깨어나는 일이 많았다. 동굴 밖으로 끌려 나가 얼음장처럼 차갑고 번득이는 대기 속을 가를 때 자신이 손발을 허우적거리며 몸부림치자 그 힘에 못 이겨 자신을 물고 날아가는 '그것'이 함께 휘청거리는 순간을 체험하기도 했다.

그날 소년은 차가운 물속에 머리부터 처박혔다. '그것'은 소년의 다리를 으스러지도록 꽉 물고 몇 번이나 소년을 차가운 물속에 처박았다가 꺼내고, 다시 처박았다가 꺼냈다. 최종적으로 소년은 물속에 완전히 내던져져서 바닥까지 가라앉았다가 다음 순간 다시 '그것'에게 물려 동굴 안의 어둠 속으로 내던져졌다. 그리고 '그것'은 소년의 목뼈에 단단하고 뾰족한 것을 쑤셔 넣었다.

소년은 이제 죽는다고 생각했다. 목의 살이 찢어지고 뼈 사이로 그 지긋지긋하게 뾰족하고 고통스러운 것이 파고드는 감각을 생생하게 느꼈다. 소년은 목이 잘려 떨어질 것이라 생각하고 눈을 감았다.

깨어났을 때 소년은 아직도 살아 있었다.

목을 돌릴 수 없었고, 팔다리를 움직일 수 없었다. 회복하는 데 이전보다 몇 배나 더 시간이 걸렸고, 언제나 주위 어딘가에 놓여 있던 날고기도 풀도 찾을 수 없었다. 꼼짝하지 못하고 엎드린 채 굶주림에 떨면서 소년은 '그것'이 언제 다시 나타나 자신의 목을 자를지 계속 경계했다.

'그것'은 한동안 다시 나타나지 않았다.

마침내 손발을 움직일 수 있게 되었을 때, 소년은 자신이 더 이상 무력한 어린아이가 아님을 깨달았다. 청년이 된 소년은 스스로 동굴 밖으로 나갈 수 있는 희미한 가능성을 탐색하기 시작했다. 그 가능성은 무의식적인 팔다리의 움직임에서 시작하여 점차 형태를 갖춘 생각으로 굳어져갔다.

4

잡혀서 끌려 들어올 때와 마찬가지로 청년은 어느 날 동굴 밖의 세상에 내던져졌다.

'그것'에 물린 채 허공을 날아가고 있었다. 동굴이 지평선 너머로 사라질 때쯤 청년은 돌연히 팔다리를 크게 휘둘렀다.

아무런 계획도 작정도 없는 충동적인 행동이었다. 그래서 '그것'은 청년의 움직임을 예상하지 못했다. 청년의 손발에 감겨 있던 쇠사슬이 '그것'을 때린 순간 '그것'은 청년이 이제껏 한 번도 들어보지 못했던 괴성을 지르며 청년을 놓쳐버렸다.

청년은 허공을 가르며 떨어졌다.

그리고 어딘가에 세게 부딪혔다.

청년은 정신을 잃었다.

깨어났을 때는 숲의 나무들 위로 불그스름한 해가 둥그렇게 걸려 있었다. 청년은 너무나 오랜만에 보는 광경에 넋을 잃고 붉게 녹아 퍼지는 해를 응시했다.

그리고 청년은 몸을 일으켰다.

온몸이 부서질 듯이 아팠다. 머리가 울렸다. 그러나 그는 살아 있었다.

손목의 수갑과 발목의 족쇄는 여전히 채워져 있었으나 그 쇠고리에 달린 사슬은 아무 데도 묶이거나 이어지지 않고 그저 덜렁거렸다.

그가 몸에 걸친 것이라고는 손목과 발목의 이 수갑과 족쇄뿐이었다. 그의 알몸에는 팔과 다리와 등뼈와 양쪽 갈비뼈를 따라 120개의 커다란 삼각형 흉터가 새겨져 있었다.

그는 발그스름하게 녹아서 하늘로 퍼져가는 햇살을 향해 움직이기 시작했다.

그는 천천히 움직였다.

지나치게 오랜 시간 동안 그는 동굴 안에 웅크리고 있거나 아니면 허공이나 물속에서 허우적거리는 데만 익숙해져 있었다. 두 발로 서서 걷는다는 것은 다른 어린 시절의 기억과 마찬가지로 아주 먼 옛날의 희미한 꿈 같았다. 게다가 떨어질 때 몸 여기저기 다친 곳이 아팠다. 손목과 발목에 아직도 걸려 있는 족쇄와 쇠사슬이 거추장스러웠다. 그는 반쯤은 엎드려서 손발로 기어가다가 나뭇가지를 잡고 매달리기도 하고 두 발로 서서 버티기도 하면서 조심스럽게 자신의 몸을 사용하는 법을 다시 익혔다.

그는 늘 먹던 날고기가 어디에서 오는지는 알지 못했지만, 생풀과 나무 열매를 먹는 법은 알고 있었다. 그는 손에 잡히는 대로 먹을 수 있는 것은 모두 입에 넣고 씹으며 어딘지 모를 곳으로 계속 전진했다.

그는 도망치고 있었다. 힘들고 아팠지만, 이 순간 그는 자유로웠다. 그래서 그는 어디로 가는지 자기 자신도 모르면서 최대한 서둘렀다.

다시는 잡히고 싶지 않았다. 잡혀서는 안 되었다. 다시 그 동굴 속의 어둠으로 돌아가게 된다면 이번에야말로 '그것'이 자신을 죽이리라. 그는 그렇게 확신했다.

5

마을에 당도했을 때, 사람들은 모두 그를 쳐다보며 꼼짝도 하지 않았다.

그의 알몸을 보고 어머니들은 아이들의 눈을 가렸으나 뒤이어 그의 흉터를 보고는 벌리려던 입을 다물었다. 아무도 그에게 가까이 오려 하지 않았다. 두려움에 가득 찬 눈으로 쳐다볼 뿐이었다. 누구 하나 도와주지 않았지만 그렇다고 도망치거나 욕하거나 내쫓으려 하지도 않았다. 사방을 둘러싼, 놀랄 정도로 완전한 정적 속에서 그저 다들 눈을 크게 뜨고 말없이 그를 응시했다.

그가 자신 이외에 다른 사람을 만났던 것은 아주 오래전의 일이었다. 그리고 그때조차 이렇게 많은 사람을 한꺼번에 마주했던 적은 없었다. 더구나 그 많은 사람이 모두 자신만을 쳐다보는 지금 같은 광경은 한 번도 상상조차 하지 못했다. 사람들의 무표정한 얼굴과 크게 뜬 눈, 그리고 사방을 지배하는 알 수 없는 침묵에 그는 기가 질렸다.

그가 어쩔 줄 모르고 서서 둘러보는 사이에 사람들은 하나둘씩 몸을 돌려 어디론가 사라졌다. 남아 있는 사람들은 경계하듯 그를 무표정하게 바라보다가 역시 같은 방향으로 약속이나 한 듯이 사라졌다. 얼마 뒤에 그는 마을 어귀에 혼자 남았다.

그는 진실로 어떻게 해야 할지 모르게 되었다. 처음에는 사람이 너무 많았고 이제는 하나도 없었다. 사방이 너무 밝았다. 그의 세계를 규정해주던 돌벽도, 쇠사슬이 걸린 말뚝도 없었다. 그는 얼음장 같은 대기를 날아서 차가운 물속에 처박혔다가 다시 동굴로 돌아와 친숙한 어둠 속에 던져졌을 때의 안도감을 떠올렸다. 아주 짧은 한순간이지만 그 익숙한 검은 공간이 그리웠다.

그때, 다시 사람들이 모여들었다. 한두 명씩 어디선가 나타나서 아까처럼 적당한 거리를 유지하고 그를 쳐다보았다.

이번에는 사람들이 조용히 웅성거리고 있었다. 여전히 표정을 읽을 수 없고 여전히 시선이 너무 많았기 때문에 그는 계속 어쩔 줄 모르는 채로 서 있었다.

그때 낮은 웅성거림을 뚫고 어떤 목소리가 들려왔다.

"어, 괜찮아, 괜찮아! 좀 비켜주지? 음, 그래. 아, 저기 있군."

큰 소리로 말한 것은 대머리의 중년 남자였다. 대머리 남자는 어떤 젊은 남자에게 이끌려 뭔가 호들갑스럽게 떠들면서 그에게 다가왔다. 중년 남자는 다른 마을 사람들과 비슷하게 거리를 두었을 때 젊은 남자와 뭔가 작은 소리로 속삭였다. 젊은 남자는 몸을 돌려 사람들의 무리 속으로 사라졌지만, 중년 남자는 이것 보란 듯이 더 큰 소리로 '괜찮아!'라든지 '아, 그래!' 하고 외치면서 아무렇지 않게 그의 앞으로 와서 섰다.

남자가 손을 뻗었을 때 그는 흠칫 물러섰다. 그러나 대머리의 중년 남자는 서글서글하게 웃으면서 한 걸음 더 다가와서 살그머니 그의 손목에서 흘러내린 쇠사슬 끝을 쥐고 부드럽게 당겼다.

"아, 여긴 됐어요. 별일 아냐. 가서 하던 일들 하세요. 이쪽은 다 해결됐으니까."

그는 너무나 오랜만에 듣는 타인의 목소리가 반갑다기보다 이질적이었다. 중년 남자가 하는 말은 절반도 채 알아듣지 못했다. 그러나 동굴 속에서 팔다리를 뻗으려다 쇠사슬이 당겨졌을 때 본능적으로 몸을 움츠렸던 것처럼, 그는 남자가 쇠사슬 끝을 잡고 가볍게 당기자 흠칫 몸을 떨며 움츠렸다.

남자는 쇠사슬 끝을 쥔 채로 계속 싱글싱글 웃으면서 다가와서 그의 어깨에 손을 얹었다. 아무렇게나 자라서 헝클어진 그의 머리카락 속으로 중년 남자의 허옇고 퉁퉁한 손이 푹 파묻혔다. 중년 남자의 손가락은 다 예상했다는 듯 익숙하게 그의 목을 향해 움직여 '그것'이 찢고 갈라 빨아 먹었던 목뼈 위의 흉터를 꽉 눌렀다.

그는 얼어붙은 듯 굳어졌다. '그것'이 목뼈를 가를 때 느꼈던 두려움, 목숨을 잃을지 모른다는 절대적인 공포와 고통이 되살아났다.

"자, 됐어요 됐어. 아, 참 별일 아니라니까 그러네. 괜찮으니까 가서 볼일들 보세요. 자, 거기 잠깐만 비켜주시고……."

중년 남자는 큰 소리로 이렇게 떠들면서 그의 목덜미에 손을 얹은 채 쇠사슬 끝을 쥐고 그를 끌고 갔다. 그는 목에서 터져 나오려는 비명을 누르지도 삼키지도 못한 채 남자가 이 끄는 대로 따라갔다.

6

남자는 그에게 물과 먹을 것과 옷을 주었다.

날고기와 생풀만을 음식으로 알고 지냈던 그에게 요리된 음식의 냄새는 낯설었다. 그러나 한번 입에 넣고 나니 다 먹을 때까지 멈출 수가 없었다. 실컷 배를 채우고 나서 웅크리고 앉아 졸다가 그는 철컥거리는 소리에 놀라서 눈을 떴다. 남자가 들고 온 커다란 도구가 손목을 향해 다가오는 것을 보고 그는 비명을 지르며 발버둥 쳤으나 남자가 데려온 다른 사람들에게 붙잡혀 눌려서 꼼짝할 수 없게 되었다.

중년 남자는 그의 왼쪽 손목을 감싼 수갑과 양쪽 발목의 족쇄를 끊어냈다. 오른쪽 손목의 수갑만은 어째서인지 남겨두었다. 그러나 고리에서 쇠사슬을 빼주었기 때문에 이전처럼 거추장스럽게 덜렁거리지 않게 되었다.

그는 자신의 손목과 발목을 내려다보았다. 무거운 쇠에 쓸리는 감각은 불쾌했으나 이미 익숙해졌고 손목과 발목에는 살이 쓸리고 벗겨지다 못해서 흉터 위에 굳은살이 생겼다. 갑자기 손목 발목이 가벼워지니 오히려 이상했다.

"오늘은 좀 쉬어, 응? 그리고 내일부턴 너도 밥값을 해야지?"

중년 남자가 어째서인지 신난다는 듯 히죽히죽 웃으며 그에게 말했다. 물론 그는 알아듣지 못했다. 남자는 그가 알아듣지 못하는 모습을 보고 또다시 즐거운 듯 히죽히죽 웃으며 오두막의 문을 닫았다.

그는 평온과 고요 속에 잠시 앉아 있었다. 처음에는 두려웠으나, 아무 일도 일어나지 않았기 때문에 점차 안심했다.

바닥에는 맨땅 위에 거적 한 장이 깔려 있었다. 언제나 검은 돌 위에서 맨몸으로 살았던 그에게는 그 거적 한 장이 솜털처럼 부드럽게 느껴졌다. 오두막 안은 침침했으나 동굴 속처럼 완벽한 어둠은 아니었다. 공기는 따스하고 부드러웠고, 신선한 풀 냄새와 흙냄새가 섞여서 풍겨왔다. 짚으로 엮은 지붕의 틈새로 별빛이 반짝였다.

그는 오래전 동굴 속에서 쇠사슬을 돌에 부딪쳤을 때 튀었던 조그만 불꽃을 생각했다. 저 바깥에 보이는 둥글고 커다란 어둠 속에서, 누군가 자신처럼 동굴 안에 갇힌 사람이 쇠사슬을 거대한 돌벽에 부딪치며 저 수많은 반짝이는 빛을 만들어내고 있는 것이라고 그는 이해했다. 도움을 청하기 위해서? 혹은 그저 공허와 어둠을 어떻게든 견뎌보기 위해서? 그는 알 수 없었다. 저 바깥에 있는 허공의 거대한 동굴 속에 갇힌 사람이 어떤 마음으로 쇠사슬을 돌벽에 부딪치고 있든, 그 자신은 한때 곁에서 기어가던 벌레처럼 그저 무심하게 바라볼 뿐이었다.

거기까지 생각하고 그는 잠들었다.

7

중년 남자는 아침 일찍 그를 깨웠다. 사람을 여러 명 동원하여 그의 몸을 씻기고 머리를 감기고 덥수룩하게 헝클어진 머리카락을 잘라주었다. 그가 겁에 질려 몸부림치려 하면 중년 남자는 허옇고 퉁퉁한 손으로 그의 목덜미에 있는 흉터를 꽉 눌렀다. 어떻게 하면 그를 얌전하게 만들 수 있는지 중년 남자는 이상할 정도로 잘 알고 있었다.

목욕과 이발이 끝난 뒤에 중년 남자가 데려온 사람들은 그의 몸에 기름을 바르고 화려한 바지를 입혔다. 윗옷은 어째서인지 주지 않아서 그는 팔과 상체의 흉터를 전부 드러내고 있게 되었다. 그 위에 기름을 발랐기 때문에 그의 몸을 뒤덮은 삼각형의 검은 흉터는 위협적으로 번들거렸다.

몸단장을 전부 끝내고 나서 중년 남자는 그의 오른쪽 손목에 남겨둔 수갑에 쇠사슬을 끼웠다. 그의 어린 시절 내내 끼워져 있던 쇠사슬은 녹슬어 불그스름한 데다가 굵다랗고 무거워서 거추장스러웠는데, 중년 남자가 새로 끼워준 쇠사슬은 비슷하게 굵은데도 어쩐지 무척 가벼웠으며 햇빛을 받으면 새까맣게 반짝거렸다.

그 검은색을 보고 그는 곧바로 동굴 입구를 가로막던 '그것'의 검은 형체와 뻣뻣한 깃털을 연상하고 겁에 질렸다. 그러나 중년 남자가 그 까맣고 가볍고 반짝이는 쇠사슬을 가볍게 당겼기 때문에 그는 문득 정신을 차리고 시키는 대로 고분고분 걷기 시작했다.

그들이 걸어서 도착한 곳은 마을 한가운데의 커다란 공터였다. 중년 남자가 손짓하자 남자를 따르는 사람들이 공터에 빙 둘러 나무 말뚝을 박아서 울타리처럼 만들었다. 남자는 그의 손목에 걸린 쇠사슬을 가볍게 쥔 채로 언제나 하듯이 싱글벙글 웃으면서 그 광경을 지켜보았다.

울타리가 다 완성될 때쯤 사람들이 모여들기 시작했다. 그는 또다시 지나치게 많은 사람이 모여드는 광경을 어리둥절하여 지켜보았다. 사람들이 나무 울타리 둘레에 빽빽하게 모여들었을 때 중년 남자는 그의 손목에서 까맣고 반짝이는 쇠사슬을 빼냈다. 그리고 그의 등을 가볍게 밀었다.

"자, 가서 싸워."

그는 알아듣지 못했다. 나무 울타리에 입구처럼 틈을 벌려둔 곳에 멍하니 서서 모여든 사람들의 얼굴을, 혹은 중년 남자를 멍하니 바라볼 뿐이었다. 중년 남자는 다시 히죽히죽웃었다.

"천치 같은 새끼……. 가서 싸우라니까! 물어, 쉭!"

그리고 중년 남자는 이번에는 아까보다 훨씬 세게 그를 나무 울타리 안의 공터로 밀어 넣었다.

나무 울타리를 둘러싼 사람들이 환호했다. 낯설고 지나치게 시끄러운 소리에 그는 겁에 질려 몸을 움츠렸다.

두리번거리다가 고개를 돌렸을 때, 그는 공터의 맞은편에서 눈에 핏발을 세우고 입가에 거품을 흘리며 자신을 노려보는 커다란 검은 개와 시선이 마주쳤다.

물론 그는 그것이 개라는 사실을 알지 못했다. 야생 짐승이든 가축이든 동물을 본 지도 지나치게 오래되었다. 그러나 핏발 선 눈과 거품을 흘리는 입가에 튀어나온 날카로운 송곳니가 무엇을 뜻하는지는 본능적으로 이해했다.

그는 흘끗 뒤를 쳐다보았다. 중년 남자가 그를 밀어 넣었던 나무 울타리 사이의 틈새는 어느새 막혀 있었다.

그는 개의 핏발 선 눈에서 시선을 떼지 않고 천천히 옆으로 한 걸음 움직였다.

다시 한 걸음.

그가 다른 퇴로를 모색하려고 다시 고개를 돌린 순간, 검은 개가 소리 없이 땅을 박차고 그의 목을 향해 달려들었다.

개의 이빨이 허공을 가르는 순간, 그의 살을 뚫고 들어가기 직전에 그는 몸의 모든 뼈와 관절이 끊어지고 부서지는 듯한 파열음이 연달아 울리는 것을 들었다. 온몸이 일시에 산산조각이 나는 듯한 고통 속에서도 그는 어쩐지 그 연속적으로 부러지는 소리만은 확실하게 하나하나 구분해서 들을 수 있었다.

그의 목을 물어뜯으려던 개의 이빨과 그의 살을 할퀴려던 발톱은 뭔가 대단히 단단하고 딱딱한 것에 부딪혀 튕겨 나갔다. 개는 공격에 실패하여 땅에 내동댕이쳐졌다가 으르렁거리며 몸을 일으켰다. 다시 일어나 그와 시선을 마주한 순간 개의 핏발 선 눈에 순간적으로 주저하는 기색이 떠올랐다.

그러나 개는 병들어 있었다. 머릿속까지 파고든 병균의 명령에 따라 개는 다시 입에서 거품을 흘리며 큰 소리로 울부짖으면서 그에게 덤벼들었다.

이어서 무슨 일이 일어났는지 그는 잘 기억하지 못한다. 정신을 차렸을 때 커다란 검은 개는 피에 젖은 가죽과 털 덩어리가 되어 먼지투성이 흙바닥에 내동댕이쳐져 있었다.

군중이 환호했다. 서둘러 자리를 뜨거나 돌아서서 토하는 사람도 있었다. 토하거나 가버리지 않고 남은 사람들은 병든 개가 살아 있었을 때처럼 핏발 선 눈을 희번덕거리며 의미를 알 수 없는 소리를 내지르고 박수를 쳤다.

중년 남자가 공터로 나와 인사했다. 박수와 환호 소리는 더 커졌다. 중년 남자는 완전히 얼이 빠져 두리번거리며 서 있는 그의 팔을 잡아끌고 공터를 빠져나왔다. 남자를 따르는 사람들이 수건을 가져와서 그의 몸을 문지르기 시작했을 때에야 그는 온몸이 개의 피와 자신의 땀으로 흠뻑 젖어 있는 것을 알았다.

"잘했어."

중년 남자는 몹시 만족스러운 듯 히죽히죽 웃으며 그에게 말했다.

"아주 잘했어. 앞으로도 그 정도만 해주면 돼. 완급을 좀 조절해야겠지만."

그리고 중년 남자는 희고 두꺼운 손바닥으로 그의 목덜미를 다정하게 툭 쳤다. 남자의 손바닥은 정확하게 그의 흉터를 눌렀지만 닿는 시간이 짧고 손의 힘도 약했기 때문에 그는 이전만큼 겁에 질리지는 않았다.

그의 몸에서 피와 땀을 닦아낸 사람들이 이번에는 물과 말린 고기를 가져다주었다. 정신없이 물을 들이켠 뒤에 짭짤하고 질긴 고기 조각을 씹으면서 그는 처음 자신을 끌고 갈 때 목덜미의 흉터를 꽉 누르던 중년 남자의 손의 감각과 이번에 부드럽고 다정하게 목의 흉터를 툭 치던 감촉에 대해 생각했다. 그리고 이유는 알 수 없지만, 자신이 생전 처음으로 다른 인간에게 칭찬을 받았다는 사실을 어렴풋이 이해했다.

8

그는 마을과 마을을 떠돌면서 싸움을 했다. 자기 자신은 전혀 이해하지 못했으나 그는 잘 싸웠다.

상대는 큰 개나 생포된 늑대일 때도 있었고 멧돼지일 때도 있었고 한번은 곰을 상대해야 했던 적도 있었다. 어느 쪽이든 그가 기억하는 것은 두려움과 긴장감, 그리고 이어서 온몸이 갈가리 부서지는 듯한 고통과 날카롭게 끊어지는 파열음이었다. 그 뒤로는 어찌 된 일인지 알 수 없었지만, 정신을 차려보면 짐승은 목이 부러지거나 배가 찢어진 채로 피투성이가 되어 내장을 온통 쏟은 채 땅바닥에 나뒹굴고 있었다.

"완급을 조절해야지, 완급을."

대머리의 중년 남자는 허옇고 통통한 얼굴에 온통 웃음을 가득 띠고 습관처럼 이렇게 말했다.

"짐승 상대할 땐 괜찮지만, 사람을 상대할 때도 저렇게 찢어 죽이면 뒷감당이 골치 아프단 말이야."

그리고 중년 남자는 이해하지 못하고 멍하니 쳐다보는 그의 얼굴을 쳐다보고는 말린 고기 조각을 던져주며 히죽히죽 웃었다.

"천치 같은 새끼……. 알아먹게 가르치려면 다 방법이 있지, 암."

그리고 중년 남자는 자신과 똑같이 반들반들한 대머리의, 그러나 몸집은 두 배쯤 되는 근육 덩어리의 우락부락한 남자를 어디선가 데리고 왔다.

머리카락과 수염은 물론 눈썹까지 싹 다 밀어 얼굴 전체가 반들반들 빛나 보이는 근육질 남자는 중년 남자와 뭔가 소곤소곤 이야기하더니 빈터로 들어와 그의 앞에 섰다.

그는 어떻게 해야 할지 알지 못하고 그저 멍하니 남자를 쳐다보고 있었다. 짐승과 싸울 때는 상대가 눈에 핏발을 세우거나, 눈을 퍼렇게 부릅뜨거나, 입가에서 거품을 흘리고 발톱을 치켜들었다. 공격의 의사가 확실했으므로 피하거나 받아치는 것 외에는 달리 방법이 없었다. 그러나 사람은 전혀 달랐다. 털을 말끔하게 밀어버린 근육질의 반들반들한 남자는 대머리 중년 남자처럼 싱글벙글 웃으면서 어쩐지 다정하게 양팔을 벌리고 그를 바라보았다.

"자, 한번 와봐라, 꼬마야. 같이 놀아보자."

그는 어떻게 하라는 뜻인지 알 수 없어서 머뭇거렸다. 근육질 남자의 웃는 얼굴을 쳐다본 뒤에 울타리 밖에서 지켜보는 대머리 중년 남자를 바라보았다.

"덤벼야지, 새끼야. 덤비라고."

대머리 중년 남자는 히죽히죽 웃으면서 허옇고 통통한 손으로 주먹질하는 시늉을 했다.

이 손짓은 그가 알아들을 수 있었다. 사람을 상대하는 것은 처음이었으므로 어쩐지 꺼려졌지만, 그는 어쨌든 시키는 대로 머리를 민 근육질 남자에게 덤벼들었다.

남자는 덩치에 어울리지 않게 가볍게 피했다. 그는 방향을 돌려 쫓아가서 다시 덤볐다. 남자는 그가 뻗는 왼팔을 손바닥으로 능숙하게 쳐냈다. 그는 관성에 의해 앞으로 고꾸라졌다. 근육질의 남자가 다른 한 손으로 그의 목덜미를 잡았다.

그는 경직되었다. 남자의 손바닥이 그의 목덜미 뒤쪽 흉터를 누른 순간 그는 움직일 의욕을 전부 잃었다.

근육질 남자는 싱긋 웃었다. 그의 목을 잡고 마치 인형을 던지듯이 내던졌다.

그는 울타리의 나무판자에 처박혔다. 아주 잠깐이지만 눈앞이 깜깜해졌다. 간신히 몸을 일으키면서 그는 자신이 이마와 코에서 피를 흘리고 있는 것을 알았다.

그는 일어서서 정신을 차리기 위해 고개를 흔들었다. 눈에 초점이 맞았을 때 근육질의 사내는 그의 바로 앞에 다가서 있었다. 그가 뭔가 반격할 새도 없이 근육질의 사내는 마치 어린아이의 머리라도 쓰다듬는 듯한 동작으로 손바닥을 펴고 그의 관자놀이를 세게 후려쳤다. 그는 또다시 흙바닥에 처박혔다.

그는 입안의 모래와 피를 뱉어내고 일어섰다. 싸움이 이런 식으로 진행되었던 적은 이제까지 한 번도 없었다. 화가 나서 그는 주먹을 움켜쥐고 근육질의 남자를 향해 달려갔다.

남자는 처음과 마찬가지로 가볍게 피했다. 제풀에 넘어지는 그의 목덜미를 살짝 누르기도 했다. 놀림을 당한다는 느낌에 그는 점점 더 화가 났다. 그러나 달려들어 헛손질해댈수록 기운만 빠질 뿐이었다.

그는 얼굴과 입안이 모래와 피로 범벅이 된 채 비틀거렸다. 숨을 잘 쉴 수 없었다. 근육질의 남자는 여전히 싱글싱글 웃으면서 그를 쳐다보고 있었다.

"제대로 된 공격을 여러 번 하는 것보다, 허공에 한 번 헛주먹질을 하는 게 더 힘든 법이지."

근육질의 남자가 웃으면서 말했다.

"사람이 헛주먹질을 하면 마음이 지치거든, 마음이."

그는 알아듣지 못했다. 그가 이해한 것은 남자가 자신을 놀리고 있다는 것뿐이었다. 격분한 그는 지친 것도 숨찬 것도 전부 잊었다. 다시 주먹을 쥐고 남자에게 덤벼들었다.

남자는 이번에도 그의 주먹을 피했다. 그가 제풀에 달려 나가 쓰러지기를 기다려서 남자는 그의 등을 무릎으로 누르고 목덜미에 주먹을 가져다 댔다. 남자의 주먹, 그중에서도 셋째 손가락의 관절 부분이 그의 목 뒷덜미에 닿으려 할 때 그는 어딘가 멀리서 약하게 들려오는 파열음의 첫 번째 소리를 들었다.

근육질의 남자는 그 순간 동작을 멈추었다. 주먹이 그의 목덜미를 파고들기 직전이었다.

그는 숨을 몰아쉬며 기다렸다.

소리는 그대로 멈추었다. 더 이상 아무 일도 일어나지 않았다.

남자가 천천히 몸을 일으켰다. 그에게 손을 내밀었으나 그는 잡지 않고 자기 힘으로 일어났다. 그 모습을 보고 남자가 또 웃었다.

물을 마시고 말린 고기를 씹으면서 그는 근육질의 남자와 대머리 중년 남자가 이야기하는 소리를 들었다.

"상대가 지금 덤비고 있다는 걸 저게 알지만 못하면……."

"그러니까 스스로 딱 알아채는 그 순간을 좀 늦춰서……."

"아니, 하지만 그러다가 혹시나 잘못되면……."

"그럴 리 없어. 믿을 만하다니까……."

이야기하다가 그와 시선이 마주치면 두 남자는 약속이라도 한 듯 싱긋 웃었다. 대머리 남자가 그에게 고기를 조금 더 던져주었다. 근육질 남자가 그를 향해 한 손을 입에 대고 뭔가 마시는 듯한 몸짓을 해 보였다. 그의 어리둥절한 표정을 보고 남자는 큰 소리로 웃었다.

9

며칠이 지나 다시 싸우러 나가게 되었다. 공터로 들어서기 전에 대머리 남자는 그에게 가죽 주머니에 든 액체를 내밀었다. 그는 무심결에 주머니를 열었다가 고개를 돌렸다. 액체에서는 강하게 쏘는 듯한 냄새가 났다.

그가 아는 액체는 물밖에 없었다. 주머니에 든 것은 확실히 물이 아니었다.

그는 중년 남자를 쳐다보았다. 대머리 남자는 언제나 하듯이 싱글벙글 웃으며 손을 입가에 대고 고개를 뒤로 젖히는 동작을 해 보였다.

"쭉 마셔. 좋은 거야. 돈 많이 벌어야지, 안 그래?"

그는 망설였다. 남자가 다가와서 그의 목 뒷덜미를 세게 잡았다. 그가 꼼짝하지 못하는 사이 그의 고개를 억지로 젖히고 입안에 타는 듯한 액체를 쏟아 넣었다. 그는 기침을 하며 반쯤 도로 토했으나 절반 정도는 이미 넘겨버렸다.

"됐어. 자, 가서 물어. 쉭!"

대머리 중년 남자는 빈 가죽 주머니를 받아 들고 싱글싱글 웃으며 이렇게 말한 뒤에 그의 등을 탁 쳐서 공터로 내보냈다.

이번에 그의 상대는 사람이었다. 인상이 사나운 젊은 남자였다. 짧은 머리에 이마에 긴 흉터가 있고 눈은 좁고 길게 찢어져 무척 날카로웠다.

사납게 생긴 젊은 남자는 성큼성큼 그에게 다가왔다. 그는 공격하려는 줄 알고 본능적으로 흠칫 경계했다. 그러나 상대는 팔을 뻗으면 닿을 거리가 되기 직전에 몸을 뺐다. 다리를 조금 벌리고 선 채로 몸을 앞뒤로 흔들흔들하며 팔이 닿는 거리에 들어오려다가 빠져나가고, 들어오려다가는 다시 빠져나갔다.

그는 상대방이 그렇게 거리를 좁혔다가 벌리고, 벌렸다가 다시 좁히는 모습을 보고 있으니 어쩐지 어지러워졌다. 상대가 흔들흔들하면서 거리를 재다가 갑자기 주먹으로 그의 광대

뼈를 후려쳤을 때 그는 반격은커녕 피하지도 못하고 맥없이 쓰러졌다. 나무 울타리를 둘러선 사람들이 야유를 보냈다.

그는 일어서려 했다. 그때 상대가 재빨리 다가와서 그의 배를 발로 찼다. 그는 양팔로 바닥을 짚고 버텨서 넘어지지는 않았으나 아까 마셨던 쏘는 듯한 액체가 배 속에서 요동치는 것을 느꼈다. 상대가 한 번 더 발로 찼을 때 그는 옆으로 넘어지면서 방금 마신 액체를 전부 토해버렸다.

녹색의 질퍽한 액체가 바닥의 흙을 적시고 그의 입가를 더럽혔다. 어째서인지 관중들은 환호했다.

그는 힘겹게 몸을 일으켰다. 상대는 이번에는 공격하지 않고 기다려주었다. 아까처럼 몸을 앞뒤로 흔들흔들하면서 그를 지켜보고 있었다.

그는 상대를 마주 쳐다보았다. 토하고 나니 속이 훨씬 편해진 느낌이었다. 어지럼증도 사라졌다. 조금 자신이 붙어서 그는 상대가 흔들거리면서 팔이 닿는 거리에 들어왔을 때 재빨리 주먹을 뻗으려 했다. 그러나 상대가 빨랐다. 사나운 인상의 젊은 남자는 미끄러지듯 발을 움직여 그의 팔 안쪽으로 파고들어 와서 손을 펼쳐 엄지와 검지 사이의 부분으로 그의 목울대를 짧지만 강하게 가격했다. 그는 한순간 숨이 턱 막히는 것을 느끼며 앞으로 고꾸라졌다. 상대는 이 틈을 타서 옆으로 살짝 피하며 팔꿈치로 그의 목덜미를 가격하려 했다.

상대의 팔꿈치가 그의 목을 내려치기 직전에 그는 돌이나 쇠가 부서지는 듯한 단속적인 파열음을 들었다. 어째서인지 이전만큼 고통스럽지는 않았다.

상대의 팔꿈치는 믿을 수 없을 만큼 단단한 무언가에 부딪혔다. 그는 상대의 팔꿈치 뼈가 부서지는 소리와 상대의 비명을 들었다.

그는 몸을 일으켰다. 상대를 공격하기 위해 오른손을 뻗으려다가 손목에 쇠 수갑이 아직도 걸려 있는 것을 보았다. 그래서 그는 오른손을 내리고 자유로운 왼손을 뻗어 상대의 목을 움켜쥐었다. 그의 눈앞에 뻗어 나온 왼팔은 딱딱하고 번들거리는 회색 비늘 같은 것으로 뒤덮여 있었고 손과 손가락은 마치 돌이 갈라져 만들어진 것 같았다. 그 단단한 회색 손, 인간의 것이 아닌 손이 사납게 생긴 젊은 남자의 목을 감고 조였다.

이 모든 일은 이상할 정도로 천천히 진행되었다. 그의 손에 목이 졸린 채 허공에 떠서 상대방의 얼굴은 처음에는 터질 듯한 빨간색이었다가 흰색으로, 그리고 어쩐지 푸르스름한 빛깔로 변해갔다. 그는 마치 남의 싸움을 구경하듯이 모든 장면이 천천히 바뀌는 모습을 구경하고 있었다.

상대 쪽에서 머리가 허연 나이 든 남자가 뛰어나왔다. 이어서 대머리의 중년 남자가 공터 안으로 달려들어 왔다. 중년 남자가 웃지 않는 얼굴을 그는 처음 보았다. 그는 귓가에 울리는 사람들의 목소리를 잘 알아들을 수 없었으나 어쨌든 중년 남자가 시키는 대로 손을 풀고 상대의 목을 놓아주었다.

손가락은 하나씩 하나씩 기괴할 정도로 천천히 풀어졌다. 상대 남자는 눈이 뒤집힌 채로 흐늘거리며 땅에 쓰러졌다. 흰머리의 나이 든 남자가 계속 뭐라고 고함치며 의식이 없는 젊은 남자를 질질 끌어 공터 바깥으로 데려갔다. 관중들은 이 모습을 구경하면서 미쳐 날뛰며 알아들을 수 없는 비명 같은 소리를 질러댔다.

그는 공터에 혼자 서서 울타리 밖의 아수라장을 멍하니 쳐다보고 있었다. 대머리 남자가 곁으로 와서 그의 오른손을 잡고 번쩍 치켜들었다.

천둥 같은 환성과 함께 조그맣고 빛나는 딱딱한 것이 쏟아졌다. 대머리 남자가 다시 싱글벙글 웃는 얼굴이 되어 그 조그맣고 빛나는 딱딱한 파편들을 줍는 동안 그는 어리둥절한 채 자신의 손을 내려다보고 있었다.

손은 이제 다시 평범한 그의 손이었다. 팔도 평범한 그의 팔이었다.

다만 그는 이제야 그 단속적인 파열음과 뒤이어 느꼈던 뼈가 끊어지는 듯한 고통과 그리고 팔과 다리와 등뼈와 갈비뼈를 따라 이어진 삼각형의 흉터에서 돋아 나온 회색의 돌덩어리 같은 비늘을 연결 지을 수 있게 되었다. 자신이 무엇을 이해했는지 정확히 설명할 수는 없었지만, 그는 어쩐지 뭔가 커다란 의문점을 해결한 느낌이었다.

대머리 중년 남자는 사람들이 던진 조그맣고 반짝이는 단단한 파편들을 허리에 찬 주머니에도 터질 듯이 집어넣고 양손에도 하나 가득 움켜쥐고 연신 싱글벙글 웃으면서 그를 끌고 공터를 빠져나왔다. 그리고 대머리 남자와 그를 따르는 일행은 눈이 부실 정도의 속도로 짐을 챙겨 마을을 떠났다. 도망치면서도 대머리 남자는 연신 싱글벙글 웃고 있었다.

온종일 달려서 도착한 외딴 선술집에 여장을 풀고 대머리 남자는 일행과 함께 떠들썩하게 먹고 마시기 시작했다. 그는 바깥에 묶어둔 마차의 짐칸에 웅크리고 졸다가 지푸라기 위에서 잠이 들었다.

뭔가 몸을 건드리는 느낌이 들어 그는 잠에서 깼다. 대머리 남자가 그의 오른손 수갑에 쇠사슬을 끼워 머리 위로 쳐들어 묶어서 자물쇠로 걸어 잠그는 중이었다. 그가 일어서려 하자 대머리 남자는 재빨리 그의 목덜미를 꽉 잡았다. 그는 고분고분 다시 앉았다.

대머리 남자가 조그만 사발을 내밀었다.

"마셔."

그는 주는 대로 얼굴을 가까이 가져갔다가 자기도 모르게 고개를 돌렸다. 아침에 마셨던 녹색 액체와 비슷하지만 다르게 쏘는 듯한 냄새가 났다. 어지럽고 메스껍던 느낌이 되살아나서 그는 얼굴을 찡그렸다.

"마셔!"

대머리 남자가 그의 목을 꽉 잡아서 사발 속으로 얼굴을 내리눌렀다.

그는 무기력하게 왼팔을 휘둘렀다. 오른팔은 수갑의 쇠사슬에 걸려 챙, 챙, 하고 귀에 거슬리는 소리를 낼 뿐이었다. 중년 남자는 그의 목덜미를 힘껏 붙잡은 채 고개를 반대로 확 젖혀 사발에 든 액체를 전부 마시게 했다. 그는 진저리를 치며 기침을 했지만, 아까와 마찬가지로 절반 이상 이미 목구멍 안으로 흘러들어 간 후였다.

대머리 남자는 기침을 하며 괴로워하는 그를 무표정하게 내려다보았다.

"너 아까 그 약 안 마셨으면 상대방 그 새끼 죽였어. 알아?"

평소와 전혀 다른 말투에 깜짝 놀라서 그는 고개를 들어 대머리 남자를 쳐다보았다.

"오늘은 운이 좋아서 그 새끼 안 죽고 돈도 벌고 얼른 잘 빠져나왔지만, 혹시 그 자리에서 사람 죽어봐. 그럼 너나 나나 좆 되는 거야. 알아들어?"

그는 대머리 남자를 쳐다보며 대답하지 못했다. 남자가 그의 뺨을 후려갈겼다.

"알아들어?"

중년 남자가 다시 윽박질렀다.

그는 갑자기 뺨을 맞아 화가 났지만, 몸을 움직일 수 없었다. 얼굴은 달아올랐지만 반대로 팔다리에서는 기운이 빠졌다.

"앞으로 내가 주는 건 다 먹어. 토하거나 잔꾀 부릴 생각하지 말고, 알았어?"

대머리 남자는 이렇게 소리치고 비틀거리며 마차를 나가서 다시 선술집으로 돌아갔다.

10

대머리 남자가 주는 정체불명의 액체를 마시고 사람을 상대로 싸움하게 된 뒤로 그는 서서히 망가져갔다.

강한 냄새가 나는 액체는 자꾸 마시다 보니 토하는 횟수가 줄었으나 어지럼증과 메스꺼움이 점점 더 심해졌다. 구토를 억누르며 비틀거리면서 상대와 맞서다 보니 일방적으로 얻어맞는 것이 당연했다. 그리고 확실히 몸이 상했으므로 액체가 남긴 후유증에서 회복되는 속도 또한 점점 느려졌다.

물론 마지막 순간에 그는 '그것'이 남긴 흉터에서 단단한 비늘이 돋아나와 자신을 보호해주리라는 것을 알고 있었다. 그러나 정신이 몽롱해서 반응이 느려지다 보니 방어기제가 작동하는 속도조차 점점 느려졌고, 기력이 떨어지고 몸이 망가져감에 따라서 이전처럼 강력하게 반격할 수 없게 되어버렸다.

얼굴에 가학적인 미소를 띤, 새하얀 피부와 빨간 눈의 거인과 맞서게 된 날 그는 거의 목숨을 잃을 뻔했다. 빨간 눈의 흰 거인은 고양이가 쥐를 가지고 놀듯 그를 부위별로 골고루 때리고 차며 오랫동안 관중들의 흥을 돋웠다. 공격하려는 듯 과장되게 앞으로 나섰다가 그가 비틀거리며 덤벼들면 옆으로 피하며 관중에게 인사하고 박수를 받는 등, 빨간 눈의 하얀 거인은 시종일관 득의양양했다. 그렇게 영원히 끝나지 않을 것 같은 싸움을 이어나가다가 거인은 마침내 기절할 지경이 된 그에게 필살의 일격을 가하려 했다.

바로 그 순간 그의 등에서 검은 날개 같은 것이 솟아 나와 뒤에서 목을 비틀려고 덤비던 거인을 후려친 것을 그는 기억한다. 거인은 시합장 밖으로 날아갔고, 관중은 이 예상치 못했던 굉장한 반전에 열광했다. 날개는 다음 순간 사라졌고, 그는 얼굴에서 핏기가 가시는 것을 느끼며 쓰러지려 했다.

그때 대머리 남자가 재빨리 달려와 그의 팔을 낚아채어 쓰러지지 못하게 하고 등을 떠받쳤다. 대머리 남자는 그의 손을 치켜들고 관중에게 답례하며 그들이 던진 동전을 줍기 시작했다. 그는 대머리 남자에게 억지로 떠받쳐져 구토를 간신히 참고 있었다. 세상이 빙글빙글 돌았고, 내장이 전부 쥐어짜이듯이 아팠다.

"그래, 그거야! 오늘 했듯이 바로 그렇게 하라고! 정말 끝내줬어! 다 져서 이제 끝장인가 싶었는데 마지막에 그 날개! 대체 어떻게 한 거야? 무슨 속임수를 쓴 거지? 아냐, 아무래도 상관없어. 앞으로도 딱 그렇게만 하라고!"

마을을 떠나와서 마차를 타고 가면서 대머리 남자는 동전을 세며 기뻐했다.

그는 전혀 알아들을 수 없었다. 남자의 말을 이해하거나 집중할 기력이 남아 있지 않았다. 마차가 흔들릴 때마다 속이 뒤집혔고, 맥박이 칠 때마다 머릿속에서 뭔가 부풀어 오르는 듯한 통증이 느껴졌다.

그날 밤 그는 마차의 짐칸에 쇠사슬로 묶인 오른손 손목을 쳐다보며, 다시 한번 도망쳐야겠다고 생각했다.

기회를 잡기는 쉽지 않았다.

아침부터 저녁까지 그는 대머리 남자 혹은 그의 일행에게 둘러싸여 있었고 밤에는 마차의 짐칸에 웅크리고 모두 함께 잤다. 운이 좋아 돈을 특별히 많이 번 날이면 그를 마차의 짐 칸에 혼자 남겨두고 다들 술 마시러 가기도 했지만, 그럴 때 도 그의 오른손은 늘 짐칸에 쇠사슬로 묶여 있었다.

무엇보다도 그는 점점 기운을 잃어갔다. 이제는 수상한 액 체를 마시지 않아도 언제나 구토와 어지럼증에 시달리게 되 었다. 앉았다가 똑바로 일어서거나 어두운 곳에서 조금만 밝 은 곳으로 나가면 세상이 빙글빙글 돌았다. 마침내 그가 한 번도 제대로 공격하지 못하고 춤추듯이 휘청거리면서 얻어 맞기만 하다가 관중의 야유와 비웃음 속에 혼자 쓰러져 기절 해버린 뒤부터 대머리 남자는 한동안 그에게 약을 주지 않게 되었다. 그러나 몸은 이미 망가졌고, 그는 비틀거리면서도 구 역질을 참으며 쉴 틈 없이 계속해서 싸우러 나가야 했다.

대머리 남자가 그를 버리고 떠난 것은 그가 마침내 제대로 일어설 수 없게 되었을 때였다. 아무리 때리고 차고 목덜미를 짓누르고 밟아도 그는 몸을 일으키지 못했다. 대머리 남자는 침을 퉤, 하고 뱉은 후에 일행 중 한 명을 시켜 그를 어깨에 둘러메고 산속으로 데려가게 했다. 숲을 헤치고 안쪽으로 들어가서 대머리 남자의 부하는 그를 나무 밑에 적당히 눕힌 뒤에 돌아서서 가버렸다.

그는 하늘을 보며 누워 있었다. 하늘이라고 해도 높이 솟은 빽빽한 나무 꼭대기 사이로 조금씩 보이는 파란 조각일 뿐이었다.

움직이지 않는 파란 조각을 쳐다보며 땅에 깔린 낙엽의 냄새를 맡고 있다 보니 끊임없이 울렁거리던 속이 어쩐지 진정되는 것 같았다. 그는 몽롱하고 느긋한 기분이 되어 그대로 계속 누워 있었다.

나무 꼭대기 사이로 보이던 파란색이 흐려졌다. 회색이 되고 이어서 짙은 잿빛으로 변하더니 비가 오기 시작했다. 땅에 깔린 낙엽 위로, 그의 얼굴과 몸 위로 굵은 빗방울이 사정없이 떨어졌다.

비를 맞으며 그는 한기를 느꼈다. 빗줄기가 굵어짐에 따라 사방에서 피어오르는 축축한 흙냄새와 젖은 낙엽 냄새가 점차 역겹게 느껴졌다. 오들오들 떨다가 그는 튕기듯이 일어나 앉아서 내장을 다 쥐어짤 것처럼 토했다. 망가진 몸에 남아 있는 모든 힘을 다 끌어모아 오랫동안 열심히 정성스럽게 토했다.

토하고 나서 그는 고개를 들고 비가 내리는 하늘을 쳐다보았다. 빗방울이 얼굴에 흘러내려 입안으로 스며들었다. 그는 빗방울을 빨아 먹었다. 달콤하고 상쾌했다.

그는 일어섰다. 추웠다. 그러나 오슬오슬한 한기와 내장을 쥐어짜는 몸 안쪽의 통증은 점차 수그러들어 사라졌다.

그는 자신을 데려온 남자가 사라진 방향과 반대 방향을 선택했다. 걷기 시작했다.

12

그는 산속을 헤맸다. 빗줄기와 약간의 풀잎 말고는 아무것도 먹지 못하고 계속 걸었다.

마침내 사흘째의 저녁에 숲을 벗어나 마을을 발견했을 때, 그의 머릿속에 처음 떠오른 생각은 살았다거나 반갑다는 것이 아니라 어쩐지 낯이 익다는 것이었다. 숲으로 들어가는 어귀의 바위, 녹갈색 흙과 회갈색 나무줄기, 그리고 마을 입구에 늘어선 집들의 모습이 무서울 정도로 강렬한 기시감을 불러일으켰다.

그러나 그는 마을 풍경이 어째서 낯이 익은지, 언제 어디서 마주친 풍경인지 따져볼 여유가 없었다. 사흘간 숲을 헤매며 제대로 먹지도 못했고 충분히 잠도 잘 수 없었다. 지금 그에게 가장 필요한 것은 음식과 온기였다. 그래서 그는 이상하게 낯익어 보이는 마을로 걸어 들어갔다.

그는 싸우러 나갈 때 입던 옷을 그대로 입고 있었다. 몸에 걸친 것은 화려한 색의 얇고 헐렁한 바지뿐으로, 신발도 없고 윗옷도 없이 등줄기와 팔의 흉터를 그대로 드러내고 있었다.

해는 여러 명도와 채도의 붉은색으로 지평선에 녹아 퍼지며 구름 위로 흩어졌고, 마을의 집들은 굴뚝에서 연기를 피우며 저녁을 준비하고 있었다. 음식의 냄새에 위장이 더 요동치는 것을 느끼며 그는 집들 사이의 골목으로 걸어 들어갔다.

일터에서 돌아오던 사람들이 멈추어 서서 그를 쳐다보았다. 긴장된 침묵 속에 눈을 크게 뜨고 쳐다보는 그 경계심 가득한 얼굴들을 바라보며 그는 '그것'의 동굴에서 처음 도망쳐서 인간의 세상으로 나왔던 날을 떠올렸다. 그때와는 달리, 넉살 좋게 달려 나와 손을 잡아줄 대머리 남자는 이제 없었다.

아무도 그에게 음식과 온기를 제공하려 하지 않았다. 집 안으로 들어서려 하면 아낙들은 그의 갈비뼈에 새겨진 흉터를 먼저 보고 비명을 질렀다. 호미나 갈퀴나 다른 기구를 든 농군이 뛰쳐나와 험상궂은 얼굴로 을러대기도 했다. 그는 위축되었다. 양팔로 할 수 있는 한 몸의 흉터를 가리고 걸음을 재촉했다.

도망치듯 마을을 빠져나와서 그는 한숨을 쉬었다. 산으로
도로 가야 할까? 그는 산이나 숲속에서 살아남는 방법을 전
혀 알지 못했다. 불을 어떻게 피워야 하는지, 먹을 것은 어디
서 얻어야 하는지 짐작도 가지 않았다.

그래도 옛날에 언젠가 그는 날고기와 생풀을 먹으며 연명
했었다. 인제 와서 다시 하지 못하리라는 법은 없었다. 무엇
보다도 마을로 돌아갔다가는 무슨 일을 당할지 알 수 없었
다. 그래서 그는 어둠이 깔리는 숲을 향해 다시 발걸음을 옮
겼다.

숲으로 올라가는 오솔길을 한참 가다가 그는 어둠 속에 지
붕 같은 둥근 형체가 있는 것을 발견했다.

가까이 가서 보니 그것은 정말 지붕이었다. 지붕만이 아니
라 제대로 된 집이었다. 다만 어둠이 깔렸는데도 불빛이 비치
지 않는 것을 보니 버려진 집 같다고 그는 생각했다.

그는 기뻤다. 잠잘 곳이 생겼다. 배가 고프긴 하지만 지금
은 어두워졌으니, 여기서 일단 밤을 보내고 해가 뜬 뒤에 먹
을 것을 찾으러 나가야겠다고 그는 결심했다.

그는 오두막집으로 다가갔다. 나무 문을 밀어 열었다. 문은
삐걱, 소리를 내며 안쪽으로 열렸다.

어둠 속에서 하얀 형체가 그를 향해 다가왔다. 그는 너무 놀라 뒷걸음질 치다 넘어졌다.

"오라버니?"

하얀 형체가 물었다.

그는 뭐라고 대답해야 할지 알 수 없었다.

13

여자는 팔을 뻗어 앞의 어두운 허공 속을 더듬었다.

"오라버니?"

여자가 다시 불렀다.

그는 숨을 가다듬었다. 천천히 몸을 일으켰다.

"오라버니? 왜 대답 안 해요?"

여자가 다가왔다. 그의 뺨에 여자의 손가락이 닿았다.

그는 가만히 서 있었다. 여자가 스스럼없이 다가와서 그의 얼굴을 어루만졌다.

그는 눈을 감았다.

······그의 전 생애에서 가장 달콤한 순간은 여자의 비명으로 끝나버렸다.

"누구세요?"

여자가 소리쳤다. 그가 당황해서 어쩔 줄 모르는 사이에 여자는 팔을 뻗어 눈앞의 허공을 마구 헤집으며 계속해서 소리 질렀다.

"여긴 왜 왔어요? 우리 오라버니 어떻게 했어요?"

그는 얼떨결에 여자가 휘두르는 양손을 꽉 붙잡았다. 여자가 비명을 질렀다. 그는 여자를 돌려세워 입을 막았다. 몸부림치는 여자를 집 안쪽으로 끌고 들어갔다.

안쪽의 문을 밀어 열고 문지방을 넘은 순간 여자가 몸부림치다가 갑자기 멈추었다. 그도 놀라서 같이 멈추어 섰다.

"놔줘요."

여자가 속삭였다.

"소리 안 지를 테니까, 하라는 대로 할 테니까 이거 놔줘요."

그래서 그는 여자를 놓아주었다.

여자는 조심스럽게 몸을 바로 세웠다. 손으로 사방을 조금 더듬어본 뒤에 그에게서 한 걸음 물러났다.

"그래서, 원하는 게 뭐예요?"

여자가 낮은 목소리로 차갑게 물었다.

"우리 오라버니 어떻게 했어요?"

그는 여자의 오라버니라는 사람을 알지 못했다. 해를 끼치려고 찾아온 것도 아니었다. 설명하고 싶었지만 어떻게 해야 할지 알지 못해서 그는 한 걸음 앞으로 다가섰다.

발밑에 뭔가 걸려서 그는 잠깐 중심을 잃었다. 그는 놀라서 엉겁결에 소리를 질렀다. 그 순간 어둠 속에서 뭔가 단단한 것이 그의 정수리를 내리쳤다.

그는 그대로 쓰러져 정신을 잃었다.

14

깨어났을 때는 사방이 환했다. 그는 일어서려 했으나 움직일 수 없었다. 양손이 등 뒤로 묶여 있었다.

그의 눈앞에 젊은 남자가 있었다. 어딘지 굉장히 낯익은 젊은 남자였다.

"여긴 왜 왔어?"

젊은 남자가 물었다.

"내 동생한테 무슨 짓을 하려고 여기까지 왔어? 엉?"

그는 젊은 남자나 그의 여동생을 알지 못했다. 무슨 짓을 하려고 온 것이 아니었다. 그는 필사적으로 고개를 저었다.

젊은 남자는 아랑곳하지 않았다. 말투와 눈빛이 점점 험악해졌다.

"그 괴물이 보냈지? 그렇지? 내 누이를 죽이라고 하던가? 아니면 직접 데려오래?"

'괴물'이라는 말을 듣는 순간 그는 정신이 멍해졌다.

젊은 남자는 '그것'에 대해 알고 있었다. 어떻게? 대머리 남자도, 그의 일행들도, 이제까지 지나다닌 마을의 주민들도, '그것'에 대해 말한 사람은 아무도 없었다.

젊은 남자는 그의 멍한 표정을 다른 방식으로 해석한 것 같았다. 불시에 주먹으로 그의 뺨을 후려갈겼다.

"말해!"

젊은 남자가 고함쳤다.

"여긴 왜 왔어? 내 동생한테 무슨 짓을 하려고 여기까지 왔냐고?"

그가 대답할 틈도 주지 않고 젊은 남자는 다시 주먹으로 그의 얼굴을 갈겼다. 그는 입술 안쪽으로 찝찔한 액체가 스며드는 것을 느꼈다.

"대답해!"

다시 한번 젊은 남자가 그의 얼굴을 후려쳤다. 눈앞이 아찔했다.

남자가 다시 주먹을 드는 것을 보고 그는 필사적으로 고개를 저으며 몸을 뒤틀었다. 해코지하려 했다는 오해를 받은 것보다도, '그것'에 대해 언급하는 사람을 만났다는 충격보다도, 뭔가 대답하려 할 때마다 주먹이 날아와서 입을 막아버리는 것이 그는 가장 억울했다.

"오라버니, 그만해요."

젊은 남자와 그는 동시에 고개를 돌렸다. 그의 눈에 가장 먼저 들어온 것은 여자의 눈동자였다.

여자의 눈은 흐리고 옅은 회색이었다. 본래 타고난 것이 아니라 안쪽에 얇은 막이 생긴 것처럼 탁해져서 그런 색을 띠게 된 것이었다.

그는 여자의 눈이 아름답다고 생각했다.

여자는 그가 이제까지 보았던 그 어떤 사람보다도 아름다웠다.

"나쁜 사람이면 쫓아 보내면 되잖아요. 때리지 말아요."

여자가 부드럽게 말했다.

여자의 말을 듣고 젊은 남자는 한숨을 쉬었다.

"그래, 쫓아버려야지."

그리고 젊은 남자는 그의 멱살을 잡고 일으켜 세웠다. 집 밖으로 질질 끌고 나갔다.

그는 고개를 돌려 여자를 쳐다보았다. 여자는 회색으로 흐려진 초점 없는 눈으로 걱정스럽게 보이지 않는 허공을 응시하며 서 있었다.

젊은 남자는 그를 집 밖으로 끌고 나왔다. 숲으로 가는 길까지 질질 끌고 가서 손을 풀어주자마자 내동댕이쳤다. 그리고 중심을 잃고 휘청거리는 그의 배를 발로 찼다. 쓰러져서 끙끙거리는 그를 보며 남자가 내뱉었다.

"가서 그 괴물한테 전해. 내 동생은 절대로 안 된다고. 어떻게 된 일인지 모르겠지만 하여간 내 동생은 절대로 안 돼!"

그리고 남자는 돌아서서 집 안으로 들어가려 했다.

그는 남자의 발을 붙잡았다.

젊은 남자는 돌아섰다. 그의 얼굴을 찼다.

그는 땅에 쓰러져 컥컥거렸다. 입안에 고인 피를 뱉어냈다.

젊은 남자가 다시 돌아서서 가려 할 때 그는 다시 한번 남자의 발을 붙잡았다.

지레 겁먹었지만 남자는 이번에는 발로 차지 않았다. 이상하다는 듯이 그를 내려다보았다.

"뭐야, 너?"

그는 고개를 살짝 들어 남자를 올려다보았다. 손으로 입안에 음식을 넣는 시늉을 했다.

"먹을 걸 달라고?"

그는 고개를 끄덕였다.

젊은 남자는 어이가 없다는 듯 웃었다. 그리고 다시 발을 들어 내려찍으려 했다.

그는 양손으로 머리를 가렸지만 도망치지는 않았다. 할 수 있는 한 가장 비굴한 자세로 남자 앞에 엎드려 있었다.

"너, 바보냐? 그 괴물한테 바치려고 우릴 잡으러 온 주제에 우리한테 먹을 걸 달라고?"

그는 눈을 들었다. 필사적으로 고개를 저었다. 그리고 다시 손으로 입에 음식을 넣는 시늉을 했다.

남자는 그를 한참 동안 내려다보았다.

"이거 정말 바보 아냐?"

대답 대신 그는 한없이 입에 음식을 넣는 시늉을 할 뿐이었다.

남자는 그의 목덜미를 잡아 일으켜 세웠다.

"한 번만이다."

남자가 그를 끌고 가며 말했다.

"한 번만 주는 거야. 먹고 나면 가라. 멀리 가서 다신 돌아오지 마."

15

그는 회색 눈의 여자와 그녀의 오빠가 사는 집에서 멀리 떠나지 않았다.

여자가 음식을 갖다주자 그는 허겁지겁 먹었다. 그가 식사를 끝내자 여자의 오빠가 그를 집 뒤의 헛간으로 데려갔다. 아무런 설명도 없이 당연하다는 듯 그의 오른손 손목에 걸린 수갑 고리에 쇠사슬을 끼워서 헛간 안의 가로대에 단단히 묶고 큰 자물쇠를 채웠다.

"혹시라도 나와서 무슨 짓 할 생각하지 마라."

그리고 여자의 오빠는 나가버렸다.

아침이 되어 여자의 오빠가 찾아와서 수갑을 풀어준 뒤에도 그는 헛간에 앉아서 꿈지럭거리고 있었다.

여자의 오빠가 쫓아내려 했을 때 그는 손짓 발짓으로 갈 곳이 없음을 하소연했다. 여자의 오빠가 화를 내며 주먹을 들었을 때 그는 피하지 않았다. 땅에 쓰러져서 한없이 불쌍한 모습을 연기하며 그곳에서 지내게 해달라고 빌었다.

"솔직히 말해. 너 어디서 왔어?"

남자가 물었을 때 그는 그저 열심히 고개를 저었다.

"여긴 뭣 하러 왔어? 내 동생한테 무슨 짓 하려고 온 거야?"

이 질문과 함께 몇 번이나 맞았지만, 그는 끝까지 고개만 저었다. 그래서 마침내 여자의 오빠는 그가 벙어리에 반편이라고 확신하게 된 것 같았다.

처음에 그는 주로 헛간에 앉아 있었다. 여자의 오빠가 그를 헛간 밖으로 끌고 나왔다. 그가 입고 있던 화려한 색의 얇은 바지 대신 두껍고 실용적인 바지와 윗옷을 주어 입힌 다음 숲속으로 데리고 다녔다. 그의 특이한 옷차림이나 오른손 손목에 채워진 수갑에 대해서 여자의 오빠는 처음부터 아무것도 묻지 않았다.

그는 여자의 오빠를 따라 버섯이나 나무 열매를 따 모았다. 여자의 오빠는 작은 동물을 사냥하기도 했다. 그는 사냥에 대해 아무것도 몰랐고, 사냥뿐 아니라 대체로 먹고사는 데 필요한 실용적인 지식이라고는 전혀 없었다. 무슨 일에나 서툴렀기 때문에 그는 여자의 오빠에게 자주 맞았다. 얻어맞고 욕을 들으면서도 그는 피하지도 도망치지도 않았다.

그가 단 한 가지, 먹을 수 있는 풀에 대해서는 잘 알고 있었기 때문에 가끔 향기로운 약초를 발견하면 가져다가 버섯이나 나무 열매와 함께 여자에게 주기도 했다. 여자는 그를 피했고 일정하게 거리를 두려고 했지만 이때만은 조금 기뻐하는 것 같았다.

숲속에서 헤매면서 여자의 오빠는 드물게 기분이 좋을 때면 그에게 이것저것 가르쳐주기도 했고 노래를 흥얼거리기도 했다. 그는 고개를 끄덕이거나 젓는 것으로 대답을 대신했다. 저녁이 되면 식사를 마친 후에 당연하다는 듯 여자의 오빠는 그를 헛간으로 데려가서 수갑에 쇠사슬을 채워 손을 묶고 헛간 문을 밖에서 잠갔다. 그는 고분고분 여자의 오빠가 하는 대로 따랐다.

여자의 오빠는 눈여겨보지 않았으나 헛간 가로대는 끝 쪽이 삭아서 조금 흔들면 연결 부분이 쉽게 빠져나왔다. 그는

쇠사슬을 빼내고 오른손을 푼 뒤에도 헛간 바깥으로 나가지
않고 안을 여기저기 돌아다녔다. 헛간 안에는 짚 더미, 밧줄,
나무 막대, 여러 가지 농기구 등 그가 잘 알지 못하는 잡동사
니들이 아무렇게나 흩어져 있었다. 그런 물건들 사이를 돌아
다니다가 그는 창밖에서 흘러 들어오는 여자와 그 오빠 사이
의 대화를 엿들었다.

"사람을 짐승처럼 헛간에 계속 가둬둘 수는 없잖아요."

여자가 말했다. 여자의 오빠가 무거운 목소리로 대답했다.

"괴물한테서 도망친 놈이다. 이 집 안에 들여선 안 돼. 여기
오래 둘 수도 없고."

"괴물한테서 도망을 쳐요? 그걸 오라버니가 어떻게 알아요?"

여자가 물었다. 여자의 오빠가 낮은 목소리로 대답했다.

"몸의 흉터를 보면 알아. 제물의 온몸에 저런 흉터를 새기
는 건 그 괴물밖에 없으니까."

그는 숨이 멎는 것 같았다. 그러나 소리 내지 않으려 애쓰
면서 계속 귀를 기울였다.

"자기를 대신할 제물을 찾으러 왔거나, 아니면 앙심을 품고
세상에 복수하려는 거야. 어느 쪽이든 우리한테는 득 될 게
없어."

"그럼 어떻게 해요?"

여자가 떨리는 목소리로 물었다. 여자의 오빠가 안심시켰다.

"걱정하지 마라. 세상엔 저런 놈들도 다 쓸모 있는 구석이 있다. 내가 아는 사람이 있으니 조만간 연락해서 저놈을 멀리 데리고 가라고 해야지."

"그게 누군데요? 어디로 데리고 가요?"

여자가 걱정스럽게 다시 물었다. 여자의 오빠가 대답했다.

"그건 내가 알아서 할 테니 넌 마음 쓰지 않아도 돼. 밤이 늦었으니 들어가 자라."

그리고 대화는 끊어졌다.

여자의 오빠가 어째서 낯익어 보였는지 그는 비로소 깨달았다. 그가 '그것'의 동굴에서 도망쳐서 처음 사람이 사는 마을로 내려왔을 때, 대머리 중년 남자가 그를 처음 찾아냈을 때, 옆에 서서 중년 남자와 뭔가 이야기를 나누던 젊은 남자였다.

다시 싸움판으로 돌아갈 수는 없었다. 그랬다가는 얼마 버티지 못할 것이었다.

그리고 그는 알아야 했다. 괴물이 대체 무엇인지. 어째서 제물이 있어야 하는지.

자신이 누구이며 어째서 제물로 선택되었는지.

그가 이런 생각을 하고 있을 때, 헛간의 문이 열렸다.

회색 눈의 여자가 소리 없이 들어왔다.

16

그는 너무 놀라서 아무런 소리도 내지 못하고 멍하니 서 있었다.

여자의 오빠가 묶어두고 간 오른손의 쇠사슬을 자신이 멋대로 풀어버렸다는 것을 떠올렸다. 그는 황급히 제자리로 돌아가서 손을 다시 묶으려 했다. 그 서슬에 뭉쳐서 들고 있던 쇠사슬이 낭랑하게 쇠 부딪치는 소리를 내며 쏟아져버렸다. 서둘러 쇠사슬을 뭉쳐서 주워 올리며 그는 비로소 여자의 눈이 보이지 않는다는 사실을 떠올렸다.

"거기 있죠?"

여자가 조금 웃었다. 그는 고개를 끄덕였다가 여자가 볼 수 없다는 사실을 깨닫고 자기 자신을 속으로 꾸짖으며 쇠사슬을 움직여 소리를 냈다.

"정말로 괴물한테서 도망쳤어요?"

그는 다시 한번 쇠사슬을 당겼다 놓았다. 쇠 부딪치는 소리가 무겁게 울렸다.

"그럼 나한테 복수하려고 온 건가요?"

그는 이해하지 못했다. 멍하니 서서 여자의 초점 없는 회색 눈을 들여다보고 있었다.

"나 때문에 괴물한테 바쳐진 거죠?"

그는 점점 더 당황했다. 전혀 이해하지 못하고 여자의 하얀 얼굴을 쳐다보았다.

여자가 한 걸음 다가왔다. 그가 물러서기 전에 여자가 그의 손목에 가볍게 손을 얹었다.

손가락은 길고 가늘고 부드러웠다. 그는 처음 이 집에 찾아왔을 때 오빠인 줄 알고 얼굴을 어루만졌던 여자의 손길을 생각했다.

"앉아요."

여자가 말했다.

"얘기해줄게요."

17

옛날 옛날에. 모든 전설은 그렇게 시작된다.

옛날 옛날에, 몇 년에 한 번씩 역병이 도는 지역이 있었다. 역병은 그 지방에서 가장 높은 산 속의 가장 깊은 동굴에 사는 괴물의 짓으로 여겨졌는데, 거대한 까마귀를 닮은 그 괴물은 수년에 한 번 배가 고플 때마다 둥지인 동굴을 나와서 그 지역을 날아 돌아다니며 곡식과 나무를 모두 먹어치웠다. 이 괴물이 입을 열면 독이 뿜어져 나왔기 때문에, 괴물이 밖으로 나와서 날아 돌아다니는 때에는 공기 속에 뿜어진 독을 맡은 그 지역의 동물들과 사람들이 병들어 그것이 역병으로 여겨지게 된 것이다.

그래서 사람들은 괴물이 배가 고파서 밖에 나와 돌아다니지 않도록 제물을 바치기로 했다. 마을의 주술사가 말하기를, 가장 좋은 제물은 남녀 구분이 생기기 전의 어린아이라 했다. 그래서 사람들은 공기가 탁해지고 마을의 사람들과 짐승들이 병들기 시작하면 어린아이를 산속의 동굴에 갖다 바쳤다. 이런 풍습이 오래 지속되자 역병이 돌지 않을 때도 마을에서는 누군가 가족 중에 아픈 사람이 있으면 그 사람을 낫게 해달라고 어린아이를 데려다가 동굴에 바치고 기원을 하게 되었다.

"역병이 도는 해는 아니었지만, 난 아주 어렸을 때부터 병을 가지고 태어났어요."

여자가 조용히 말했다.

"그 병 때문에 눈이 보이지 않게 됐죠. 그대로 두면 온몸으로 퍼져서 귀도 들리지 않게 되고 말도 할 수 없고 혼자 힘으로는 움직이지도 못하고 숨도 쉴 수 없게 되어 고문같이 괴로운 죽음을 맞이할 거라고 주술사가 그랬어요."

여자의 목소리가 낮아졌다.

"그래서 아버지와 오라버니가 외지에 나가서 부모 없는 아이를 하나 잡아다가 동굴에 바쳤어요."

여자가 속삭이듯 말했다.

"그게 당신인가요?"

그는 대답할 수 없었다.

여자는 잠시 기다렸다. 그가 여전히 아무 대답도 하지 않았기 때문에 여자가 물었다.

"아직도 거기 있나요?"

그는 간신히 사슬을 흔들어 쇠가 부딪치는 소리를 냈다. 여자가 다시 말했다.

"나는 이런 일들을 몰랐어요. 나중에 어른들이 이야기하는 걸 듣고 알았죠. 나도 아이였지만, 다른 아이를 나 대신 죽게 하고 목숨을 건졌다는 사실이 언제나 괴로웠어요."

그는 아무런 소리도 내지 않았다. 여자가 조용히 말을 이었다.

"아이를 바치고 나서 얼마 뒤에 아버지가 사고로 돌아가셨어요. 그때는 그게 제물이 된 아이가 우리 가족에 내린 복수라고 생각했어요. 그렇지만 정말로 복수를 당해야 할 사람은 나였겠죠."

그는 쇠사슬을 쓰다듬으며 말없이 여자를 쳐다보았다.

"그러니까……, 복수하러 왔다면 마음대로 해도 좋아요."

그리고 여자는 입을 다물었다.

그는 침묵했다. 잠시 기다리다가 여자가 물었다.

"거기 아직 있어요?"

그는 쇠사슬을 땅에 내던졌다. 그리고 여자의 하얀 얼굴을 양손으로 감싸 안고 여자에게 입 맞추었다.

18

다음 날 아침 여자의 오빠는 문이 열린 빈 헛간 안에 여자가 혼자 앉아 울고 있는 것을 발견했다.

"그 사람이 괴물을 죽이러 갔어요."

여자가 울면서 말했다.

"내 탓이 아니라고, 내가 나쁜 게 아니라고 했어요. 사람들의 몸과 마음을 병들게 하고 남의 아이를 해치게 하는 건 괴물이니까, 괴물을 죽여야 한다고, 자기가 죽이겠다고……."

여자의 오빠는 여자를 안아 달래주고 집 안으로 데려갔다. 방금 들은 말에 대해서는 기뻐해야 할지 아니면 후환을 두려워해야 할지 알 수 없었다.

그는 오래전의 기억을 더듬어 산길을 따라 올라갔다. 머릿속에는 여자에게 들은 이야기가 한없이 되풀이되어 메아리치고 있었다.

'외지의 부모 없는 아이'라는 말에 그는 조금 실망했다. 그러나 그를 잡을 때 여자의 오빠도 함께 갔었다면 최소한 어디에서, 어떤 상황에서 그를 데려왔는지 정도는 말해줄 수 있을 것이다. 그 정도의 실마리라도 있으면 거기서부터 그도 고향을, 부모를, 어쩌면 자신의 이름도, 찾을 수 있을지도 모른다.

그렇다 해도 '그것'을 어떻게 죽여야 할지 그는 알지 못했다. 어떤 확실한 계획이 있어서 나선 것은 아니었다. 하지만 그렇게 생각하면, 그의 인생에서 계획이나 예측이 있었던 적은 한 번도 없었다.

'그것'의 먹이로 잡혀 죽지 않는 것. 어떻게든 살아서 돌아가는 것.

처음 잡혀 왔을 때와 마찬가지로 지금도 그것이 목표이자 계획이었다.

동굴 입구에 서서, 그는 그렇게 결심했다.

그리고 그는 안으로 들어갔다.

이미 바깥의 햇볕이 눈에 익었기 때문에, 동굴 안의 완전한 어둠을 마주 대하는 순간 그는 잠시 당황했다. 그래서 그는 팔다리의 감각에 의지해서 천천히 앞으로 나아갔다.

사람의 기억이란 참 이상한 것이라고 그는 생각했다. 여자의 어린 시절에는 오빠가 있고 아버지가 있었다. 아픈 여자를 걱정해주는 가족이 있었고, 집이 있고 생활이 있었다.

그에게 주어진 것은 눅눅하고 축축한 동굴 안의 딱딱한 돌, 손목과 발목에 채워진 쇠사슬과 그 사슬이 연결된 말뚝이었다. 어린 시절은 누구에게나 단 한 번뿐이므로, 그리고 그에게는 희망이나 가능성보다 우선 매일매일 죽지 않고 살아남는 것이 급했으므로, 이곳에서 보낸 세월 동안 그는 자신에게 주어진 것과 전혀 다른 어린 시절이 존재할 수 있으리라고는 상상도 하지 못했다.

그리고 이제 다시 동굴 안으로 돌아와서, 그는 이성이나 감정으로 어쩔 수 없는 몸의 감각이 익숙하게 되살아나는 것을 느꼈다. 동굴 안은 그의 세계였고, 원하든 원하지 않든 그는 돌벽의 주름 한 개, 바닥의 움푹 파이고 솟아오른 부분 하나까지 정확하게 기억하고 있었다.

이렇게까지 익숙하다면 그 자신도 이 동굴의 일부가 아니었을까……

그런 생각을 떠올렸을 때, 쇠말뚝이 손에 닿았다.

여자의 헛간에서 여자의 오빠가 그의 오른손 수갑 고리에 끼워놓았던 쇠사슬을 그는 일부러 가지고 왔다. 이제 어린 시절의 감옥에 도착해서 그는 쇠말뚝의 고리 옆에 쇠사슬을 겹쳐서 내려놓고 그 시절에 늘 그러했듯이 쇠말뚝 옆에 웅크리고 앉았다. 그 자리는 그의 자리였고, 그를 위해 아직 비어 있는 자리였다. 그리고 그가 운이 좋아 성공한다면 앞으로 영원히 다시는 그 누구도 갇히지 않게 될 자리였다.

하얀 점처럼 보이던 동굴 입구가 까만 형체에 가로막혔다. 부스럭거리는 소리와 푸드덕거리는 깃털 소리가 들려왔다.

그는 고개를 들어 어둠 속을 응시했다.

그는 동굴에서 보낸 세월 동안 한 번도 '그것'의 형체를 제대로 파악할 수가 없었다. 그때는 어느 순간 '그것'이 나타나 동굴 입구를 가로막았고, 다음 순간 '그것'은 그의 등에 올라타고 날개와 발톱으로 그의 팔다리를 짓누르며 그의 뼈 사이에 날카로운 부리를 쑤셔 넣었다.

이번에도 '그것'은 그의 등을 타고 오르려 했다. 그가 어린아이가 아니며 옷을 제대로 입고 있다는 사실을 깨닫자 '그것'은 마치 비웃듯이 발톱으로 그의 옷을 찢기 시작했다. 칼날 같은 발톱에 옷과 함께 살이 찢겨 그는 비명을 지르고 싶었지만 참았다.

'그것'은 같은 자리에 두 번 부리를 꽂지 않았다. 그의 등뼈와 팔다리, 갈비뼈까지 '그것'의 부리가 파고들었던 흉터가 남아 있으므로 이번에도 부리를 꽂으려면 아직 상처가 나지 않은 다른 부위를 찾아야 할 것이었다. 그는 그 순간에 희망을 걸고 있었다.

'그것'은 발톱으로 그의 윗옷을 찢어 벗긴 뒤에 목을 누르고 부리를 갖다 댔다. 그는 잠시 어떻게 될지 긴장하며 눈을 질끈 감았다.

예상대로 '그것'은 그의 목에 이미 흉터가 난 것을 보고 부리를 거두었다. 등뼈를 따라 내려가서 팔과 갈비뼈까지 흉터가 난 것을 보고 '그것'은 부리와 발톱으로 그의 바지를 찢어 벗기려 했다. 그는 상체를 비틀어 돌아누우면서 오른손 손목의 수갑에 연결된 쇠사슬을 휘둘렀다.

어둠 속에서 쇠사슬은 무겁고 위협적인 소리와 함께 축축한 공기를 가르며 날아가서 어딘가에 아주 세게 부딪혔다. 무엇이 부딪쳤는지는 알 수 없었으나 그는 부러지는 듯 단단하고 맑은 소리에 이어 동굴이 뒤흔들리는 듯한 괴성과 함께 악취가 풍기는 것을 느꼈다. 그는 악취가 풍겨오는 곳의 바로 아래쪽을 겨냥하여 다시 한번 쇠사슬을 휘둘렀다.

다시 한번 귀가 먹먹해지는 괴성이 동굴을 뒤흔들었다. 그리고 다음 순간, 그는 '그것'의 발톱에 쇠사슬이 휘감긴 채 허공을 날고 있었다.

'그것'은 아름다웠다. 처음으로 태양 빛 속에 '그것'의 모습을 똑똑히 볼 수 있게 되었을 때 그는 자신도 모르게 이렇게 생각했다. '그것'은 기괴하게 아름다웠다.

햇살 아래 나타난 '그것'은 검은색이 아니라 짙은 회색이었다. 잿빛 깃털에는 잘 단련한 쇠 같은, 생기 없이 차가운 윤이 흘렀다. 발톱과 부리는 은빛이었고, 그 은빛 부리 한가운데에 짧지만 깊은 흠집이 불그스름하게 나 있었다. 자신이 휘두른 쇠사슬이 부딪친 자국일 것이라고 그는 짐작했다.

부리 옆에는 새파란 눈이 그를 내려다보고 있었다. 그 푸른색은 처음 마주 대하는 자에게 충격을 줄 정도로 깊고 맑고, 그리고 잔혹했다.

그는 '그것'의 발에 쇠사슬을 더 단단히 감아서 붙잡고 기어오르려 했다. 그러나 쇠사슬의 고리 한쪽이 '그것'의 발톱에 스치는 순간 썩둑 잘려버렸다.

고리가 끊어져 쇠사슬이 풀리면 허공으로 떨어져버린다. 이전에 도망칠 때처럼 천만다행히 죽지 않는다 해도 '그것'이 어딘가 멀리 날아가버리면 기껏 여기까지 온 의미가 사라진다. 그는 필사적으로 '그것'의 매끈매끈한 은빛 발가락에 매달려 발톱에 긁히지 않고 기어 올라가려 애썼다.

그때, '그것'이 고개를 돌려 무자비한 부리로 그를 물었다.

강철 같은 부리에 갈비뼈부터 다리까지 꽉 물렸을 때 그는 이제 죽는다고 생각했다. 그러나 '그것'은 그를 삼키거나 허공에서 내동댕이치지 않았다. 고통스럽기는 하지만 뼈가 부서지거나 죽을 정도로 세게 물지 않는 것을 보면 어디론가 데려가려는 것이 분명했다.

그렇게 생각한 순간 '그것'은 그를 허공으로 한 번 던져 올렸다가 부리로 다시 받았다. 그는 이제 하늘을 보고 누운 모습으로 부리에 물려서 얼굴은 '그것'의 새파란 눈을 정면으로 향하게 되었다.

짐승의 눈에도 표정이 있다면 그 눈에 나타난 것은, 그가 읽은 것은 분명 만족감이었다. 다만 사람과 달라서 짐승은 상대를 겁주고 괴롭히는 데서 즐거움을 얻지 않는다. 야생 짐승에게 다른 동물이란 내가 죽이거나 아니면 나를 죽이거나 둘 중의 하나일 것이다. 일단 상대가 나를 죽이지 못하게 하고 내가 원하는 대로 상대를 죽이기 위해 잡아 왔다면 상대의 감정과는 상관없이 그냥 잡아 왔다, 이겼다는 그 사실 그대로가 짐승에게는 삶의 만족일 뿐이다.

'그것'은 크게 방향을 돌렸다. 다시 동굴을 향해 날아가기 시작했다.

그는 깊이 생각할 겨를 없이 오른팔을 힘껏 휘둘렀다. 오른손 손목의 수갑에 연결되어 있던 쇠사슬이 '그것'의 새파란 눈을 강타했다. '그것'의 발톱에 쏠려 반쯤 잘렸던 쇠사슬 고리가 완전히 끊어지면서 쇠사슬의 아래쪽 절반이 '그것'의 눈 속에 박혔다.

'그것'은 하늘과 땅이 울리는 괴성을 지르며 옆으로 한 바퀴 돌았다. 갑자기 덮친 모든 감각을 마비시키는 고통에 놀라 '그것'은 동굴 입구가 있는 산등성이 옆쪽의 절벽을 향해 전속력으로 날아가 부딪쳤다.

21

자신이 어떻게 해서 아직도 살아 있는지 그는 잘 이해할 수 없었다. 그러나 부러진 나뭇가지와 나뭇잎, 들풀과 덤불 속에 파묻혀 그는 여전히 숨이 붙어 있었다.

몸을 일으키려고 하자 오른쪽 전체가 다 아팠다. 특히 오른쪽 다리를 잘 움직일 수 없었다. 그는 부러진 나뭇가지 중에서 굵은 것을 하나 집어 지팡이처럼 의지하고는 천천히 조심스럽게 일어섰다.

거대한 새는 절벽에 부딪혀 목이 부러진 채 죽어 있었다.

그는 생명 없는 푸른 눈과 거대한 은빛 부리를 바라보았다. 양 날개는 펼치면 산 너머까지 감싸고도 남을 정도로 크고도 넓었으나 이제는 지저분한 강철 색깔의 깃털이 아무렇게나 뭉쳐 우그러진 천 조각 같았다.

그는 가만히 서서 죽은 새를 계속 바라보았다.

새가 죽었으니 그곳에는 더 이상 그가 얻을 것도 빼앗길 것도 없었다. 새가 그에게 남긴 것은 먹이로서 살았던 시절의 흉터뿐이었다.

그 사실이 그는 한없이 안타까웠다.

이유는 알 수 없으나 죽은 새가 다시 살아나기를, 이렇게 쉽게 죽어버리지 않았기를 바라면서, 그는 한참이나 그곳에 서서 죽은 새의 푸른 눈을 응시했다.

그리고 그는 여자가 기다리는 마을을 향해 절룩거리며 천천히 걷기 시작했다.

마을에 도착했을 때는 이미 어스름이 내리고 있었다. 붉은 해가 조각조각 흩어지며 색색 가지 구름 사이로 녹아드는 광경을 그는 아무리 보아도 질리지 않았다.

마을을 가로질러 뒷산의 숲으로 향하는 길을 걷기 시작했다. 길에는 불빛이 보이지 않았다. 여자의 오빠는 숲에 나가 아직 돌아오지 않았고, 여자는 눈이 보이지 않으니 불빛이 소용없기 때문이리라. 그렇게 생각하며 그는 발걸음을 재촉했다.

집 앞에서 그는 문을 열기 전에 여자의 이름을 불렀다. 불쑥 문을 열고 들어가 여자를 놀라게 하고 싶지 않았다.

안에서는 아무런 소리도 들리지 않았다. 그는 오두막집의 문을 열었다.

탁자 앞에 앉아 있던 여자가 문 여는 소리를 듣고 일어섰다. 다가오며 그를 향해 손을 뻗었다. 그는 반가운 마음에 여자의 손을 잡으려 했다.

그의 손가락이 여자의 손끝에 닿는 순간, 여자는 수천 개의 물방울이 되어 허공으로 흩어져버렸다.

그는 어안이 벙벙해진 채 여자의 손을 잡으려던 그 자세 그대로 문가에 서 있었다.

뒤에서 짐승이 울부짖는 듯한 소리가 들렸다. 그는 뒤를 돌아보았다.

여자의 오빠가 사냥할 때 쓰는 칼을 치켜들고 그를 향해 덤벼들었다.

그는 간발의 차이로 칼날을 피했다.

설명하려 했지만, 여자의 오빠는 듣지 않았다. 사실 어떻게 된 일인지 그 자신도 알지 못했다.

여자의 오빠는 제힘에 못 이겨 그의 옆으로 달려 나갔다가 돌아서서 다시 괴성을 지르며 칼을 겨누고 달려들었다.

그는 남자의 팔을 잡았다. 손목을 잡고 위로 치켜들어 칼을 빼앗으려 했지만, 광기에 찬 남자의 힘을 이겨낼 수가 없었다. 남자는 그가 아무리 붙잡고 막으려 해도 칼 든 손을 조금씩 밀어서 그의 목을 향해 움직였다.

칼날이 그의 목에 닿았다. 살을 파고들어 피가 흐르기 시작하는 것이 느껴졌다.

그 순간 그는 남자의 팔목을 잡은 자신의 손이 단단한 회색으로 변하는 것을 보았다.

남자의 팔목이 바깥쪽을 향해 기이한 형태로 휘었다. 살갗 밖으로 뚫고 나온 하얀 뼈가 보였다. 남자는 비명을 지르며 땅에 쓰러져 부러진 팔을 붙잡고 뒹굴었다.

그는 남자를 내려다보았다. 남자의 눈에서 광기에 찬 분노가 사라졌다. 눈동자는 순식간에 두려움으로 물들었다.

그것이 그가 기억하는 마지막이었다.

24

다시 정신을 차렸을 때는 아침이었다.

여자와 그 오빠의 집은 흔적도 없이 사라졌다. 집의 뒤쪽, 헛간이 있었던 부근에 남자의 시신일 듯한 조각들이 대량의 피와 함께 흩어져 있었다. 그는 차마 볼 수 없어 고개를 돌리고 걸음을 재촉하여 그곳을 떠났다.

산길을 내려와서 보니 마을은 폐허가 되어 있었다.

분명 어제까지 집이 있고 사람들이 다니던 자리에 수백 년은 묵었을 법한 고목이 마치 원래 자기 자리였다는 듯 자라나 있었다. 혹은 울타리가 있던 곳에 덤불이 우거지고 대장간이 있던 자리에는 말라붙은 풀밭만이 펼쳐져 있었다. 주민들은 거의 사라졌다. 남아 있던 두세 명은 어리둥절한 표정으로 한때 그들의 터전이었던 장소를 헤매다가 그의 모습을 보고는 겁에 질려 어디론가 모습을 감추었다.

그는 절망했다.

그가 원했던 것은 복수가 아니었다. 최소한 이런 복수는 원하지 않았다. 다만 그는 마을 전체가 '그것'의 존재에 기대어 생존하고 있다는 사실을 몰랐을 뿐이었다.

합당한 결말이라 해도, 그는 밀려오는 상실감을 어찌할 수 없었다. 알지도 못하는 타인들의 주술과 환상과 잘못된 믿음에 빼앗겨버린 어린 시절, 매일이 생사의 기로였으나 이제는 아무 의미도 없어져버린 그때의 오랜 고통과 절망을 애도하며 그는 폐허가 된 마을에 멈추어 서서 울었다.

그리고 마침내 눈물이 멈추었을 때, 세상 어딘가에 있을 자신의 삶을 찾기 위해, 그는 해가 뜨는 쪽을 향해 천천히 걷기 시작했다.

즐거운 나의 집

"그러니까 차액 3000만 원을 배상해주셔야 도리가 아니겠냐 그런 말이지."

순댓국집 주인이 반말과 존댓말을 기묘하게 섞어서 말했다.

"젊은 사람들이라 물정을 잘 모르시는 모양인데, 그 정도도 못 해주시겠다면 사정이 참 재미없게 되지 않겠나?"

노인은 이렇게 말하고 옆에 앉은 남자를 의미심장하게 쳐다보았다. 검은 옷을 입은 남자는 그녀와 남편을 쳐다보며 고개를 끄덕였다. 그리고 아무 말 없이 씩 웃었다.

"아니, 선생님."

남편이 항의했다.

"권리금이라는 게 임차인들끼리 비공식적으로 거래하는 돈 아닙니까? 집주인하고는 법적으로도 아무 상관이 없단 말입니다. 선생님, 3000만 원이 말이 쉽지 한두 푼도 아닌데, 선생님 같으면 그 돈을 그렇게 쉽게 주시겠습니까?"

공갈협박범과 그의 해결사, 그러니까 폭력배를 향해 정중하게 '선생님'이라고 부르는 남편의 떨리는 목소리를 건성으로 들으면서 그녀는 아이를 지켜보고 있었다. 아이는 가게 구석에서 벽을 손으로 쓸면서 걸어 다니다가 신발장 옆에 놓인 가짜 화분을 만지작거리기 시작했지만, 밖으로 나가지는 않았다. 그녀와 눈이 마주치자 아이는 생긋 웃었다. 그래서 그녀도 살짝 마주 웃어 보였다.

결혼 7년째 되던 해에 그녀는 빚을 다 갚았다. 시부모님이 조금(이라기에는 꽤 많이) 도와주시기는 했지만 빚은 어디까지나 빚이었다. 오래 눌러앉아서 애 키우고 살려면 처음부터 넓은 집이 좋다는 말에 괜히 너무 무리한 게 아닌가 싶어 돈 버는 대로 족족 은행에 들이붓다시피 하면서 속이 상한 적도 한두 번이 아니었지만, 그리고 그렇게 매월 속상해하면서 버티기에 7년이 결코 짧은 세월은 아니었지만, 결국은 모든 일이 다 잘 풀렸다고 그녀는 생각했다. 7년 만에 드디어 아파트는 온전히 그녀와 남편의 것이 되었고, 그래서 그녀는 아파트를 팔고 땅값이 싸고 조용한 동네를 찾아 이사하기로 마음먹었다. 그리고 1년이 더 지나 결혼 8년째 되던 해에 그녀는 그

건물을 샀다.

마음에 쏙 들었던 것은 아니었다. 농담이라도 그런 말은 할
수 없었다. 물론 남편과 함께 직접 발품 팔아 시내를 직접 살
샅이 헤매고 돌아다니는 과정은 재미있었다. 그렇게 찾아낸
동네는 조용하고 시세도 나쁘지 않고 주민들도 모두 수십 년
씩 살아온 토박이들이라 점잖아 보였다. 유난히 어르신들이
많이 사는 동네인 데 비해 건물 한 채를 덥석 사겠다고 찾아
온 부부가 너무 젊어서인지 부동산(간판에 따르면 아직도 '복덕
방'이었다) 사장님은 당황하는 기색이 역력했다.

그래도 그녀는 마냥 좋았다. 평생 처음 내 돈으로 내가 고
른 내 집을 산다는 것은 짜릿한 경험이었다. 게다가 그녀는
하루라도 빨리 아파트를 떠나고 싶었다. 주차장에서나 엘리
베이터에서나 마주치는 사람마다 입만 열면 땅값 집값 얘기
만 늘어놓았고 부녀회에서는 하루가 멀다고 서명을 받느니
회의를 하느니 오라 가라 사람을 불러대며 들볶았다.

자신이 '요령'이 없다는 건 그녀도 알고 있었다. 그런 '요령'
을 남들은 대체 어디서 배워오는 것인지, 그녀는 알지도 못하
고 관심도 없었다. 돈을 최대한 빨리 많이 벌어서 더 넓은 집
과 더 비싼 차를 사고 자식을 수업료 비싼 영어 유치원과 경
쟁률 높은 사립학교에 집어넣고 계절마다 온 가족이 해외여

행을 가는 것은 남 보기에 '번듯한' 삶일 수는 있어도 그녀가 원하는 인생은 아니었다. 그녀는 조용하고 평화로운 삶을 원했고 이웃과 사이좋게 어울려 살아갈 수 있는 소박하지만 따뜻한 동네 공동체를 찾고 있었다. 그리고 드디어 그런 동네를 찾아냈다고 그녀는 생각했다.

다만 그 건물은 처음부터 마음에 들지 않았다.

오래된 동네의 낡은 건물이니 어쩔 수 없다고 그녀는 스스로 자신을 설득했다. 아파트 한 채 값으로, 작지만 어엿한 건물 하나를 사려다 보니 아무리 낙후된 동네라지만 더 좋은 물건은 엄두도 낼 수 없었다. 이 건물은 다른 집들에 비해 값이 아주 쌌고, 큰길로 나가는 골목 입구에 자리 잡았으며 전철역과 버스 정류장에서도 멀지 않으니 위치도 좋은 편이었다. 그래서 그녀는 남편과 함께 짧게 상의하고 잠시 망설인 뒤에 얼른 결론을 내렸다.

진짜 문제는 건물을 산 뒤에 시작되었다.

건물은 지상 4층이고 예상외로 넓은 지하실이 있었다. 1층에는 커피숍이 있고 2층에는 조그만 사무실 세를 들어 있었다. 3층은 얼마 전에 세입자가 나가버려서 비어 있었고, 4층은 이전 집주인의 살림집이라고 '복덕방' 사장님은 말했다. 남의 살림집을 함부로 들어가 보기는 뭣하다고 복덕방 사장님은 그녀와 남편에게 비어 있는 3층만 보여주었다. 묻지도 따지지도 않고 보여주는 곳만 보고 고분고분 나와서 덜컥 계약해버린 것은 초보자의 실수치고도 너무 큰 실수였다.

이전 집주인이 이사 나간 뒤에 4층에 들어가보니 쓰레기도 쓰레기지만 먼지와 쥐똥이 쌓이고 얼마 안 되는 가구는 다 썩어서 허물어져가는 모습이 흉가가 따로 없었다. 이런 곳이 '살림집'이었다는 말을 그녀는 도저히 믿을 수가 없었다. 게다가 청소를 하려고 쓰레기를 들추는 순간 바퀴벌레가 떼를 지어 쏟아져 나왔다. 때리거나 밟아서 죽일 수 있는 정도가 아니었다. 그리고 그녀가 벌레를 잡아보려고 바닥과 벽을 여기저기 치면서 돌아다녔기 때문에 이번에는 그 소리에 놀란 쥐떼가 튀어나왔다. 그녀는 기겁하여 퇴각해야만 했다.

방역업체에서 한두 번 와서 약을 뿌려준 것으로는 해결이 나지 않았다. 서너 번이나 더 방역업체에 부탁하여 쥐 떼와 벌레 무리와 싸우며 그 와중에 또 허리가 휘도록 청소를 하다 못해 그녀는 이전 집주인에게 연락했다.

집주인은 전화를 받지 않았다. 다시 걸어보아도 연결음만 들리다가 갑자기 끊어져버렸다. 오기로 몇 번 더 걸었다가 그만둬야겠다고 생각한 순간 반대편에서 '누구요?'라는 목소리가 들렸다. 반가운 마음에 그녀는 자신이 누구인지 밝히고 사정을 설명하려 했으나 '집'이라는 단어를 입 밖에 낸 순간

전 주인 할머니는 갑자기 귀청이 떨어질 듯 커다란 목소리로 상스러운 욕설을 폭포수처럼 퍼붓고는 그녀가 뭐라고 말하기도 전에 전화를 끊어버렸다.

이쯤 되니 그녀도 다시 연락할 마음이 사라졌다. 그녀는 복덕방 사장님에게 전화했다.

그날은 일진이 나빴다. 사장님은 집 보여주러 나가서 없다고, 한참이나 벨이 울린 끝에 전화를 받은 아주머니가 말했다. 전에도 한 번 보았던 사장님의 부인인 것 같다고 그녀는 생각했다.

"너무 그러지 말고 젊은 사람이 참아요."

그녀의 하소연을 다 듣고 나서 복덕방 사모님이 말했다.

"그 할머니도 알고 보면 불쌍한 할머니예요. 남편 일찍 죽고 자식이라고 딱 아들 하나 있는 게 자기 어머니 일 도와준다고 배달 다니다가 오토바이 사고가 나서 머리를 다쳐서…… 새파란 나이에 장가도 못 갔는데 안됐지, 쯧쯧……."

복덕방 사모님은 혀를 차고 한숨을 쉬었다.

"아들이 그렇게 되고 나서 그 할머니도 약간 이상해져서…… 평생 하던 식당도 때려치우고 아들 데리고 가버렸어요. 어디 기도원에 들어간다나. 가진 재산은 그 건물 한 채가 전부인데 그것도 거의 버리다시피 하고……."

"기도원에 가요?"

그녀가 놀라서 물었다.

"그럼 그 4층 살림집에서 안 살았어요?"

"응, 난 못 본 지 한참 됐는데. 가끔 와서 옷 같은 건 가져가는 것 같더니만……."

"나간 지 얼마나 됐는데요?"

그녀가 물었다. 복덕방 사모님은 태평하게 대답했다.

"글쎄, 한 3, 4년 됐나?"

전화를 끊고 나서 그녀는 뭐라 말할 수 없이 복잡한 심경이 되었다. 주변의 다른 건물들에 비해 이상할 정도로 값이 쌌던 이유를 이제야 이해할 수 있었다. 동네 사람들이 건물 주변에 있는 그녀와 남편을 불안한 눈초리로 쳐다보던 이유도 조금은 알 것 같았다. 그때는 그저, 나이 드신 분들이 많은 동네에 새파란 젊은 사람들이 건물을 사서 이사 온다고 하니까 이상하게 보는 것이라고만 생각했었다.

이전 집주인에게서는 아무것도 더 얻어낼 수 없었다. 한 달 사이에 방역업체를 열 번 가까이 불러 고생고생하고 나서야 쥐와 벌레 문제가 간신히 해결되었다. 그 과정에서 궁지에 몰린 쥐들이 1층에 있는 커피숍으로 몰려 내려가서 큰 소동이 한 번 일어났다. 그리하여 1층 커피숍 주인은 몹시 곤란해하며 당장 나가겠다고 선언했다. 그녀는 이러다가 세입자가 전부 나가고 빈 건물이 되는 건 아닐까 걱정했지만 뜻밖에 빨리 1층에 새로운 세입자가 들어왔다. 순댓국집은 커피숍보다 냄새가 좀 나기는 했지만 어쨌든 그녀는 안심했다. 그리하여 친정에 맡겨두었던 짐을 찾아서 그녀는 남편과 함께 자가 소유 건물의 4층으로 이사했다.

아이는 지하실을 좋아했다. 구경하거나 가지고 놀 만한 물건이 많기 때문일 것이라고 그녀는 생각했다. 이전에 3층에 세 들어 있던 사람들이 나가면서 두고 간 물건이라고 했다. 대체 무슨 일을 하는 사람들이었는지, 지하실은 연극배우나 사용할 것 같은 의상들과 신발들, 소품들이 가득했다. 처음에 불을 켜고 들어갔는데 목 없는 마네킹들이 괴상한 옷을 입고 줄줄이 서 있는 속에서 아이가 소리도 없이 불쑥 튀어나왔을 때 그녀는 깜짝 놀라 쓰러질 뻔했다. 그러나 방역 업체를 불러서 지하실에 쥐나 벌레가 둥지를 틀지 않은 것을 확인하고 천장의 전구를 갈고 나니 지하실도 그다지 무섭지 않게 되었다. 밝은 형광등 불빛 아래 줄줄이 늘어선 마네킹 사이를 천천히 거닐면서 일반 사람의 평범한 생활에서는 도저히 볼 기회조차 없을 화려한 의상과 특이한 신발, 가끔은 어디 쓰는지도 잘 알 수 없는 소품들을 구경하는 것을 그녀 자신도 꽤 즐기게 되었다.

"이상하네요. 보통은 쥐가 지하실에서 나와서 위층으로 올라가는데 이 건물은 반대네."

방역업체에서 나온 직원이 지하실을 검사한 뒤에 고개를 갸웃거리며 말했다.

"쥐도 벌레도 꼭대기 층에 제일 많고 지하실은 깨끗해요. 솔직히 이렇게 잡동사니가 꽉꽉 차 있는데 이렇게 벌레 한 마리 없이 깨끗한 지하실은 처음 봤어요."

방역업체 직원의 말을 듣고 그녀는 안심했다. 그래서 아이가 그녀의 옷자락을 붙잡고 앞장서서 이끌 때면 기꺼이 끌려갔다. 그리고 분명히 지난번에 전부 다 봤다고 생각했는데 아이가 어디선가 또 새로운 의상이나 못 보던 물건을 찾아내면 그때마다 그녀도 함께 즐거워하며 감탄했다.

오래된 동네일수록 새로운 사람이 자리 잡는 과정은 쉽지 않다. 그녀는 텃세라는 것을 처음 경험하게 되었다.

남편이 큰형에게서 물려받은 고물차를 누군가 밤사이에 긁어놓고 가는 일이 생겼다. 처음에는 운전석 문짝에 한군데 정도였다. 다음 날에는 운전석 옆면 전체를 긁었다. 그다음 날에는 차를 빙 돌아가면서 긁어놓더니 나흘째에는 양쪽 미등을 다 깨뜨려놓았다. 일주일 뒤에는 뒤 타이어에 칼자국이나 있었다.

범인이 누구인지, 이유가 무엇인지는 그녀도 남편도 짐작할 수 있었다. 이사 오고 나서 별생각 없이 차를 건물 바로 앞에 세워뒀는데, 그 자리가 자기 자리라고 우기는 사람이 나타났다. 골목 가장 안쪽에 있는 오래된 단독주택에서 사는 서른 안팎의 젊은 남자였다. 그 단독주택에서 3대째 살아오는 동네 토박이에다 예전에는 잘나가던 집안이라 이 일대가 모두 자기네 땅이었다는 남자는 골목 어귀에 있는 건물 바로 앞이 자기가 항상 주차하던 자리이니 거기에 차를 대지 말라고 거드름을 피우며 명령조로 말했다.

과거에는 일대가 그 집안 땅이었을지 몰라도 이제는 상황이 전혀 달랐다. 건물 앞은 거주자 우선 주차구역이었고, 그녀와 남편은 제대로 주차요금도 냈고 구획도 신청해서 받아두었다. 그러나 물론 골목 안쪽에 사는 남자에게 이런 논리적인 설명은 전혀 먹히지 않았다.

"남의 동네에 새로 이사를 왔으면 원래 살던 이웃들하고 잘 지내야 할 거 아뇨!"

남자가 삿대질하며 언성을 높였다.

"그런 식으로 동네 질서를 어지럽히면 안 되지!"

그녀도 남편도, 요금 내고 신청해서 배정받은 구획에 주차하는 것이 어째서 동네 질서를 어지럽히는 일인지 이해할 수 없었다. 남편은 그냥 무시하자고 말했고 그녀도 동의했다. 그렇게 무시하고 그냥 차를 세운 지 2, 3일 뒤부터 누군가 밤중에 몰래 차를 망가뜨리기 시작한 것이다.

맨 처음에 차 문이 긁혔을 때부터 그녀는 마음이 불안해졌지만, 남편은 그냥 웃고 넘겼다. 그러나 미등이 깨지고 이어서 며칠 뒤에 타이어에 난 칼자국을 보더니 남편도 표정이 굳었다. 그녀와 남편은 건물 담벼락, 가로등 바로 옆에 CCTV를 설치하기로 했다. 혹시나 법적 대응이 필요해질 경우를 위해서 증거를 확보해야 했다.

그냥 감시 카메라가 달려 있다는 사실만으로도 간단한 문제들은 대부분 해결될 수 있다고, 설치 기술자가 CCTV를 달아주면서 강조했다. 과연 카메라의 존재는 효과가 있었는지 그 뒤로 며칠은 별 탈 없이 조용히 지나갔다. 그리고 일주일 뒤에 그녀는 집으로 걸려온 전화를 받았다. 남편이 고소를 당했으니 경찰서로 출두해야 한다는 것이었다.

고소한 사람은 아니나 다를까 골목 안쪽에 사는 남자였다. 남자가 주장하는 죄명은 폭행이었다. 남자의 말에 의하면 밤늦게 일을 마치고 집에 가려고 골목 입구로 들어서서 주차된 자동차 옆을 지나가는데 그녀의 남편이 갑자기 차에서 뛰어나와 자신을 때렸다고 했다. 차 문짝으로 자신을 쳐서 넘어뜨렸고, 그런 뒤에 일으켜 세워서 차의 보닛에 얼굴을 부딪치게 하고 차 문짝 사이에 손을 집어넣고 문을 닫는 등 심하게 때려서 큰 상해를 입혔다는 것이었다. 실제로 남자의 얼굴 여기저귀에 상처가 나 있고 머리에 붕대를 감았으며 오른손에 깁스를 하고 있었다.

그녀가 아는 한 남편은 그런 폭력을 행사하는 성격이 아니었다. 무엇보다 남자가 말하는 날짜의 밤늦은 시각에 그녀의 남편은 방에서 자고 있었으며 집 밖에 나간 사실이 없었다. 그녀와 남편이 부인하자 남자는 고래고래 소리를 지르며 날뛰었지만, 그녀와 남편에게는 비장의 무기인 CCTV 카메라의 동영상이 있었다.

며칠 동안 차에 별 이상이 없었기 때문에 그녀도 그녀의 남편도 카메라의 동영상을 저장만 해두었을 뿐 따로 확인하지 않았다. 경찰서에서 담당 수사관과 함께 확인한 CCTV 카메라의 동영상은 상당히 이상한 것이었다.

남자가 골목 안쪽에서 나와서 차를 향해 다가왔다. 나타난 방향도 접근하는 태도도 집에 가기 위해 골목으로 들어서서 우연히 차 옆을 지나쳤다는 남자의 말과는 상반되었다. 손에는 어떤 도구를 들고 있었다. 정확히 어떤 도구인지는 어두운 데다 화면이 흐릿해서 잘 보이지 않았다.

남자가 차에 다가갔다. 도구를 든 손을 차 문에 대는 순간 갑자기 문이 열렸다. 남자의 말대로 차 문짝이 세게 열리며 남자를 때리는 것처럼 보였다. 남자는 중심을 잃고 땅바닥에 엉덩방아를 찧었다. 남자가 도로 일어나려고 하는 순간 문짝이 다시 남자의 얼굴을 때렸다. 남자가 일어서려고 할 때마다 문짝이 몇 번이고 되풀이해서 남자의 얼굴을 때렸다.

그러다가 남자가 갑자기 일어섰다. 마치 누군가 강제로 일으켜 세운 것처럼, 다리로 중심을 잡는 게 아니라 상체부터 쭉 펴면서 일어나더니 그대로 보닛에 얼굴을 처박았다. 발버둥을 치듯 차의 앞 타이어를 되풀이해서 발로 차면서 남자는 몇 번이고 보닛을 향해 쓰러지다가 간신히 중심을 잡았다. 그때 운전석 쪽 앞문이 다시 열리면서 남자를 때렸다. 남자는 오른손으로 그 문을 잡았고, 문을 닫으며 자기 오른손을 차 문에 넣고 짓찧었다. 그리고 남자는 차 옆에 쓰러져 다친 오른손을 움켜쥐고 뒹굴기 시작했다. 동영상에 소리는 나오지 않았지만 입을 크게 벌린 모습으로 보아 고함이나 비명을 지르는 것 같았다.

담당 수사관은 화면을 끝까지 본 뒤에 골목 안쪽에 사는 남자에게 물었다.

"그래서 폭행 상해가 여기 동영상 어디에 나온다는 겁니까?"

화면에 찍힌 사람은 처음부터 끝까지 남자 한 명뿐이었다. 영상을 어떻게 보더라도 남자가 그녀의 남편 차에 대고 자해를 하는 모습으로밖에 생각할 수 없었다.

담당 형사가 골목 안쪽에 사는 남자에게 다시 물었다.

"남의 차 문은 어떻게 열었어요? 차 키 훔쳤어요?"

남자는 언성을 높이며 항의하려 했으나 형사의 의심에 가득한 표정을 보더니 우물우물 목소리를 낮추었다.

"아니 그렇지만, 분명히 차에서 사람이 나와서……."

"사람 누구? 무슨 사람이 어디서 나왔는데?"

형사가 남자의 말을 자르며 거칠게 물었다. 남자가 다시 뭔가 말하려 했지만, 형사는 그럴 틈을 주지 않았다.

"자해 공갈이 그렇게 하고 싶었어? 엉? 고소가 애들 장난인 줄 알아?"

"하지만 분명히 사람이……."

"그러니까 무슨 사람이 어디 있는데? CCTV 찍힌 거 보고도 그딴 거짓말이 나와?"

이제는 읍소로 변해가는 남자의 마지막 항의를 자르며 형사가 다시 으르렁거렸다.

형사는 공갈죄와 징역을 언급했다. 그녀의 남편은 같은 동네 사는 이웃이고 하니 큰소리 내지 않고 잘 해결됐으면 좋겠다고 말하며 형사에게 선처를 부탁했다. 그녀와 남편이 경찰서를 나오는 순간까지도 남자는 차 안에 사람이 있었다고 우겼으나 이제 그 표정은 어쩐지 겁에 질려 있었다.

남자가 공갈미수혐의로 불구속 입건되었다는 소식을 듣고 며칠 뒤에 그녀는 장을 보고 돌아오는 길에 골목 안쪽에 주차된 남자의 고급 세단 안에 어디서 나타났을지 모를 커다란 돌덩어리가 가득 들어 있는 것을 보았다. 앞뒤의 타이어가 전부 갈기갈기 찢겨 흐늘흐늘해진 모습을 보고 어쩐지 오싹해져서 그녀는 서둘러 집으로 돌아왔다.

남자는 그 뒤로 다시는 주차 문제로 시비를 걸지 않았다. 동네에서 그녀나 그녀의 남편을 마주쳐도 그저 고개를 돌리고 발걸음을 재촉할 뿐이었다. 집이 어떻고 재수가 어떻다고 중얼거리는 소리를 몇 번 들었으나 그녀도 남편도 굳이 대꾸하지 않았다.

아이는 건물 안에서 노는 것을 좋아했다. 이 방 저 방 열심히 돌아다니다가 어쩐지 안 보인다 싶으면 어느새 지하실에 내려가 있곤 했다.

그뿐이었다. 바깥으로는 좀처럼 나가려고 하지 않았다. 그녀가 장 보러 갈 때나 그냥 동네를 산책하러 갈 때 몇 번이고 데리고 나가보려 했으나 아이는 그때마다 고개를 저었다. 그래서 그녀도 억지로 끌고 나가지는 않았다.

3층은 좀처럼 세입자를 찾지 못했다.

임대해서 받는 월세는 그녀와 남편에게 사실상 유일한 고정 수입원이었다. 3층은 건물을 사기 전부터 줄곧 비어 있던 층이라 시간이 지날수록 그녀는 점점 더 불안해졌다.

리모델링을 하는 게 어떨까,라고 남편은 제안했다.

"비싸지 않아? 허가도 받아야 할 텐데, 공사까지 다 해놓고 세입자가 계속 안 들어오면 어떡해?"

그녀가 걱정했다. 남편이 자신 있게 말했다.

"내 친구가 자기 사무실로 쓴다고 그랬어. 리모델링도 아는 사람한테 부탁하면 싸게 해줄 거래. 그 건축가도 우리랑 대학 동창이야. 허가받고 그런 것도 다 알아서 해준댔어."

그녀와 남편은 같은 학교 선후배 사이로 동아리에서 만났다. 남편이 말한 친구는 그녀도 아는 동아리 선배였다. 리모델링을 맡기로 한 인테리어 디자이너는 여자였는데 이쪽도 같은 대학 출신으로 그녀와 남편이 만났던 동아리에서 잠깐 활동한 적이 있다고 했다. 인사를 하며 이름을 말하는 모습을 보니 그녀도 어쩐지 전에 어디서 봤던 것 같은 기분이 들었다. 공사가 시작되고 남편의 친구와 인테리어 디자이너와 함께 인부들로 3층이 북적이면서 그녀의 남편도 어쩐지 신이 난 것 같았다. 이사 올 때 청소 한 번 같이 해주지 않았던 남편이 친구가 사용할 사무실 리모델링에 대해서는 흥분해서 시시콜콜 공사 진행 상황을 설명하는 모습을 보며 그녀는 남편이 건물 관리에 저렇게 관심이 많은 줄 몰랐는데 어쩌면 다행스러운 일이라고 생각했다.

3층에 세입자가 들어올 것이라는 사실을 아이는 몹시 싫어했다. 4층의 집 안에 있으면 공사 소음이 견디기 힘든지 언제나 지하실에 내려가서 숨어 있으려 했다.

계단에 먼지가 날리고 집 안에 있어도 아래층에서 드릴 소리와 망치 소리가 온종일 울리는 것이 그녀도 상당히 괴로웠다. 남편이 부르거나 가끔 2층 세입자의 사무실에서 항의가 들어올 때를 제외하고는 그녀도 비교적 조용한 지하실에 숨어서 아이와 함께 놀았다.

마네킹에게 입힌 붉고 화려한 옷과 앞이 너무 뾰족해서 도저히 신고 걸을 수 없을 것 같은 신발 외에도 아이는 지하실에서 기묘한 모양새의 철물을 종종 찾아냈다. 여러 가지 자물쇠와 잠금장치는 가끔 열쇠가 딸려 있기도 했지만 그럴 때조차 어떻게 여는 것인지 알아내기 쉽지 않았다. 아이는 그녀에게 잠금장치를 건네주고 그녀가 서투르게 만지작거리는 모습을 지켜보다가 잘못해서 '철컥!' 하고 큰 소리를 내며 장치가 잠겨버리고 그녀가 깜짝 놀라면 무척이나 즐거운 듯 까르르 웃었다. 그녀는 처음에는 차가운 쇳덩어리의 감각이나 잠금장치가 자기 손안에서 '철컥!' 하고 무서운 소리를 내며 하나로 뭉쳐져 열리지 않는 모습이 몹시 꺼림칙했다. 그러나 소리 내어 웃으며 좋아하는 아이의 모습을 보면서, 아이가 어디선가 자꾸 찾아서 가져다주는 철물을 하나하나 잠그면서,

그녀는 그 불길함에 대해 차츰 잊어버리고 아이와 함께 웃었다.

끝이 없을 것 같던 리모델링 공사가 드디어 끝나고 남편의 친구가 사무실에 입주했다. 요란하게 공사를 하고 3층을 전부 빌린 규모에 비하면 직원이 거의 없는 것 같아서 그녀는 좀 이상하다고 생각했다. 남편은 아직 사업 초기라서 그렇다고 설명하며 친구가 함부로 직원을 많이 고용하지 않는 것도 현명한 일이라고 칭찬했다. 남편은 마치 자신이 친구의 직원인 것처럼 언제나 사무실에 내려가 있었고, 그녀가 볼 때는 항상 친구와 둘이 좁다란 책상 하나를 사이에 두고 마주 앉아서 각자 열성적으로 전화를 받고 있었다. 그러다가 남편의 친구는 가끔 그녀를 사무실로 불러서 진한 색깔의 음료수를 권하곤 했다. 음료수는 맛이 너무 시고 떫어서 그녀는 예의상 간신히 두 모금쯤 넘겼지만 더 이상 마실 수가 없었다. 남편의 친구는 유럽의 어느 나라에서 국책 사업으로 키운다는 농산물의 항암 효과와 기적 같은 항산화, 항노화 효과에 대해 그녀가 잘 알아들을 수 없는 용어를 써가며 길게 설명했다. 그녀의 남편은 옆에서 고개를 끄덕이다가 전화가 울리면 황급히 받았다.

석 달이 채 지나기 전에 남편의 친구는 사라졌다. 사무실에는 그녀가 보았던 작은 책상과 소위 '사장님 의자'라고 하는 푹신한 회전의자 두 개가 놓인 좁은 공간만 빼고 팩 음료가 든 상자가 하나 가득 쌓여 있었다. 남편의 친구가 권했던 그 진한 색깔의 음료일 것이라고 그녀는 짐작했다. 팩 음료와 상자의 겉면에는 푸르스름하고 조그만 열매 같은 것이 그려져 있었다. 그리고 그 열매는 구석에 있는 냉장고 안을 꽉 채운 채로 물러서 썩어가고 있었다.

"보증금이 있으니까 그렇게 크게 손해 본 건 아냐."

그녀의 남편이 태평하게 말했다.

"그리고 상품도 다 두고 갔잖아. 저거 한 상자에 20만 원짜린데…… 저기 있는 것만 다 팔아도 그 돈이 어디야."

남편은 한 푼이라도 손해를 줄여보겠다며 여기저기 아는 사람들에게 전화해서 푸른 열매의 항암 효과에 대해 열심히 선전했다. 그러나 3층 전체에 쌓여 있는 그 상자들을 과연 다 팔 수 있을지 그녀는 자신이 없었다.

그리고 전화가 걸려오기 시작했다.

리모델링을 하지 않았더라면, 남편의 친구에게 사무실을 빌려주지 않았더라면……. 그녀는 몇 번이고 이렇게 되풀이해 생각했었다.

일어난 일은 이미 일어난 일이라는 사실은 알고 있다. 그래도 몇 번이고 곱씹어보는 것이다. 그녀의 처지에 놓였다면 누구나 그럴 수밖에 없었을 것이다.

남편은 2000만 원을 빌렸다고 했다. 그나마 다행인 것은 친구의 사업에 '투자'만 했을 뿐 보증을 서거나 대표자 등으로 명의를 빌려주지는 않았다는 사실이었다.

그녀는 울고 싶었다. 소리치고 싶었다. 7년 걸려서 빚을 갚았는데, 밤늦게까지 힘들게 일하고 얼마 되지 않는 월급도 한 푼을 아껴가며 그렇게 살았는데 이제 또 빚이라니, 액수가 얼마가 됐든 "빌렸다"라는 말을 듣자마자 눈앞부터 캄캄해졌다.

남편은 "자본주의에 매몰되지 않는", "대안적인 삶의 방식"을 추구했다. 그녀 또한 대학 시절에 학점과 스펙에 매달리고 대기업이나 공무원 취업으로 대표되는 안정적인 직장을 최고로 치는 주위 사람들의 천편일률적인 압박을 지겹게 여기고 경멸했기 때문에 남편이 원하는 삶의 지향점이 자신과도 잘 맞는다고 생각했다. 그래서 졸업과 동시에 결혼했고, 졸업과 동시에 그녀는 취업했다. 아주 상세하고 구체적인 계획이 없는 한 "대안적 삶"이라는 말만으로는 대안이 될 수 없고 "자본주의에 매몰되지 않는" 직장이란 대체로 직원에게 임금을 제대로 지급하지 않는 곳이라는 사실을 그녀는 얼마 못

가서 깨달았다. 그녀가 대안 없는 생계를 걱정하며 직원들의 정상적인 근무가 아니라 일방적 희생으로 운영되는 대안적 직장에서 하루하루 시달리며 부스러져가는 동안 남편은 그녀의 대학 선배였지만 그녀보다 늦게 학교를 졸업하고 딱히 내놓을 만한 직업 없이 "대안적인 삶"을 찾아 떠돌았다. 그리고 그 결과가 그녀 모르게 빌려 쓴 2000만 원이었다.

남편은 자기가 갚겠다고 했다. 무슨 수를 써서라도 갚겠다고 약속했다. 진심이라는 건 그녀도 알고 있었다. 다만 그녀는 세상이 진심 하나만 있으면 2000만 원 돈이 저절로 생겨날 정도로 만만한 곳이 아니라는 사실 또한 익히 알고 있었다.

그래서 그녀는 남편이 공동명의의 부동산을 멋대로 담보로 잡혀 대출을 또 받을 수 있는지 알아보기 시작했다. 건물 명의를 아예 단독으로 바꿀 방법도 알아보았으나 증여니 세금이니 하는 복잡한 문제들에 걸려서 포기했다. 지금 같은 공동명의의 경우 남편이 그녀의 동의 없이 집을 담보로 잡히는 것은 일단 법적으로 불가능할 것 같다고 그녀는 이해했다. 그러나 공동명의이므로 만약에 정말로 최악의 경우가 닥치기라도 하면 그녀가 지켜낼 수 있는 것은 해당 재산의 절반뿐이라는 말에 그녀는 불안해졌다.

부부의 생계가 이 집에 걸려 있었다. 그리고 그녀에게 집의 의미는 단순한 월세 수입원보다 훨씬 큰 것이었다. 이 집이 그녀가 세상에 부딪혀 몸부림치며 일구어낸 전부였다. 그리고 남편은 그녀가 그렇게 혼자 애쓰는 동안 그녀의 등에 업혀 지냈을 뿐 아무것도 도와준 적이 없었다. 남편이 몰래 쓴 빚 2000만 원 때문에 괴로워하며 그녀는 그 사실을 차츰 깨닫기 시작했다.

남편은 마음 내킬 때마다 멀지 않은 곳에 있는 나지막한 야산으로 등산하러 나가곤 했다. 그녀가 걱정할 만큼 오래 나가 있는 법은 없었지만 등산하러 가는 시간에는 대중이 없었다. 아침 일찍 나가기도 했고, 며칠 거르다가 저녁 늦게 갑자기 나가기도 했다. 친구가 투자금을 들고 도망친 뒤로는 낮에 텅 빈 사무실에 혼자 앉아서 여기저기 전화를 하다가 질릴 때쯤 홀쩍 나가 야산을 한 바퀴 돌고 오기도 했다.

그녀가 전화를 받은 것도 그런 낮이었다. 밥 먹으라고 부르러 내려갔는데 사무실에 남편은 없고 책상 위에 전화기만 있었다. 그녀가 들어서자 전화기는 마치 기다렸다는 듯이 울리기 시작했다.

드디어 건강 음료를 사겠다는 사람이 나타난 것일까. 그녀는 일말의 희망을 품고 전화를 받았다. 여보세요,라고 말하는 그녀의 목소리를 듣고 상대방은 잠시 아무 말도 하지 않왔다. 그녀는 다시 여보세요, 말씀하세요,라고 말했다.

"너야?"

전화기 저편에서 여자의 목소리가 다짜고짜 물었다. 그녀는 어리둥절했다.

"네?"

"네가 그 사기꾼 마누라냐고."

"네?"

그녀가 다시 물었다. 전화기 저편에서 여자의 목소리는 악에 받쳐 있었다.

"우리 신랑 꾀어서 그 무슨 열매인지 파는 사업하자고 끌어들여서 돈 다 먹고 튄 게 네 남편이잖아?"

그녀는 그제야 상황이 이해되기 시작했다. 동시에 적반하장도 유분수지,라는 생각에 화가 나기 시작했다.

"여보세요. 그게 아니라 그 사업은……."

그러나 상대방은 그녀에게 말할 틈을 주지 않았다.

"대표 명의 뒤집어씌워서 뒷감당은 다 우리 신랑한테 맡기고 정작 팔 물건이랑 그거 팔아 번 돈은 네 남편이 다 움켜쥐고 안 내놓잖아? 우리 신랑이 어떻게 뚫은 판로인데 그걸 너희가 틀어쥐고 단물만 쪽쪽 다 빨아먹고……."

"이거 보세요, 아줌마! 지금 사기당한 게 누군데……."

그녀는 언성을 높였다. 그러자 상대는 함께 목소리를 높이

며 육두문자까지 동원하여 공격하기 시작했다. 말조심하라
고 그녀가 일갈하자 상대는 코웃음을 쳤다.

"제 남편이라고 감싸는 것 좀 봐. 네 남편 바람났는데도 감
싸줄 마음이 드니? 사무실 개축한답시고 무슨 디자이너라는
년 불러서 바로 코앞에서 사기 치고 바람피우는데……. 참
잘 돌아가는 집구석이다."

"뭐?"

그녀가 자기도 모르게 흥분한 기색을 읽고 상대는 만족한
것 같았다. 전화기 저편에서 여자는 느긋하게 말했다.

"내가 네 남편 문자랑 전화 통화한 거 증거 다 잡아서 빼도
박도 못하게 해놨으니까 그런 줄 알아. 그따위로 모른 척한다
고 내가 가만히 있을 것 같아?"

무슨 증거냐고 그녀는 묻고 싶었다. 그러나 상대방은 이제
분노와 욕설을 거쳐 넋두리 단계로 접어든 것 같았다.

"우리 신랑도 등신이지 어디서 대학 동창이라고 저런 더
러운 것들한테 걸려서 멀쩡하게 잘 다니던 직장도 때려치우
고……. 너희 가짜 졸업생이지? 엉? 부부 사기꾼이지?"

상대방이 다시 흥분하려는 순간 그녀는 건물 현관의 비밀
번호 누르는 소리를 들었다.

남편이다. 그렇게 생각하고 그녀는 이유 없이 겁에 질려서
황급히 전화를 끊었다.

계단을 올라오는 소리가 들렸다. 그녀는 서둘러 전화기를 책상 위의 원래 있던 자리에 놓고 냉장고로 갔다. 공연히 냉장고를 열고 안을 살피기 시작했다. 남편의 친구가 사라지고 얼마 지나지 않아 청소를 한 번 하긴 했지만, 그때는 제법 싱싱했던 열매들조차 이제는 상해가고 있었다.

사무실 비밀번호 누르는 소리가 들렸다.

아래층이었다. 2층 사무실 사람이 점심 먹고 들어온 모양이었다.

그녀는 안도의 한숨을 쉬었다.

책상 위에 놓인 남편의 전화기를 바라보았다.

"문자랑 전화 통화"라는 말이 머릿속에서 떠나지 않았다.

남편이 사용하는 암호 정도는 그녀도 이미 알고 있었다.

1층의 순댓국집에서 하필 그때 권리금 문제를 들고나온 것이 좋은 일인지 나쁜 일인지 그녀는 잘 알 수 없었다.

처음에는 노인이 혼자 찾아왔다. 임차인은 주로 그녀가 상대했기 때문에 이번에도 그녀가 혼자 나타나면 산전수전 다겪은 노인 입장에서 젊은 여자 하나쯤은 간단하게 설득할 수 있다고 판단한 것 같았다. 그러나 그녀의 남편이 전에 없이 적극적으로 나서서 결국 셋이 만나게 되었다.

노인이 권리금을 언급하자 그녀의 남편은 관련 법령을 설명하며 맞섰다. 노인은 처음 임차할 때 다운계약서를 썼던 사실을 들이대며 국세청에 고발하겠다고 협박했다. 그녀의 남편은 협박에도 굴하지 않고 상대에게 계속 '선생님'이라는 존칭을 쓰면서 다시 한번 조곤조곤 설명했다. 계약서는 임대인과 임차인이 함께 쓰는 것이니 다운계약서를 쓰는 데 합의하신 부분에서는 선생님도 자유로울 수가 없습니다. 그리고 저희가 월세라고 뭐 거금을 받는 것도 아니고 월세를 받은 기간도 길지 않기 때문에 탈루 원금이나 가산세를 전부 계산해봐도 그렇게 엄청난 액수가 아닙니다. 그러니 건물주로서 아무 상관도 없는 권리금 차액을 3000만 원이나 물어주기보다는 그냥 국세청에 과징금을 내는 편이 저희로서는 합리적이지 않겠습니까, 선생님. 안 그렇습니까?

이에 대하여 노인은 점점 더 짜증이 치밀어 오르는 표정으로 "젊은 사람들이 물정을 모른다"는 말을 되풀이하더니 "어떻게 되는지 봅시다"라는 말을 남기고 자리를 떴다. 그리고 얼마 지나지 않아 노인은 소위 '매니저'라는 검은 옷의 남자를 대동하고 다시 나타난 것이다. 원하는 대로 3000만 원을 내주지 않으면 국세청이나 과징금이 문제가 아니라 돈을 뛰어넘는 물리적 피해를 주겠다는 것이 암묵적인 메시지였다.

"다음번에 녹취해서 경찰에 신고하면 돼."

그녀의 남편이 언제나 그렇듯 태평하게 말했다.

바로 그 "다음번"에 녹취할 여유가 과연 있을까,라는 것이 그녀의 의문이었다. 그러나 동시에, "녹취"라는 말을 듣는 순간 우연히 잘못 받았던 남편의 전화로 인하여 발견하게 된 여러 가지 자료가 떠올랐다. 이 때문에 그녀는 가슴이 답답해져 더 이상 말을 할 수 없게 되었고, 남편은 그녀가 안심한 것으로 잘못 생각하여 만족했다. 그렇게 대화는 종료되었다.

그녀는 지하실에서 아이와 놀다가 울었다.

아이가 이유를 물었을 때 가장 먼저 그녀의 머릿속에 떠오른 것은 순댓국집 노인의 얼굴이었다. 3000만 원을 물어줄 금전적 여유는 없었고 그래야 할 책임도 없었다. 그러나 국세청에 과징금을 낼 돈도 없기는 마찬가지였다. 남편이 멋대로 써버린 빚이 2000만 원이었고, 3층은 여전히 세입자가 들어오지 않은 채로 비어 있었고, 1층의 순댓국집은 곧 나간다는 명목으로 벌써 지난달부터 월세를 안 내고 있었다.

"아니야."

그녀는 고개를 젓고 억지로 웃으려 했다.

"어른들 사정은 복잡해서 그래."

그러나 억지로 입꼬리를 올리려 했지만, 눈에서는 쉴 새 없이 눈물이 흘러나왔다.

아이는 쪼그리고 앉아 우는 그녀 앞에 말없이 서서 그녀를 바라보았다.

순댓국집 사장은 권리금을 받지 못했다.

노인은 가게 주방에서 변사체로 발견되었다. 발견 당시 시신의 일부가 국물을 끓이는 대형 사골 냄비 속에서 같이 끓고 있었다고 했다.

동네의 역사에 전례가 없을 토막 살인 사건 수사를 위해서 경찰이 드나들기 시작하자 노인과 함께 국밥집을 운영하던 딸과 사위라는 남녀는 소리 소문 없이 짐을 싸서 어디론가 사라져버렸다.

며칠 뒤에 그녀는 신문에서 노인이 '매니저'라며 데려왔던 검은 옷을 입은 남자의 사진을 보았다. 기사에 의하면 폭력배 모 씨는 내연녀의 집에서 사망한 채로 발견되었다.

시신을 처음 발견한 내연녀의 말에 의하면 집에서 자는 것을 확인하고 출근을 했는데 집에 돌아와 보니 죽어 있었다고 했다. 시신은 흉곽 부분만 특정한 모양으로 으스러져 있었기 때문에 경찰은 반대파 조직원들의 보복 폭행 가능성을 염두에 두고 수사하고 있다고 했다.

지하실에서 아이와 놀면서도 그녀는 이런 일들을 머릿속에서 좀처럼 떨쳐낼 수 없었다.

협박을 받지 않게 된 것은 좋은 일이었다. 국세청에 신고할 사람도, 권리금 차액을 내놓으라는 사람도 없어졌으니 당분간은 추가로 돈 걱정을 하지 않아도 된다. 순댓국집이 있던 자리에 들어오려던 옷 가게는 계약을 아예 해지할까 아니면 입주 날짜를 미룰까 고민하는 눈치였지만 그녀는 이제 그런 데까지는 신경도 쓰이지 않았다.

—철컥!

그녀는 깜짝 놀라서 고개를 들었다. 아이가 어디선가 찾아낸 새 자물쇠를 들고 와서 그녀 앞에서 가지고 놀고 있었다. 이번에는 잠금쇠 부분이 돌리면 쉽게 빠져나오는 구조라서 잠갔다가 다시 열 수 있는 자물쇠였다. 아이는 잠금쇠를 돌려 뺐다가 다시 철컥 집어넣는 것이 마냥 재미있는 것 같았다.

—철컥!

해맑게 웃으며 잠금쇠를 밀어 넣었다가 다시 돌려 빼고 또 밀어 넣는 아이의 손을 바라보면서 그녀는 앞뒤 없이 "시신의 흉곽이 특정한 모양으로 으스러져……"라는 인터넷 신문 기사의 한 구절을 떠올렸다.

—철컥!

잠금쇠를 돌려 뺐다가 다시 집어넣으면서 아이는 그녀를 바라보며 자랑스럽게 웃었다.

인생은 문제의 연속이다. 결혼해서 가정이 있는 경우에는 더욱 그렇다. 집 밖의 문제를 피해 가정으로 돌아와도 가족이 집 안에서 또 문제를 일으키기 때문이다.

순댓국집 권리금 문제가 해결(꺼림칙한 경로를 거쳤지만 그래도 해결은 해결이다)되고 나자 여자가 전화를 걸어오기 시작했다. 사실은 그 전에도 전화가 계속 왔지만, 남편은 일부러 받지 않았고 그녀는 도저히 거기까지 상대할 여력이 없어서 모른 척하고 있었다. 그래서 상대방은 더 악에 받쳤고, 그리하여 그녀의 남편뿐만 아니라 어떻게 번호를 알아냈는지 그녀에게도 전화하기 시작했던 것이다.

— 네 남편은 인테리어 디자이너와 바람을 피우고 있다.

— 다 알면서 모른 척하는 걸 보면 너도 사기꾼이 틀림없다.

— 다 같은 대학 선후배 사이라고 하니 네 남편과 바람피우는 여자를 네가 소개해준 게 틀림없다.

— 네가 나서서 남편한테 바람피우고 사기 치라고 부추기고 나한테는 아무것도 모르는 피해자 행세를 하는 것을 나도 다 알고 있다.

— 그러니 내 남편에게서 사기 친 돈을 내놓고 내 남편의 행방을 말해라.

— 빚쟁이들에게 시달려서 살 수가 없다. 내 남편의 행방을 털어놓고 돈을 내놓든지 사업 자금에 대해서 법적으로 책임을

져라.

통화를 하면 할수록, 이야기를 들으면 들을수록 그녀는 남편 친구의 부인이 완전한 정신이상 혹은 그에 준하는 상태라고 확신하게 되었다. 조금은 불쌍하다는 생각마저 들었다. 그 부인의 입장에서는 사업을 한다던 남편이 어느 날 갑자기 사라져버렸고, 채권자들이 몰려와서 아무것도 모르는 그 부인을 들볶고 있는 것이다.

그러나 그녀도 수시로 전화해서 욕설을 내뱉고 고함을 지르는 여자를 동정하거나 도와줄 만큼 여유 있는 상황은 아니었다.

남편의 전화기에 소중하게 남아 있는 문자 메시지에 따르면 남편과 인테리어 디자이너는 이미 오래전부터 만나는 사이인 것 같았다. 친구의 사업에 투자했다가 날렸다는 2000만 원은 사실 사무실 리모델링 비용 명목으로 인테리어 디자이너에게 건네준 돈이었다. 남편의 친구는 그런 사무실 리모델링을 요구한 적이 없었다. 그저 "너희 건물에 혹시 빈방 있으면 내가 딱 한두 달만 쓰면 안 되겠냐"라고 물어봤을 뿐이었다. 남편이 리모델링을 시작하자 "이렇게까지 거하게 해줄 필요는 없어. 두 달 정도 그냥 앉아 있을 곳만 있으면 돼"라고 당황해하는 문자를 보내기도 했다.

그러니까 남편은 내연녀에게 자신이 어엿하게 건물 한 채

를 소유하고 있다는 사실을 자랑하고 싶었던 것이다. "공사
비용이 모자라면 얼마든지 더 주겠다"고 남편은 인테리어 디
자이너에게 보낸 메시지에서 호기롭게 말했다. 얼마든지 주
겠다는 그 돈이 전부 빚이라는 사실이나, 그렇게 자랑하고
싶은 건물이 그녀가 뼈 빠지게 일해서 모은 돈으로 산 것이
라는 사실은 애초에 남편의 머릿속에 없었던 모양이라고 그
녀는 결론을 내렸다.

혼자서 잘 노는 아이를 바라보면서 그녀는 이번에는 울지
않았다. 아이가 철컥, 철컥, 하고 되풀이해 잠갔다 열고 열었
다 잠그는 자물쇠를 바라보며 말없이 생각에 잠겨 있을 뿐이
었다.

아이는 철컥, 철컥, 하고 자물쇠를 가지고 놀며 그녀를 향
해 활짝 웃었다. 그녀도 미소를 지으려 했으나 좀처럼 웃을
수 없었다.

남편은 늦은 저녁에 산에 다녀오겠다고 집을 나섰다.
밤에 폭우가 내리기 시작했다.
남편은 산에서 돌아오지 못했다.

외곽순환도로에서 교통사고가 일어났다. 빗길에 미끄러진

차가 가드레일을 들이받았다. 운전하던 여성은 병원으로 옮겨졌으나 중태라고 했다. 조수석에 타고 있던 남성은 충돌 당시에 차 밖으로 튕겨 나가 근방 산기슭에서 발견되었다. 목이 부러져 현장에서 즉사했다.

남편이 죽은 뒤로 아이는 이제 거의 온종일 그녀만 따라다녔다.

—너 잠은 좀 자니? 밥은 잘 챙겨 먹고?

"응, 잘 먹어요. 잠도 잘 자고."

전화에 대고 대답하면서 그녀는 깔깔 웃으며 마루를 가로지르는 아이를 향해 조심하라고 손짓했다.

—그 집은 어때, 살 만하니? 세는 좀 들어와?

"응, 1층에 옷 가게 들어왔고, 2층에 있던 출판사도 아직까진 월세 잘 내요."

—너 밖에는 좀 나가니? 집 안에만 틀어박혀 있는 건 아니지?

아이가 그녀에게 뛰어와서 품에 폭, 안겼다. 그녀는 아이의 머리를 쓰다듬었다.

전에는 몰랐는데 아이가 요새 부쩍 윤곽이 뚜렷해졌다.

"그냥……."

그녀는 말끝을 흐렸다.

"집 안에 있는 게 편하니까……."

—그래도 정신 차리고 바깥바람도 좀 쐬고 그래야지. 아직 젊고 애도 없이 홀몸인데 요즘 세상에 과부 수절할 일 있니? 여행도 다니고, 사람도 좀 만나고…….

아이가 그녀의 전화기를 뺏으려고 웃으며 손을 뻗었다. 그녀는 고개를 저었다.

"안 돼. 엄마 지금 전화하잖아."

—응? 뭐라고?

그녀는 전화기에 대고 말했다.

"아냐, 엄마."

—집에 누구 있니?

"아니. 집에 나 말고 누가 있겠어."

친정어머니는 한숨을 쉬었다.

—너 그렇게 맨날 혼자 있어서 어떡하니? 내가 가서 좀 같이 있어준대도 그렇게 말도 안 듣고…….

"엄마."

그녀가 친정어머니의 넋두리를 잘랐다.

"나 그냥 지금 이대로가 편해. 조금만 더 시간 두고 푹 쉬고, 정신 좀 차리고 기운이 좀 나면 다른 일들도 다 알아서 할게."

—너 혹시 시댁에서 뭐라고 그러는 건 아니지?

친정어머니의 목소리에 일말의 불안감이 서렸다.

―아무리 그래도 요즘 세상에…….

"그런 거 아냐, 엄마."

그녀가 얼른 말을 잘랐다.

"엄마 나 지금 빨래 삶는데, 저거 불 끄고 내려놔야 할 것 같아. 내가 이따 다시 전화할게."

―그래, 몸조심하고. 집안일 너무 열심히 하지 말고 밖에도 좀 나다니고 그래.

"알았어. 들어가세요."

그녀는 전화를 끊고 아이를 바라보았다.

"이제 너랑 나랑 둘뿐이야."

그녀는 말했다. 아이는 뛰다 말고 멈춰 서서 그녀를 쳐다보았다. 그리고 해맑게 웃었다.

"엄마랑 여행 갈까?"

그녀가 물었다.

"이 집 밖으로 나가본 적 없지? 엄마랑 둘이서 나갈까? 나가서 멀리멀리 갈까?"

아이는 그녀의 얼굴을 진지하게 쳐다보았다. 그리고 말없이 천천히 고개를 저었다.

그녀도 알고 있었다. 아이는 처음부터 이 집과 함께 있었다. 그러니 이 집 밖으로 나갈 수 없다.

아이와 함께 있는 한, 그녀도 이 집에서 벗어나지 못할 것이다.

그것도 나쁘지 않다고 그녀는 생각했다.

"이리 와."

그녀는 팔을 벌렸다. 아이가 그녀의 품속으로 뛰어들었다. 그 힘에 떠밀려 그녀는 뒤로 넘어질 뻔했다.

처음 만났을 때 아이는 지하실의 희끄무레한 그림자에 불과했다.

지금 아이는 분명한 형체를 가지고 체온과 살갗의 촉감이 확연히 느껴지게 되었다. 더 커지고, 더 무거워지고, 더 뚜렷해졌다.

그녀는 그 사실이 자랑스러웠다.

"엄마하고 둘이 살자."

그녀가 하얀 그림자 아이를 품에 꼭 껴안으며 말했다.

"엄마하고 둘이서 행복하게 살자."

속삭이며 그녀는 아이의 희끄무레한 이마에 입 맞추었다.

어두운 콘크리트 건물의 검은 지하실에서 오랫동안 엄마를 기다렸던 조그만 아이의 흔적이 드디어 찾아낸 그녀를 바라보며 활짝 웃었다.

바람과 모래의 지배자

0

모래사막 위 허공에 황금 톱니바퀴로 이루어진 배가 떠 있었다. 배를 이루는 수천, 수만 개의 톱니바퀴가 째깍째깍 움직일 때마다 햇빛이 톱니 하나하나에 반사되어 황금 톱니바퀴 배는 태양 그 자체처럼 찬란하게 빛났다. 위풍당당하게 번쩍이는 황금 톱니바퀴 배는 일렁이는 햇빛과 톱니바퀴에 반사된 금빛 섬광의 파도에 둘러싸인 채 모래사막 위의 뜨거운 허공을 가로질러 천천히 움직여 갔다.

1

황금 배의 주인은 위대한 전사이자 강력한 주술사라 했다. 전해오는 이야기에 따르면 오래전 모래사막의 왕이 지평선 너머 금빛 태양까지 이르는 땅의 패권을 놓고 황금 배의 주인과 전쟁을 벌였다. 최후의 전투에서 모래사막의 왕은 황금 배 주인의 왼쪽 팔을 베었다. 황금 배의 주인은 잘린 팔에서 피를 뿜으며 모래사막의 왕을 소리쳐 저주했다.

"네가 나를 불구로 만들었으니 나는 너의 자손들을 불구로 만들겠다. 네가 나의 피를 모래땅에 흩뿌렸으니 앞으로 이 모래땅을 지배하는 너의 핏줄은 아무도 무사하지 못할 것이다."

모래사막의 왕은 저주를 믿지 않았다. 황금 배의 주인이 황금 톱니바퀴로 된 말을 타고 햇빛이 일렁이는 허공을 가로질러 황금 톱니바퀴 배로 돌아가는 모습을 지켜보며 모래사막의 왕은 승리의 미소를 지었다. 황금 배의 주인이 지나간 자리에는 모래땅 위에 점점이 핏자국이 남았다. 작은 불꽃처럼 끓어오르던 핏자국이 사막의 숨 막히는 햇볕 아래 순식간에 말라붙는 모습을 내려다보며 모래사막의 왕은 악의에 가득한 웃음소리가 허공에 뜬 황금 배에까지 들리도록 큰 소리로 의기양양하게 웃었다.

2

모래사막의 왕은 그로부터 얼마 뒤에 아들을 얻었다. 왕자
는 태어날 때부터 눈이 보이지 않았다. 왕비는 상심한 끝에
시름시름 앓다가 숨을 거두었다.

엄마 없이 홀로 남은 조그만 왕자는 하인들과 시종들의 손
에서 자랐다. 시종들은 왕자를 정성껏 돌보았으나 그들의 마
음속에는 언제나 두려움이 가득했다. 모래사막의 왕은 분노
였으며 그의 왕자는 저주였다. 시종들과 하인들은 그 분노와
저주로 인해 화를 입지 않기 위해 허리를 굽히고 머리를 조
아렸다. 그래서 왕자를 먹이고 입히고 밤에 안아 재울 때도
그들의 마음속에 사랑은 없었다.

아이는 생존을 위해 자신을 둘러싼 환경을 자기 나름대로
파악한다. 어린아이의 지각에는 한계가 있는 것처럼 보이지
만 자신에 대한 세상의 호의와 인간의 신뢰 여부를 아이는
어른보다 훨씬 빠르고 정확하게 이해한다. 왕자는 아름답고
풍요로운 환경 속에서, 친절하고 예의 바르지만 진심이 없는
사람들 사이에서 성장했다. 왕자가 아는 한, 그것은 세상과
인간의 기본적인 특성이었다.

3

아기였던 왕자는 곧 소년이 되었고, 좀 더 시간이 지나자 왕자는 청년으로 성장했다. 눈이 보이지 않았으나 왕자는 모래사막의 왕에게 유일한 혈족이었고 왕위를 물려받게 될 미래의 군주였다. 그래서 사막의 왕은 왕자가 소년에서 청년으로 성장했을 때 광대한 모래땅 너머 머나먼 변방으로 신하들을 보냈다. 모래땅의 군주를 섬기는 신하들은 사막을 건너 초원의 부족을 찾아가 그들의 공주를 장차 사막의 왕비로 모실 수 있도록 허락해달라고 부탁했다.

초원의 지배자는 사막의 왕자가 눈이 보이지 않는다는 사실을 알고 있었으므로 처음에는 거절했다. 그러나 모래땅에서 찾아온 사신들이 비단과 보석을 늘어놓으며 설득하자 마침내 마음을 돌렸다. 그리하여 초원의 공주는 사막의 왕이 보낸 사신들을 따라서 저주받은 왕자와 결혼하기 위해 모래사막으로 왔다.

4

결혼식은 석 달 뒤로 결정되었다. 모래사막의 시종들과 신하들은 모두 결혼식 준비에 눈코 뜰 새 없이 바빠졌다. 메마르고 조용했던 궁 안이 갑자기 떠들썩해졌다.

왕자는 신부가 될 초원의 공주가 몹시 궁금했다. 자신이 눈이 보이지 않는다는 사실을 알고 있는지, 안다면 어째서 여기까지 결혼하러 왔는지, 알지 못한다면 그 사실을 알게 되었을 때 어떤 반응을 보일 것인지……. 결혼식 전에 신부를 보아서는 안 된다는 오래된 관습은 왕자도 알고 있었으나, 너무 늦어버리기 전에 왕자는 신부가 될 공주가 어떤 사람인지 꼭 알아야만 했다.

왕자는 어렸을 때부터 궁궐 내부의 모든 지름길과 샛길과 숨겨진 출입구와 가려진 복도를 알고 있었다. 눈이 보이지 않는 왕자가 그런 길을 알 것이라고는 아무도 의심조차 하지 않았기 때문에 왕자는 자유롭게 궁궐 안을 탐험하며 다니고 싶은 곳은 모두 다닐 수 있었다. 불빛이 미치지 않는 어두운 구석도, 깜깜한 밤도 왕자에게는 문제가 되지 않았으므로 왕자는 언제든 궁궐 안의 어디든지 숨어들어 갈 수 있었다. 그래서 모두가 잠든 한밤중에 왕자는 공주가 머무는 안채로 몰래 숨어들어 갔다.

공주는 잠들어 있었다. 왕자는 낯선 여성의 고른 숨소리에 귀를 기울이며 한동안 그대로 서 있었다.

공주가 눈을 떴다. 왕자는 앞이 보이지 않았으므로 눈치채지 못하고 그대로 서 있었다.

"누구세요?"

공주가 물었다.

"왜 이 시간에 내 방에 들어와 있는 거죠?"

왕자는 깜짝 놀랐다. 그러나 마음을 가라앉히고 천천히 대답했다.

"나의 신부를 만나러 왔습니다."

5

왕자가 손가락으로 조심스럽게 얼굴을 더듬는 동안 공주는 눈을 감고 가만히 있었다. 낯선 남자의 손끝이 얼굴을 만지는 것이 공주는 쑥스럽기도 하고 간지럽기도 하고 기분 좋기도 했다. 금지된 일을 저지르고 있다는 감각이 당황스럽고 조금은 무서우면서도 동시에 즐겁고 들뜨기도 했다. 그래서 왕자의 손가락이 자신의 얼굴을 어루만질 때마다 공주는 조금씩 뺨이 붉게 달아오르는 것을 느꼈다.

왕자가 손가락을 뗐을 때, 공주는 이미 완전히 사랑에 빠져 있었다. 다만 그 사랑의 대상이 왕자인지 사랑 그 자체인지 자기 자신의 흥분된 감정인지는 공주도 정확히 알지 못했다.

"당신은 아름답군요."

왕자가 속삭였다.

"내가 앞을 볼 수만 있다면……. 단 한 번이라도 내 아름다운 신부의 얼굴을 볼 수 있다면……."

왕자의 눈에서 커다란 눈물방울이 천천히 흘러내렸다.

"울지 마세요."

공주가 위로했다.

"지금처럼 언제든지 내 얼굴을 만져볼 수 있잖아요. 난 평생 당신 곁에 있을 테니까요."

"나만 불행한 것으로 끝나지 않아요."

왕자가 여전히 눈물을 흘리며 말했다.

"황금 배의 주인은 이 가문 전체에 저주를 걸었어요. 내 아버지의 핏줄이 모래땅을 다스리는 한 그 누구도 무사하지 못할 거라고 했어요."

"어째서요?"

공주가 놀랐다.

"왜 그런 무서운 저주를 걸었죠?"

"전쟁에 져서 한쪽 팔을 잃었기 때문이죠."

왕자가 설명했다.

"내 아버지가 자신을 불구로 만들었으니 내 아버지의 후손들도 모두 불구로 만들어주겠다고 했어요."

왕자의 눈에서 다시 눈물이 흘러내렸다.

"나와 결혼하면, 앞으로 태어날 우리 아이들도, 그 아이들의 아이들도, 모두 나처럼 쓸모없는 몸일 거예요. 언젠가 황금 배의 주인이 다시 쳐들어온다면, 불구의 왕이 지배하는 이 나라는 꼼짝없이 무너지고 말 거예요."

그리고 왕자는 고개를 숙인 채 슬피 울었다.

공주는 왕자를 감싸 안고 달랬다. 공주의 어깨가 왕자의 눈물로 흠뻑 젖었다.

왕자는 새벽 동트기 전에 공주의 방을 떠났다. 공주는 어둠 속에 혼자 앉아서 이내 부옇게 밝아오는 동쪽 하늘을 바라보았다. 지평선에 떠오르는 태양 위로 천천히 허공을 가로지르는 황금 톱니바퀴 배를 보면서 공주는 결심했다.

황금 배의 주인을 찾아가 저주를 풀어야 한다. 자신의 남편이 될 왕자를 위해, 그리고 앞으로 태어날 자신의 아이들과 그 아이들의 아이들을 위해.

6

궁궐에서 빠져나가기란 쉽지 않았다. 공주는 곧 결혼식을 치러야 할 신부였고 미래의 왕비였다. 언제나 시녀들이 주위를 둘러싸고 있었고, 방에 공주가 혼자 있을 때라도 바로 문밖에서 항상 누군가가 지키고 있었다. 그래서 한밤중에 다시 왕자가 방에 숨어들어 왔을 때 공주는 왕자에게 조언을 구했다.

"당신은 아름다울 뿐 아니라 용감하군요."

왕자가 감탄했다.

"궁궐 밖으로 나가는 길은 알고 있어요. 하지만 밖으로 나간 뒤에 황금 배까지 혼자 찾아가서 배의 주인과 혼자 맞서야 해요. 괜찮겠어요?"

"해봐야죠."

공주가 담담하게 대답했다.

"싸우러 가는 게 아니라 여자 혼자 몸으로 부탁하러 가는데 설마 해코지야 하겠어요?"

"그건 알 수 없죠. 본래 잔인하니까……."

왕자가 걱정하며 한탄했다.

"내가 앞을 볼 수 있었다면 함께 가줄 텐데……."

"당신이 앞을 볼 수 있었다면 굳이 황금 배의 주인에게 갈 필요도 없었겠죠."

공주가 조금 웃으며 말했다.

"혹시 내가 성공하지 못하더라도 미워하지 말아주세요."

"괜찮아요."

왕자가 공주의 얼굴을 살그머니 손으로 감싸며 대답했다.

"나를 위해 용기를 내준 것만으로도 고마워요."

"한 가지 더요."

공주가 덧붙였다.

"내가 성공하더라도, 결혼식 전에 궁에서 몰래 빠져나간 걸 국왕이 아시면 몹시 화를 내실 거예요. 궁으로 돌아오는 길에 혹시 들키면 나는 고향으로 쫓겨날지도 몰라요."

"그건 걱정하지 말아요."

왕자가 말했다.

"모든 건 당신이 나를 위해서 하는 일이니까 내가 보호해줄 게요. 당신은 나의 신부이고, 나의 아내니까."

공주는 대답 대신 왕자에게 입 맞추었다.

7

왕자는 공주를 성의 뒷문까지 안내했다. 돌담이 조금 무너 져 갈라지고 틈이 생긴 곳에 이르러 두 연인은 다시 뜨겁게 껴안고 입 맞추었다.

"나를 기다려주세요."

공주가 속삭였다.

"무사히 돌아와요."

왕자가 대답했다.

그리고 공주는 몸을 숙여 돌담이 갈라진 틈바구니로 조심스럽게 빠져나왔다. 궁궐 쪽을 한 번 돌아본 뒤에 공주는 달도 별도 없는 사막의 하늘 위에 거대하게 떠올라 황금 톱니바퀴를 차갑게 빛내는 허공의 배를 올려다보았다. 그리고 그 배를 향해 걷기 시작했다.

8

낮의 땡볕은 인정사정이 없었고, 초원에서 태어나 자란 공주는 뜨거운 모래 속을 오래 걷는 데 익숙지 못했다. 걷다 보면 금방 지쳤고 더운 모래 속에서 쉬어도 기운을 차릴 수 없었기 때문에 황금 배에 도달하기까지 시간이 오래 걸렸다.

허공에 뜬 배의 바로 아래에 이르러서 공주는 배의 그림자 속에서 조금 쉬며 숨을 돌렸다. 햇볕에 달구어진 모래와 공기는 여전히 뜨거웠지만 그래도 머리 바로 위에 떠 있는 배의 그림자 속은 조금이나마 시원했다. 궁궐을 나와 지평선까지 절대 가깝지 않은 거리를 걸어와서 처음으로 찾아낸 그늘이기도 했다.

쉬면서 기운을 차리고 나서 공주는 어떻게 해야 배에 올라갈 수 있을지 궁리하기 시작했다. 황금 배는 공중에 뜬 채로 조금씩 흔들리고 있었다. 주변에는 닻도 사슬도 아무것도 없었다. 찬란한 황금 배는 공주가 그렇게 어쩔 줄 모르고 망연히 바라보는 사이에 당장에라도 흔들거리며 지평선 저 너머로 사라져버릴 것만 같았다.

그때, 황금 톱니바퀴가 끼릭끼릭 큰 소리를 내며 움직이기 시작했다.

배의 황금 톱니바퀴 사이에서 황금 사다리가 내려왔다.

공주가 놀라서 지켜보는 사이에 황금 사다리는 길게 내려와서 땅의 모래 위에 닿았다.

공주는 일어섰다. 배 그림자의 가장자리로 걸어가 황금 사다리를 오르기 시작했다. 햇볕에 금방 달구어진 사다리는 공주의 보드라운 손바닥에 닿을 때마다 살을 태울 것처럼 뜨거웠다. 공주는 꾹 참고 사다리를 한 칸 한 칸 열심히 올라갔다.

사다리의 끝까지 타고 올라 마침내 황금 뱃전에 올라섰을 때 공주는 낮지만 사방을 울리는 깊고도 신비로운 목소리를 들었다.

"초원의 공주가 어째서 시간과 바람의 배를 찾아왔는가?"

공주는 시선을 들었다.

눈앞에 황금 배의 주인이 서 있었다.

9

황금 배의 주인은 공주가 상상했던 것과는 전혀 다르게 그저 평범한 남자의 모습이었다. 황금 갑옷을 입지도 않았고 얼굴이 톱니바퀴로 되어 있지도 않았으며 몸이 모래로 이루어져 있지도 않았다. 햇볕에 탄 구릿빛 피부에 머리카락은 햇볕과 바람에 바랜 듯 옅은 모래 빛깔이었고 눈동자만이 타오르듯이 강렬한 황금빛이었다. 왕자에게 들은 대로 황금 배의 주인은 왼쪽 팔이 없어서, 바람이 불 때마다 역시나 빛바랜 듯 하얀 소매가 힘없이 흔들렸다.

"어째서 시간과 바람의 배를 찾아왔는가?"

황금 배의 주인이 다시 물었다. 모습은 평범했으나 목소리는 인간의 것이 아니었다. 그 울림은 동굴 안을 울리는 거대한 짐승의 발소리, 혹은 초원을 휩쓸고 지나가는 지진과도 같았다.

"저주를……."

공주가 입을 열었다. 그 순간 바람이 불기 시작했다. 뜨거운 바람과 날리는 모래 먼지 때문에 공주는 잠시 말을 할 수 없었다. 앞이 보이지 않았다.

"저주를 풀어달라고 부탁하러 왔습니다!"

바람이 잦아들 기미가 보이지 않아서 공주는 있는 힘껏 외쳤다.

"사막의 왕에게 건 저주를 풀어주세요!"

"무슨 저주?"

모래바람 속에서도 황금 배 주인의 목소리는 뚜렷하게 들렸다. 말을 할 때마다 바람조차 진동하는 것 같았다.

"왕자의 눈이 보이게 해주세요! 앞으로 태어날 아이들도, 그 아이들의 아이들도 건강하게 살 수 있게 해주세요!"

갑자기 바람이 그쳤다.

"어째서?"

황금 배의 주인이 조용히 물었다. 공주는 그 짧은 한마디에 발밑의 황금 갑판과 그 아래의 모래사막까지 진동하는 것을 느끼며 두려움에 몸을 떨었다.

"전쟁에 졌다고 해서 저주를 거는 건 비겁해요."

공주가 다시 간신히 마음을 가다듬고 힘껏 외쳤다.

"패배를 인정하고 저주를 풀어주세요. 왕자는 내 남편이 될 사람이고, 태어날 아이들은 나의 아이들이에요."

"나는 저주를 걸지 않았다. 나는 인간에게 저주 따위를 걸지 않는다."

황금 배의 주인이 대답했다.

"거짓말!"

공주는 당황했다.

"그럼 왕자는 어째서 태어날 때부터 눈이 멀었죠?"

"진실은 공주가 아는 것과는 다르다."

황금 배의 주인이 대답했다.

"그들이 저주에 걸린 이유는 전쟁을 일으켰기 때문이다. 지평선 위로부터 태양과 달까지 이르는 허공은 어차피 인간이 지배할 수 없는 곳이다. 나의 배는 시간의 시작부터 평화롭게 그 허공을 유랑했다. 황금에 눈이 멀어 먼저 무기를 든 것은 사막의 왕이다."

황금 배의 주인이 천천히 설명했다.

"태양을 오래 바라보는 자는 눈이 멀게 된다. 사막의 왕은 태양을 향해 칼을 휘두르는 어리석음을 범했다. 그의 아들은 그 아비의 죄를 대신 받았을 뿐이다."

"저주를 풀어주세요!"

공주가 외쳤다.

"아니면 저주를 푸는 방법만이라도 가르쳐주세요. 사막의 왕자는 이미 아버지의 죄 때문에 태어나서부터 지금까지 고통받았어요. 미래의 군주가 될 왕자는 앞으로 태어날 아이들을 위해서라도 절대로 전쟁을 일으키지 않을 거예요. 내가 약속할게요. 제발 저주를 풀어주세요!"

황금 배의 주인은 가볍게 한숨을 쉬었다. 공주는 발밑의 황금 갑판이 다시 한번 깊이 흔들리는 것을 느꼈다.

"좋다."

황금 배의 주인이 천천히 대답했다.

"사막에 비가 내릴 때 눈먼 물고기를 바다로 돌려보내라. 그러면 왕자에게 걸린 저주가 풀릴 것이다."

그 말이 무슨 뜻인지 공주가 묻기 전에 황금 배의 주인은 이어서 말했다.

"인간의 본모습은 공주가 아는 것과 다르다. 저주가 풀리더라도 공주는 왕자와 결혼하지 못할 것이다."

그리고 황금 배의 주인은 하나뿐인 손을 들어 가볍게 내치는 듯한 몸짓을 했다.

다음 순간 공주는 허공에 떠 있었다. 마치 깃털이 땅에 떨어지듯 부드럽게 공중에서 흔들리며 공주는 천천히 사뿐히 모래사막에 내려앉았다.

10

공주는 오랫동안 사막을 헤맸다.

황금 배가 공주를 떨어뜨린 곳은 공주가 처음에 사다리를 올랐던 곳이 아니었다. 초원에서 태어나 자란 공주는 해와 달, 별의 모양을 읽고 방위를 가늠하는 법을 이미 어렸을 때부터 익혔다. 그러므로 자신이 황금 배를 처음 발견했을 때의 위치와 황금 배에서 내렸을 때의 위치, 궁궐로 돌아가는 방향을 대략 짐작은 할 수 있었다. 그러나 주위를 둘러싼 것은 모래뿐이었고, 모래 언덕은 바람이 불 때마다 시시때때로 모양이 변했다. 공주의 고향인 초원에서는 바람이 아무리 분다 해도 지평선의 모양도, 풀과 나무도 변하지 않았으므로 변화하는 모래 언덕은 공주에게 낯선 풍경이었다. 게다가 그렇게 끊임없이 변하는 모래 언덕을 뚫고 대체 얼마나 가야 궁궐이 나올지 공주는 전혀 예측할 수 없었다. 그저 해를 보고 방향을 파악한 뒤에 궁궐이 있는 남서쪽을 향해 한없이 걸을 뿐이었다.

눈먼 물고기가 무슨 뜻인지, 모래 언덕 한가운데에서 바다를 어떻게 찾을지 아무리 생각해도 알 수 없었다. 그리고 걷다 지쳐서 공주는 차츰 물고기에 대해 잊었다.

궁을 나올 때 약간의 물과 말린 과일을 챙겨서 나왔으나 황금 배를 찾아가는 길에 이미 다 먹어버렸다. 모래 언덕은 계속 모양이 바뀌며 끝이 없이 이어졌다. 공주는 궁으로 돌아가기 전에 모래사막에서 죽게 될 것이라 확신했다.

11

사막의 밤은 추웠다. 바람은 낮에 불던 것과 똑같이 불었다. 조금이라도 쉬려고 모래 위에 앉아 있으면 바람이 불면서 앞이나 옆에 있던 모래 언덕이 위협적으로 슬슬 다가왔다. 모래 속에 파묻히지 않으려면 다시 일어나서 걸어야 했다.

공주는 넋을 놓고 기계적으로 다리를 움직였다. 한 걸음 내디딜 때마다 발이 모래 속으로 푹푹 빠졌다.

초원이 그리웠다. 모래 언덕으로 가로막히지 않은, 평평하고 탁 트인 지평선이 그리웠다. 단단하고 메마른 땅과 그 땅에 자란 키 작은 풀과 덤불이 그리웠다. 말을 타고 그 단단하고 드넓은 대지를 달리던 때가 그리웠다. 말발굽이 부딪치던 단단한 땅…….

공주는 뭔가 단단한 것에 발이 걸려 넘어졌다.

넘어지는 바람에 얼굴이 부드러운 모래 속에 푹 파묻혔다. 공주는 기침하며 허우적거리다가 간신히 몸을 일으켰다. 눈꺼풀을 뒤덮은 모래, 코와 입에도 파고 들어간 모래를 털어 내고 뱉어낸 뒤에 공주는 발에 걸렸던 단단한 것이 무엇인지 돌아보았다.

크고 뭉툭한 물체가 모래를 뚫고 튀어나와 있었다.

황금 배를 발견하기 전에도, 황금 배에서 떨어져 내려온 뒤에도, 사막의 모래 속에서 공주의 발에 무언가 걸린 적은 없었다. 그래서 공주는 그 튀어나온 것 옆에 주저앉아서 모래 속을 파기 시작했다.

밤이 깊어갔다. 공주는 자신이 파내는 게 무엇인지 알지 못하는 채 그저 무감각하게 손을 움직였다. 목이 마르고 배가 고프고 추웠다. 목이 말랐다. 다른 무엇보다도 목이 말랐다. 물이 귀하고 건조한 곳에서 태어나 자랐으나 공주는 공주였기 때문에 목이 말라서 이렇게까지 괴로울 수 있다는 사실을 태어나서 한 번도 경험해본 적이 없었다. 지금 공주는 손으로 모래라도 퍼서 들이켤 수 있을 정도로 목이 말랐다. 손으로 모래라도 퍼서 들이켜……

……손으로 퍼낸 모래를 그대로 들이마시려다 공주는 문득 정신을 차렸다.

12

공주는 울었다. 너무나 목이 말라서 목구멍이 쩍쩍 갈라질 것만 같고 온몸에 물기라고는 한 방울도 남지 않은 느낌인데 어디서 눈물이 나오는지 알 수 없었다. 공주는 모래 속에서 파내려던 단단한 것에 머리를 기대고 울었다. 무섭고 춥고 목이 말랐다. 이대로 모래사막에서 죽게 될 것이라고 공주는 생각했다. 아침이 오는 것을 다시는 보지 못할 것이다. 해가 뜨는 광경을 다시는 보지 못할 것이다. 궁에서 자신을 하염없이 기다릴 눈먼 왕자도 다시는 보지 못할 것이다. 태어나 자란 초원도, 부모님도 다시는 보지 못할 것이다. 이대로 죽어 모래 속에 파묻히면 아무도 자신의 시체조차 찾아내지 못할 것이다. 그렇게 생각하며 공주는 울었다. 흐느낌이 통곡으로 변하고, 공주는 사막의 밤하늘 아래 모래 속에서 튀어나온 정체불명의 돌덩어리를 붙잡고 이마를 기댄 채 마음껏 소리치며, 비명을 지르며 울었다.

공주가 이마를 기댄 뭉툭한 돌덩어리가 공주의 눈물에 흠뻑 젖었다.

공주는 계속 울었다.

공주가 이마를 기대고 있던 돌덩어리가 움직였다.

공주는 소스라치게 놀랐다. 울음이 저절로 멈추었다.

모래 속에서 거대한 물고기가 몸부림쳤다.

공주는 너무나 놀라서 뒷걸음질 치려다 주저앉았다.

모래 위로 튀어나온 것은 물고기의 머리 부분이었다. 어스름한 달빛 속에서도 물고기의 눈에 하얀 막 같은 것이 덮여 있는 모습이 분명하게 보였다.

—사막에 비가 내릴 때 눈먼 물고기를 바다로 돌려보내라.

공주는 정신을 차렸다. 몸부림치는 물고기를 모래 속에서 파내기 시작했다.

조금 전까지 지쳐서 울고 있었는데 갑자기 어디서 기운이 솟았는지 알 수 없었다. 공주는 무서운 기세로 모래를 팠다. 모래에 덮인 아가미를 드러내고, 등지느러미를 파내고 몸통을 꺼냈다. 꼬리까지 전부 꺼낸 뒤에 공주는 조심스럽게 물고기의 눈을 만져보았다. 공주의 손이 닿자 물고기의 눈을 덮고 있던 딱딱하고 얇고 하얀 것이 가볍게 툭 떨어졌다.

그 순간 물고기는 꼬리를 크게 휘둘렀다. 모래를 박차고 사막의 차가운 밤하늘을 향해 솟아올랐다. 별이 점점이 박힌 남빛 하늘 속으로 거대한 물고기가 뛰어드는 순간 유리처럼 맑은 밤하늘이 갈라지는 쾅음을 공주는 분명하게 들었다.

곧이어 비가 내리기 시작했다.

물고기가 깨뜨린 밤하늘 사이로 물이 쏟아졌다. 공주는 일어섰다. 하늘에서 차갑고 신선한 물이 쏟아져 온몸을 적셨다. 공주는 입을 벌리고 물을 받아 먹기 시작했다. 충분히 목을 축이고 나서도 공주는 하늘을 향해 팔을 벌린 채 계속 물을 받아 먹으며 기쁨의 춤을 추었다.

눈먼 물고기가 광대한 바다로 돌아갔고, 사막의 하늘에서는 비가 내렸다.

공주는 행복했다. 죽음의 공포도, 고향에 대한 그리움도 모두 잊었다. 자신이 누구이며 무엇 때문에 이 모래사막 한복판에 와 있는지조차 전부 잊을 정도로 공주는 행복했다.

그리고 공주는 잠에서 깨어났다.
저 멀리 궁궐의 성문이 보였다.

13

공주가 돌아왔을 때 궁궐 안은 떠들썩했다. 마당에서는 축제가 벌어지고 있었지만, 성문 앞에는 병사들이 모여 있었다.
"저주가 풀렸다! 왕자님이 눈을 뜨셨다!"
모여 선 병사들이 즐겁게 먹고 마시며 큰 소리로 외쳤다.
"신의 뜻에 따라 저주가 풀렸으니 사악한 주술사를 처단하자!"
공주는 깜짝 놀랐다. 병사들 사이를 비집고 들어가 궁궐 본채에 가까이 다가가니 높은 테라스 위에서 왕이 연설하고 있었다.
"……주술사를 처단하면 황금 배는 우리 것이다! 배 안의 금은보화도 모두 우리 소유가 될 것이며, 공중을 날아다니는 배를 타면 지평선 너머 더 넓은 땅을 지배할 수 있을 것이다!"

이어서 옆에 서 있던 왕자가 이제는 앞을 볼 수 있게 된 눈을 부릅뜨고 외쳤다.

"황금은 모두 우리 것이다! 세상이 모두 우리 것이다!"

병사들, 귀족들, 시종들과 하인들 모두 함성을 질렀다. 성 안이 쩌렁쩌렁 울릴 정도의 함성이었다.

공주는 겁에 질렸다.

"황금 배의 주인이 한 말이 사실이었어요?"

공주는 높은 테라스에 선 왕자를 향해 소리쳐 물었다.

"지평선 너머의 땅 때문에 전쟁이 벌어진 게 아니라, 황금에 눈이 멀어 배를 뺏기 위해 전쟁을 일으킨 거였어요?"

궁궐 안이 갑자기 조용해졌다. 테라스 아래 모여 섰던 사람들이 모두 공주를 쳐다보았다.

"잡아라!"

왕자가 먼저 정신을 차리고 공주를 가리키며 고함쳤다.

"주술사와 내통한 마녀다! 잡아라!"

왕자의 명령에 병사들이 마시던 술잔을 내던지고 공주를 향해 달려오기 시작했다.

공주는 도망치려 했다. 그러나 이미 왕의 병사들에게 포위되어 있었다. 두 걸음도 채 가지 못해 공주는 붙잡혀버렸다.

"마녀다! 반역자다! 주술사와 내통하여 거짓 소문으로 주군이신 국왕을 모함한다!"

왕자가 병사들에게 붙잡혀 몸부림치는 공주를 내려다보며
외쳤다.

"죽여라!"

왕자의 명령에 따라 병사들이 칼과 창을 들고 다가왔다.

공주는 병사들에게 붙잡힌 채 테라스 위의 왕자를 올려다
보았다. 왕자와 눈이 마주친 순간 공주는 말문이 막혔다. 항
의도 애원도 할 수 없었다.

왕자는 무표정했다. 빛을 되찾은 눈은 한없이 차가웠다. 테
라스 위에서 무심하고 잔혹하게 내려다보며 죽음을 명령하
는 저 낯선 인물은 공주의 어깨에 기대 울던 그 왕자가 아니
었다.

병사들의 칼날이 목을 향해 다가왔다. 공주는 겁에 질려
눈을 감았다.

그 순간 바람이 불기 시작했다.

14

모래 폭풍이 궁궐을 뒤덮었다. 바람과 모래와 흙먼지 때문
에 눈을 뜰 수도, 숨을 쉴 수도 없었다. 코와 귀와 입 안으로
모래와 흙먼지가 파고들어 왔다. 공주를 둘러쌌던 병사들은

자기도 모르게 들고 있던 칼과 창을 떨어뜨렸다. 모든 사람이 양팔로 얼굴을 가리고 눈을 감으며 몸을 숙이고 기침을 하기 시작했다.

그리고 우르릉, 하는 소리가 들려왔다. 곧이어 여러 사람의 비명이 터져 나왔다. 공주는 양손으로 얼굴을 가리고 온몸을 휩싸는 모래바람 사이로 궁궐의 테라스가 무너지는 광경을 지켜보았다. 테라스에 서 있던 왕과 왕자는 모래 폭풍에 휩싸인 채 아래로 떨어졌다. 그 위로 돌덩이와 흙더미가 떨어져 쌓였다.

이어서 땅이 흔들리기 시작했다. 공주는 발밑을 내려다보았다. 온 세상을 뒤덮은 모래 사이로 땅이 갈라지고 금이 가는 것이 보였다.

발밑이 무너지는 순간, 비명을 지르기 전에 공주는 허공으로 떠올랐다. 익숙한 째깍째깍 소리가 사방의 공기를 채웠다. 머리 위로 언젠가 공주에게 그늘을 내주었던 그림자가 다시 덮였다.

허물어져가는 궁궐 위의 허공에 떠오른 채 공주는 눈앞에서 황금 톱니바퀴로 이루어진 황금 배가 유유히 모래사막의 하늘을 떠가는 광경을 바라보았다.

15

궁궐은 완전히 무너졌다. 담벼락의 돌덩이 하나조차 온전하게 남지 않았다. 공주는 다시 한번 황금 배의 갑판 위에 선 채로 발아래에 자욱한 모래와 흙먼지 속 잔해를 내려다보았다.

"공주의 탓이 아니다."

나지막한 목소리가 황금 갑판을 울렸다.

"저주는 풀 수 있으나 자신의 욕심에 스스로 눈먼 인간을 눈뜨게 할 방법은 없다. 저들이 언젠가는 다시 전쟁을 일으키려 할 것을 알고 있었다."

공주는 기계적으로 고개를 끄덕였다. 발밑을 온통 가린 흙먼지처럼 머릿속에도 모래의 안개가 자욱하게 낀 것 같아 명확하게 생각을 할 수 없었다.

손에 뭔가 차갑고 촉촉한 것이 닿았다. 공주는 화들짝 놀라 고개를 돌렸다.

황금 배의 주인이 공주의 손에 쥐여준 것은 물이 담긴 잔이었다. 잔은 공주의 손바닥보다 작았다. 사방을 감싼 뜨거운 모래바람 속에서도 물은 어째서인지 얼음처럼 차가워서 잔 바깥쪽에 이슬이 맺혀 있었다.

공주는 조심스럽게 잔을 받아 들었다. 입술에 가져다 댔다.

차가운 물이 입안으로 흘러들어 왔다.

잔은 공주의 손바닥보다 작았으나 물은 한없이 흘러나왔다. 공주는 시원한 물을 마음껏 마셨다. 이렇게 시원한 물을 마셔보는 것은 아주 오랜만의 일인 것 같았다. 평생 처음인 것도 같았다.

"이곳에 남아라."

부드러운 목소리가 황금 갑판을 울렸다.

"나와 함께 바람과 모래의 지배자가 되어 시간의 지평선을 떠다니며 살 수 있다. 태양과 달이 부서져 사라지는 날까지, 별과 구름이 손에 잡히는 이 무한한 공간이 모두 공주의 것이다."

공주는 손에 든 물잔을 내려다보았다. 마음껏 마셨는데도 손바닥보다 작은 잔 안에는 어느새 다시 물이 가득 차 있었다. 잔 바깥에는 다시 이슬이 엉기고, 촉촉하고 차가운 잔을 손에 쥐고 있는 느낌은 이상할 정도로 좋았다.

"나는 인간으로 살고 싶어요."

공주가 마침내 대답했다.

"나와 같은 인간 남자를 만나 서로 아끼고 사랑하고, 아이를 낳아 키우고, 그 아이가 또 어른이 되어 짝을 찾고 자손을 낳는 모습을 보고……. 그런 삶을 살고 싶어요."

"그런 삶의 끝에는 죽음이 있다."

바람과 모래의 주인이 조용히 말했다. 공주는 고개를 끄덕였다.

"알아요. 하지만 죽음이 오기 전까지는 살아갈 테니까요."

"그렇다면 인간의 시간이 끝난 뒤에 나에게 오라."

황금 배의 남자가 제안했다.

"공주에게 인간의 삶은 줄 수 없지만, 대신 인간이 알지 못하는 평온과 무한을 약속하겠다."

공주는 웃으며 고개를 끄덕였다.

남자의 텅 빈 왼팔 소매가 움직였다. 공주는 산들바람과도 같이 시원하고 부드러운 공기가 오른쪽 뺨을 스치는 것을 느꼈다.

황금 배의 톱니가 끼릭끼릭 소리를 내며 돌아가기 시작했다. 톱니바퀴로 이루어진 황금 배가 불꽃처럼 햇빛을 반사하며 방향을 바꾸었다. 황금 톱니바퀴의 배는 태양을 등지고 뜨거운 사막의 하늘을 가로질러 공주의 고향인 초원을 향해 천천히 움직였다.

재회

이것은 당신을 위한 사랑 이야기이다.

　아무도 묻지 않았지, 우리가 아직 무명이었을 때
　우리가 살고 싶은지 아니면 그렇지 않은지
　나는 많은 것을 기대했지만
　내가 뭘 원하는지 알지 못했어……

　나는 광장의 남쪽에 앉아 있었다. 겨울이면 길거리 어디서
나 파는 값싼 핫와인을 들고 있었다. 핫와인은 주로 적포도
주에 계피나 정향 등의 향신료를 넣고 뭉근하게 오래 데워서
뜨겁게 마시는 유럽 특유의 겨울 음료다. 오래 데우면 알코올
이 어느 정도 날아가지만 그래도 펄펄 끓이는 게 아니기 때

문에 술기운이 남아 있다. 그래서 얼어붙을 듯 추운 날씨에 뜨거운 술을 들이켰더니 머리가 핑 도는 것 같았다.

"Kogo pani szuka(누구를 찾으시나요)?"

나는 고개를 돌렸다. 그가 나를 보며 웃었다.

그가 팔을 벌렸다. 나는 일어섰다. 우리는 껴안았다. 그가 내 양 뺨에 입 맞추며 인사했다. 어색했지만 나도 따라 했다. 아무리 반가워도 입 맞추는 인사는 언제나 어색했다.

"Mogę(앉아도 돼)?"

그가 내 옆 의자를 가리키며 물었다. 나는 웃으며 고개를 끄덕였다.

"Wiedziałem, że będzieś(네가 올 줄 알고 있었어)."

그가 말했다.

"Czekałem(기다리고 있었어)."

＊

오래전 광장에서 나는 그를 처음 만났다. 폴란드의 여름은 덥고 건조했다. 나는 한 손에 차가운 음료수를 들고 그늘에 앉아 있었다. 삶은 불안했다. 나는 그 불안으로부터 잠시나 마 도망치고 싶었다.

광장은 시끌벅적했으나 들려오는 목소리 중에는 폴란드어보다 영어와 독일어가 더 많았다. 이곳은 관광도시다. 여름에 관광지 한복판인 시내 광장의 동상 아래 앉아 있는 사람은 십중팔구 외지인이었다. 나도 그 외지인 중 한 명이었고, 그래서 모든 외지인이 하듯이 광장의 동상 아래 노천카페에 앉아서 돌바닥을 달구는 햇볕을 바라보고 있었다.

그러다가 나는 노인을 보았다.

처음에는 별다른 점을 눈치채지 못했다. 거듭 말했듯이 광장에는 사람이 많았고, 수많은 외지인이 저마다 사진을 찍기도 하고 맥주를 마시기도 하고 전화를 하기도 하고 이야기를 하기도 하며 그 순간을 즐기고 있었다. 천천히 움직이는 사람도 있었고 멈추어 서 있는 사람도 있었으며 급하게 움직이는 사람도 있었다. 개를 데리고 있는 사람도 있었고 아이를 데리고 있는 사람도 있었다. 그 인파 속에서 한 사람이 어떤 특이한 행동을 하는지 눈치채기란 쉽지 않았다.

그런 와중에 내가 노인을 눈여겨본 이유는 첫째로 노인이 한쪽 다리를 꽤 심하게 절름거리며 독특한 방식으로 걷고 있었기 때문이었다. 두 번째 이유는 노인이 다리를 절면서도 놀랄 정도로 빠르게 움직였기 때문이다.

내가 노인을 계속 관찰한 세 번째 이유는 노인이 한쪽으로만 걷고 있기 때문이었다. 여기에 대해서는 약간의 설명이 필요하다.

광장은 대략 정사각형으로, 그 중심에 폴란드의 국민 시인으로 추앙받는 19세기 낭만주의 작가의 동상이 있었다. 광장이 '대략' 정사각형인 이유는 사면으로 큰길이 이어져 있지만, 그 사이사이로 조그만 골목들이 방사형으로 뻗어 있기 때문이다. 전형적인 오래된 유럽 도시의 모양새인데, 광장의 북쪽, 그러니까 시인의 동상이 얼굴을 향하고 있는 쪽에는 기념품 가게들이 늘어서 있었고 광장의 서쪽에는 시인의 동상에서 약간 떨어진 곳에 시계탑이 있었으며 광장의 동쪽과 남쪽 면은 노천카페와 맥줏집, 음식점 등이 차지하고 있었다. 그리고 나는 내게 등을 돌린 시인의 동상 아래서 광장의 남쪽을 바라보며 앉아 있었다.

노인은 내 왼쪽에서 나타나서 내 오른쪽을 향해 걸었다. 다리를 절름거리며 놀랄 만큼 빠른 속도로 움직여서 오른쪽의 큰길을 건너 골목 쪽으로 사라졌다. 그리고 채 5분이 지나지 않아 내 왼쪽의 정확히 똑같은 위치에서 다시 나타나서 내 오른쪽을 향해 걸었다. 다리를 절름거리며 놀랄 만큼 빠른 속도로 직선으로 움직여서 오른쪽의 큰길을 건너 골목 쪽으로 사라졌다. 그리고 노인은 다시 채 5분이 지나지 않아 내 왼쪽의 정확히 똑같은 위치에서 모습을 나타냈다. 입을 꽉 다물고 아랫입술을 살짝 깨물고 눈을 크게 뜨고 절박한 표정으로 불편한 다리를 열심히 움직여 내가 지켜보는 앞에서 내 왼쪽에서 오른쪽으로, 광장의 동쪽에서 서쪽으로 직선 방향으로 움직여갔다.

광장은 넓었다. 노인의 불편한 다리와 불안정한 걸음으로 내 왼쪽에서 오른쪽까지 광장의 남쪽 면을 가로지르는 데 15분에서 20분은 걸렸다. 내가 모르는 뒷골목을 통해 질러갔다고 해도 어쨌든 한쪽에서 다른 쪽으로 가는 데 20분이 걸렸다면 원점으로 돌아오는 데도 20분이 걸려야 했다. 그런데 노인은 내 앞에서 직선으로 움직여 사라졌다가 5분이 되지 않아 똑같은 장소에서 또다시 나타났다. 그리고 다리를 절름거리며 무서운 속도로 또다시 똑같은 구간을 걸어가는 것이다. 한 방향으로, 되풀이해서.

"Pani też widzi(당신도 보여요)?"

나는 깜짝 놀라서 고개를 돌렸다. 한낮의 태양을 등지고 선 남자는 앉아 있는 내 눈에 거대해 보였다.

"Mogę(앉아도 될까요)?"

남자가 내 옆 의자를 가리키며 물었다. 나는 고개만 끄덕였다. 사실 나는 같은 방향을 계속 걷는 노인 때문에 한 번 놀랐고 이어서 어디서 나타났는지 모를 이 거대한 남자 때문에 두 번째로 놀라서 목소리가 잘 나오지 않았다.

남자가 내 옆에 앉았다.

이후 한 시간 동안 남자와 나는 아무 말도 하지 않고 노인을 관찰했다. 노인은 한 시간 동안 지치지도 않는지 아까와 똑같이 한 방향으로 반복해서 절름거리며 걷고 또 걸었다.

　남자와 나란히 말없이 앉아서 노인을 관찰하면서 나는 또 한 가지 이상한 점을 발견했다. 한여름인데 노인은 검고 긴 바지에 길고 헐렁한 카키색 긴팔 재킷을 입고 있었다. 긴팔 재킷 안에도 뭔가 셔츠인지 스웨터인지 알 수 없는 갈색 옷을 입고 있었는데, 땡볕을 그대로 맞으며 그렇게 빠른 속도로 한 시간이 넘게 계속 걷는데도 노인은 전혀 지치거나 더운 기색이 보이지 않았다. 노인이 땀을 흘리는지는 내가 앉은 자리에서 보이지 않으니 알 수 없었지만 적어도 땀을 닦는 것 같은 몸짓은 하지 않았다. 그리고 아무리 열심히 관찰해도 노인이 대체 어디서 나타나서 어디로 가려는 것이며 어떻게 해서 원점으로 그렇게 빨리 돌아오는지 끝내 이해할 수 없었다.

　"Przypomina mi o dziadku(할아버지가 생각나요)."

　남자가 중얼거렸다.

　나는 남자를 바라보았다.

　"He reminds me of my grandfather."

　남자가 영어로 다시 말했다.

　대부분의 폴란드인은 외국인이 폴란드어를 할 거라고 예상하지 않는다. 남자가 누구인지, 어째서 내게 말을 걸었는지,

노인은 누구인지, 상황을 전혀 이해할 수 없었기 때문에 나는 말려들지 않기로 했다. 그래서 나는 대답하지 않았다.

남자는 아랑곳하지 않는 것 같았다.

"He was lost, my grandfather(길을 잃었어요, 우리 할아버지는)."

남자가 말했다.

"Just like him(저 사람처럼)."

그리고 남자가 손짓으로 가리켰기 때문에 나는 자동적으로 시선을 다시 노인에게 돌렸다.

노인은 없었다. 나는 당황했다. 일어서서 노인이 왔던 곳과 가던 곳을 열심히 둘러보았으나 노인의 모습은 어디에도 보이지 않았다.

"Wróci(돌아올 거예요)."

남자가 중얼거렸다.

"Zawsze wraca(항상 돌아오니까)."

그리고 남자는 일어서서 나에게 가볍게 인사하고 가버렸다.

*

남자를 다시 만난 곳은 도서관이었다.

그때 나는 대학원 학위 과정을 끝내가는 중이었고, 논문을 쓰기 위해 폴란드의 도서관에 자료 조사를 하러 온 참이었다. 학교에서 약간의 보조금을 받을 수 있었으나 그 돈으로는 비행기표 값을 대기도 모자랐다. 숙식과 시내에서의 교통비와 하다못해 도서관에서 책을 복사하는 비용까지 모두 내가 충당해야 했다. 그리고 그렇게 돈을 들여서 폴란드까지 와서 과연 무엇을 성취할 수 있을지 나는 확신할 수 없었다. 그러나 어쨌든 시작했으니 끝을 보아야 했고, 그 끝을 보는 방법 중에서 그때 당장 할 수 있는 최선은 도서관에서 책을 빌리는 것이었다.

동유럽의 도서관들이 대부분 그러하듯이 내가 찾아간 대학의 도서관도 폐가식이었다. 다시 말해 필요한 자료의 서지 번호를 찾아서 신청서를 일일이 작성해서 제출하면 담당 사서가 보관 서고에 가서 책을 찾아다 주는 방식이다. 그래서 나는 신청서를 썼다. 그리고 해당 카운터에 가서 내밀었다. 그 신청서를 받은 담당 사서가 그 남자였다.

나도 남자도 아무 말도 하지 않았다. 남자는 사무적으로 신청서를 받아서 한 장씩 넘겨보더니 두 시간 뒤에 다시 오라고 말했다. 그래서 나는 고개를 끄덕이고 자리로 돌아가 다른 관련 자료를 찾기로 했다.

두 시간 뒤에 창구에 갔을 때 남자는 책 더미를 내밀며 말했다.

"Więc pani mówi po polsku(그러니까 폴란드어를 하시는군
요)?"

"Tak(네)."

아주 많이 들었던 질문이다. 나는 간단하게 대답했다. 남자
는 내가 받아 든 책 더미를 바라보며 다시 물었다.

"Druga wojna światowa(2차 세계대전이요)?"

나는 대답하지 못했다. 책 더미를 안아 들고 턱으로 눌러
균형을 잡으며 간신히 서 있던 참이었다. 남자도 더 이상 말
을 걸지 않았다. 그래서 나는 책을 안고 조심스럽게 몸을 돌
려 자리로 돌아왔다.

내가 노인을 볼 수 있었기 때문이었고, 2차 세계대전에 대
해서 조사하고 있었기 때문이었다고, 그가 나중에 말했다.
그 정도는 나도 짐작하고 있었다. 인종적인 호기심도 아마 없
지는 않았겠지만 거기까지는 묻지 않았다. 어쨌든 나는 낮에
는 도서관에서 책을 읽었고, 저녁이 되면 광장에 나와서 가
볍게 뭔가 사 먹으며 사람들을 구경했다. 당시의 폴란드 물가
는 놀랄 정도로 쌌고, 시내 중심가의 관광지라도 제대로 된
식당이 아니라 길거리 음식과 노천카페의 음료수 정도라면
나의 넉넉지 않은 사정으로도 감당할 수 있었다. 그래서 나
는 탄산수와 샌드위치를 손에 들고 오가는 사람들의 모습,

관광용 마차가 광장을 도는 모습을 바라보며 앞날을 생각하지 않으려 애썼다. 밝은 미래 따위는 믿지 않았다. 먹고살 수 있을지조차 알 수 없었다. 그러므로 언제나 지금보다는 조금 전이 가장 좋은 순간이었고, 앞날보다는 지금이 가장 좋은 순간이었다. 돌아가면 아마도 여기서 이렇게 태평하게 앉아 느릿하게 저물어가는 햇살을 즐기며 시간을 낭비하던 때가 그리워질 것이었다. 그래서 나는 그 순간을 최대한 즐기기 위해 애썼다.

그렇게 도서관에서 하루를 마치고 광장으로 향해서, 노천 카페의 빈자리를 찾으려고 두리번거리고 있을 때 그가 나타났다.

"Piwo(맥주)?"

그가 짧게 물었다. 잠깐 망설이다가 나는 고개를 끄덕였다.

*

도서관을 나와서 광장으로 가면 잠시 후에 그가 나타났다. 혹은 일하지 않는 날에는 그가 먼저 광장에서 나를 기다리기도 했다. 같이 간단한 저녁을 먹으면서 그는 주로 맥주를 마셨고 나는 커피나 탄산수를 마셨다.

노인은 다시 나타나지 않았다.

"Kiedyś wróci tu(언젠가 이곳에 돌아올 거야)."

그가 말했다. 나는 웃었다.

"그거 여기 대학교에서 펴낸 폴란드어 교과서 제목인데."

"알아."

그도 웃으며 대답했다.

폴란드어 교과서의 원래 제목은 "Kiedyś wrócisz tu(너는 언젠가 이곳에 돌아올 것이다)"였다. 나는 언젠가 돌아올 것이라고 믿지 않았다. 내가 이곳을 사랑하는 것과는 별개로, 삶에 기회는 흔하게 주어지지 않으며 현실과 비현실 사이에 뜬 채로 언제까지나 지낼 수는 없었다.

그가 자신의 아파트로 가자고 제안했을 때 받아들인 이유는 아마 그 때문이었을 것이다.

……소원을 빌 수 있다면
나는 어색해질 거야
무엇을 빌어야 할까
나쁜 시간을 아니면 좋은 시간을……

*

　그는 자신을 묶어달라고 했다. 도구나 묶는 방식, 자세는
그때그때 조금씩 달랐지만, 그는 아주 세세하게 자신의 요구
를 설명했다.

　나를 묶겠다는 게 아니라 자신을 묶어달라고 했고, 그게
그에게 아주 중요한 일인 것 같았기 때문에 나는 별다른 질
문 없이 그의 요구에 따랐다. 당연한 얘기지만 나는 그때까
지 사람을 묶어본 적이 없었다. 매듭을 묶는 것 자체도 서툴
렀다. 그는 참을성 있게 반복해서 설명했고 자신이 원하는
대로 내가 꼼꼼하게 묶어주면 고마워했다.

　그것은 취향이라기보다 일종의 강박이었다. 상황의 시작부
터 끝까지 그는 머릿속에 어떤 고정된 대본을 가지고 있었다.
자기 자신은 물론 상대방(그러니까 나다)도 정확하게 그 대본
에 따라야만 안심했다. 그러다가 뭔가 작은 것 하나라도 대
본에 어긋나면 몹시 불안해하며 머릿속의 대본에 정확히 들
어맞게 될 때까지 반복해서 고칠 것을 요구했다. 다만 그 대
본은 그의 것이었으므로 나는 내용을 알지 못한다는 것이
문제였다.

　표면상으로는 내가 묶는 쪽이고 그가 묶이는 쪽이었으나
실제로는 그가 명령을 내리는 쪽이고 나는 그가 상정한 대

본대로 명령에 따르는 쪽이었다. 그런데 그는 자신이 어떤 가상의 대본에 따르고 있다는 사실을 의식적으로 이해하지 못했다. 그래서 그는 나의 방법이나 행동이 "올바르다" 혹은 "틀렸다"는 표현을 썼다. 그러나 침대에서 애인이 요구하는 대로 묶어주는 방식이 원칙적이고 객관적인 의미에서 옳거나 틀릴 수는 없다. 나는 올바르거나 틀렸다는 그의 주관적인 판단 기준을 잘 이해할 수 없어서 상당히 고생했다. 그는 참을성 있게 같은 말을 되풀이하거나 더 쉬운 표현으로 바꾸어 설명해주었지만 그럴수록 나는 바보가 된 것 같은 기분이 더해질 뿐이었다. 내가 "틀리면" 그는 화내지는 않았으나 불안해하고 초조해하는 것이 눈에 보였기 때문에 나는 더욱더 내가 멍청하고 쓸모없다는 기분이 들었다.

"미안해."

내가 짜증을 내면 그는 사과했다.

"불쾌한 거 알아. 내가 이상한 것도 알고 있어. 조금만 참아줘."

나로서는 그를 묶는 것 자체가 불쾌하거나 이상하다는 생각은 들지 않았다. 세상에 취향은 여러 종류가 있는 법이고, 받아들일 수 없었다면 애초에 그 상황에 계속 머물러 있지도 않았을 것이다. 나는 그가 싫지 않았기 때문에 그에게 중요한 일을 가능한 한 잘해주고 싶었고, 그러기 위해서 그가 원하는 전체적인 그림이, 그가 머릿속에 간직한 대본이 어떤 것인지 파악하고 싶었다.

그 맥락을 조금이나마 이해하게 되기까지는 시간이 꽤 많이 걸렸다. 그의 아파트는 한국식으로 말하자면 원룸에 가까운 구조였다. 작고 좁았지만, 천장이 무척 높았고 그 천장에는 하늘이 보이는 창문이 나 있었다. 밤의 검은 하늘을 배경으로 거울처럼 비치는 그 창문에 떠오른 내 몸과 자신의 묶인 몸의 반영을 쳐다보면서 그는 중얼거리곤 했다.

"아름다워."

나는 기계적으로 고개를 끄덕였다. 나로 말하자면 뭔가 감상하기에는 모든 것이 너무나 비현실적이었다. 폴란드도, 묶인 남자도, 나 자신도.

그리고 남자는 할아버지에 관해 이야기해주었다.

*

그가 할아버지와 함께 살게 된 것은 열 살이 되던 해의 여름이었다. 그의 할아버지는 나치 강제 수용소 생존자였다. 강제 수용소는 악명 높은 가스실이 설치된 '죽음의 수용소'만 있었던 것이 아니라 군수품 생산이나 기간시설 건설 등을 위해서 강제 노동을 시켰던 노동 수용소도 있었다. 그리고 이런 강제 노동 수용소에는 유대인 혈통과 관계가 없는 폴란드인들도 많이 잡혀갔다. 전쟁 말기에 노동력이 부족해지자 독일군은 길거리를 돌아다니면서 눈에 띄는 사람들을 전부 닥치는 대로 잡아다가 강제 노동 수용소에 집어넣고 군수품 생산이나 농장 노동 같은 일을 시켰다고 했다. 그의 할아버지도 그렇게 잡혀갔던 전쟁 피해자였다.

"그런데 할아버지는 수용소에서 어떻게 살았는지는 한 번도 얘기해준 적이 없어. 정말 단 한 번도. 이상하지?"

그는 진심으로 의아해하는 것 같았다.

대신 그의 할아버지는 다른 데 집중했다. 그의 묘사에 따르면 할아버지와의 생활은 '생존'이라는 단 한 가지 목적으로 요약될 수 있었다.

할아버지는 거의 집 밖에 나가지 않았다. 집 밖에 나가지 않고도 살아남는 것을 목표로 연습하는 것이 생활 전부였다. 해가 지고 나면 불을 켜는 것은 물론 씻기 위해서 물소리를 내거나 다른 종류의 기척을 내는 것은 절대 금지였다. 물과 식료품도 가능한 한 오랫동안 아껴가며 먹었고, 그러기 위해 통조림 종류를 지나치게 많이 사서 언제나 집 안에 통조림이 쌓여 있었다.

"부활절하고 성탄절하고 다른 가톨릭 성자 축일들이 제일 좋았어. 그런 날에만 통조림이 아닌 걸 먹을 수 있었거든."

할아버지는 청소도 빨래도 직접 규칙적으로 열심히 했기 때문에 집 안도 잘 정리되어 있었고 그의 옷차림도 깨끗했다. 그러나 현관 옆에는 비상시에 탈출하기 위해 미리 싸놓은 여행 가방이 언제나 놓여 있었다. 그 가방의 내용물을 점검하고 비상식량과 손전등의 건전지 등을 정기적으로 새것으로 갈아주는 것은 할아버지와의 생활에서 매우 중요한 일이었다.

그는 할아버지를 이해하려 노력하려 했고 그런 생활 방식을 가능한 한 따랐다. 그러다가 열다섯 살이 되던 해에 그는 처음으로 할아버지에게 반항했다. 겨울날에 해가 지고 나서 친구들과 놀러 나가려고 했을 때 할아버지가 막았기 때문이었다. 할아버지가 막은 이유는 그를 복종시키기 위해서가 아니라 무섭고 불안했기 때문이었다. 그는 할아버지의 그런 마음을 이해하고 있었으며 그 때문에 답답함을 참지 못하고 할아버지에게 소리를 질렀다.

"전쟁은 오래전에 끝났고 공산주의도 무너졌고 이제는 모든 사람이 자유로우니까 아이들이 저녁 7시에 밖에 나가서 놀아도 아무 일도 일어나지 않는다고 했어."

"할아버지가 뭐라고 하셨어?"

"아무 말도 안 했어."

할아버지는 그를 잠시 쳐다보다가 돌아서서 방으로 들어가버렸다고 했다. 눈에 초점을 잃고 어깨가 축 처진 모습이 순식간에 10년은 더 늙어버린 것 같았다.

그 이후로 할아버지는 통조림을 사는 것도 현관 앞에 비상탈출 가방을 챙겨놓는 것도 그만두었다. 그가 고등학교를 졸업할 때까지 할아버지는 텔레비전 앞에 멍하니 앉아서 하루를 보냈다. 그리고 텔레비전 앞에 앉은 채로 죽었다.

"집에 들어와 보니까 텔레비전 앞에 앉아 계셨는데 이미 숨이 끊어져 있었어. 그리고 그 시신 옆에 젊었을 때의 할아버지가 서 있었어. 그때 내 나이 정도, 그러니까 수용소 끌려가기 전의 모습이었을 거야."

젊은 시절의 할아버지는 혼란에 빠진 표정으로 늙은 자신의 시신과 그의 얼굴을 번갈아 쳐다보았다. 그는 조심스럽게 문 쪽을 가리켰다. 그가 고개를 끄덕이자 젊은 시절의 할아버지는 여전히 혼란에 빠진 표정으로 천천히 걸어서 문을 빠져나갔다. 할아버지의 영혼이 거리를 지나 햇빛 가득한 광장을 가로질러 넓은 곳으로 사라지는 모습을 그는 창문을 통해 오랫동안 지켜보았다.

"할아버지는 이미 지나간 전쟁을, 이미 사라져버린 수용소를 평생 두려워하면서 자기가 스스로 만들어낸 수용소 안에서 살고 있었던 거야. 할아버지는 죽고 난 뒤에야 정말로 자유롭게 자기 도시의 거리를 걸을 수 있게 됐어."

그가 중얼거렸다.

내친김에 나는 물어보았다.

"그때 광장에서 한 방향으로 걸어가던 나이 든 신사분은
누구야?"

"전쟁 때 광장에서 총을 맞은 사람일 거야."

그가 말했다.

"거기서 자주 봤어. 길을 건너서 어떻게든 집으로 돌아가
고 싶은데 아마 피를 너무 많이 흘려서 길에서 죽었을 거야."

"어째서 그런 불행한 시간에서 벗어나지 못하는 걸까. 산
사람도, 죽은 사람도."

내가 중얼거렸다.

"트라우마라는 거겠지."

그가 대답했다.

……소원을 빌 수 있다면
나는 아주 조금만 행복해지고 싶어
너무 많이 행복해지면
슬픔이 그리워질 테니까

가끔 그는 독일어로 작게 흥얼거렸다. 무슨 노래인지 물었

으나 그 자신도 잘 알지 못했다.

"할아버지가 자주 부르던 노래야. 아마 전쟁 때 노래겠지."

그 뒤로 오랜 시간이 지난 뒤에 나는 어떤 옛 영화에서 그 노래를 다시 들었다. 2차 세계대전과 나치 수용소에 대한 영화였는데 여주인공은 전쟁 당시에 마를레네 디트리히가 불렀던 노래를 자기식으로 조금 고쳐 불렀다.

삶
나는 삶을 사랑해
……내가 무엇을 원하는지 모르지만
그래도 많은 것을 기대하지

영화 속에서 강제 수용소에 끌려온 여주인공은 살기 위해 나치 장교를 유혹하고, 살기 위해 나치 장교 앞에서 미소 지으며 반라로 노래했다. 내 삶이 망가졌을 때, 무엇을 원하는지 모르지만 삶을 사랑한다는 가사를 들으며 나는 오랫동안 잊고 있었던 그를 생각했다.

*

여름은 길지 않았고, 나는 돌아가야 했다. 떠나야 할 날이
얼마 남지 않았을 때 나는 그에게 물었다.

"너는 어떤 슬픔이 그리워서 묶이기를 원하는 거야?"

그는 복잡한 표정으로 나를 바라보았다.

"그런 식으로 물어본 사람은 아무도 없었어."

그가 한참 만에 대답했다.

"묶이면 행복해?"

내가 다시 물었다.

"아니."

그가 반사적으로 대답했다. 그리고 조금 생각한 뒤에 덧붙
였다.

"묶이면 안전하다고 느껴."

"뭐가 안전한데?"

내가 다시 물었다.

그는 언제나 단단히 꽉 묶어주기를 원했다. 묶는 동안에도
아픔을 참는 것이 분명했고 풀어준 뒤에는 언제나 몸에 뚜렷
하게 자국이 남았다. 아무리 내가 여자고 그는 남자라고 해도,
그를 묶어주는 상대방이 그의 연인이라 해도, 그렇게 고통스럽
게 꽉 묶여 있는 상태가 근본적으로 안전할 리 없었다.

그가 천천히 속삭였다.

"살아 있어도 좋다고, 허락받은 것 같아서."

그 대답이 어쩐지 가슴 아팠기 때문에, 나는 힘껏 공들여서 그를 묶었다.

*

다시 만났을 때도 그는 같은 아파트에 계속 있었다. 오래전이라 잘 기억은 나지 않았지만, 그의 아파트는 이전보다도 더 텅 비고 적막해진 것 같았다.

"결혼했을 줄 알았는데."

내가 말했다.

"할 뻔했어."

그가 대답했다.

"왜 안 했어?"

내가 물었다.

"그녀가 묶으려고 하지 않아서."

그가 대답했다. 나는 고개를 끄덕였다.

"너는?"

그가 물었다.

"왜 결혼하지 않았어?"

"빚이 있거든."

내가 잠시 생각한 뒤에 최대한 간단하게 대답했다.

"어머니가 내 이름으로 돈을 빌렸어."

지금도 빌리고 있다. '사문서위조'가 폴란드어로 뭔지 몰랐기 때문에 더 자세히는 설명할 수 없었다.

그는 알았다는 듯이 고개를 끄덕이고 더 이상 묻지 않았다. 나는 그의 이런 점이 좋았다.

"광장에는 아직도 그 나이 든 신사분이 있어?"

내가 물었다.

"아마 아직 있을 거야. 주로 여름에 보이니까 최근에는 못 봤지만."

그가 대답했다.

광장의 남단을 동쪽에서 서쪽으로 반복해서 건너가던 노인은 내가 처음으로 본 유령이었다. 그 전에도 그 후에도, 한국에서도 다른 나라에서도, 그 노인 외에는 한 번도 본 적이 없었다. 지금까지는.

"정말이야?"

그가 놀랐다.

"난 네가 너무 아무렇지 않아서 항상 보는 줄 알았어."

그가 남들이 보지 못하는 것이 보인다고 명확하게 표현하기 시작한 것은 네 살 때부터였다. 그는 죽은 사람뿐 아니라 죽은 고양이나 개 혹은 말 등의 동물도 볼 수 있었다. 어릴 때는 누구나 죽음을 잘 이해하지 못하므로 그는 반투명한 사람들이나 동물들이 주위의 사람이나 사물을 통과하며 돌아다니는 모습이 그저 재미있었다고 했다.

대부분의 폴란드인이 그러하듯이 그의 부모도 가톨릭 신자였다. 그의 어머니는 그가 죽은 동물들의 모습을 묘사할 때까지는 어린아이의 지나친 상상력이라고 생각했으나 실제로 알던 사람이 사망했을 때 그가 생전의 모습 혹은 죽기 직전의 모습을 정확하게 이야기하기 시작하자 공포에 질렸다. 기도하고 신부님에게 상담하고 그와 함께 하루 대부분을 성당에서 지냈으나 소용이 없었고 그는 성당에서도 2년 전에 사망한 주임 신부님의 모습이나 지난주에 장례를 치른 이웃 아저씨에 대해 말하기 시작했다. 그래서 그의 어머니는 그를 집에 데리고 돌아와서 식사를 주지 않고 굶겼고 그가 배고프다고 불평하기 시작하자 때렸다.

매질은 즉각적으로 효과가 있어서 그는 죽은 사람이나 동물이 보여도 입을 다물게 되었다. 그러나 배가 고프면 그는 더 예민해졌기 때문에 굶주림은 역효과만 가져왔다. 특히 배가 고픈 채로 잠이 들면 꿈속에서 죽은 사람과 이야기하다가 잠꼬대를 하거나 가끔은 잠든 채로 일어나서 죽은 사람과 함

재회 345

께 집 안을 돌아다니기도 했다. 그러면 그의 어머니는 기겁했고 그런 날 그는 온종일 아무것도 먹지 못하고 집 안에 갇힌 채로 맞았다. 어머니는 언제나 울면서 그를 때렸고 그를 때린 뒤에는 울면서 기도했다. 어머니가 자신과 함께 온종일 아무것도 먹지 않고 밤에도 잠들지 않고 밤새 울면서 작은 소리로 속삭여 기도하는 것을 그도 알고 있었고 그래서 그는 맞으면 맞을수록 죄책감에 시달렸다. 그가 열 살 되던 해에 어머니의 외삼촌, 그러니까 그의 외할머니의 오빠가 세상을 떠났다. 장례식에 다녀온 어머니에게 그는 그 자신은 한 번도 만나본 적도 없는 외할머니의 오빠와 똑같은 목소리와 말투로 작별 인사를 했다. 물론 그는 기억하지 못했다. 이 때문에 그의 어머니가 며칠 동안 아무것도 먹지 않고 기도하다가 쓰러졌기 때문에 그는 이 도시의 할아버지 댁으로 보내졌다. 그가 본래 이곳 남쪽 도시 출신이 아니라 바르샤바 근교 출신이라는 것을 나는 처음 알았다.

"그럼 어머니는 지금도 바르샤바에 사셔?"

"아마 그럴 거야."

그가 대답했다.

"할아버지 댁에 보내진 후로는 못 만났어. 고등학교 졸업식 때 잠깐 봤는데 그 이후로도 전혀 연락한 적 없어."

"아버지는?"

내가 물었다. 그는 한 번도 아버지에 관해 이야기한 적이
없었다.

그가 곤란한 표정을 지었기 때문에 나는 사과했다.

"미안해."

"아니, 그런 거 아냐. 아버지는, 뭐라고 해야 하지……."

그는 눈살을 찌푸렸다.

"아버지는…… 불분명한 사람이었어. 무슨 말인지 알아?"

모른다. 나는 기다렸다.

"어머니나 할아버지하고 있을 때는 존재의 목표가 분명했
어. 이해하겠어? 할아버지의 목표는 전쟁 때의 방식으로 살
아남는 것이었기 때문에 항상 해야 할 일이 있었어. 비상용
가방을 챙겨놓고, 물과 통조림이 충분한지 확인하고, 밤에는
불을 끄고 밖에서 소리가 들리지 않게 조용히 하고, 그리고
해가 뜨면 또 하루를 살아남았다는 확실한 감각이 있었어.
어머니하고는……."

그는 말을 끊고 잠시 생각했다.

"어머니하고 지낼 때는 괴로웠지만, 내가 나빴으니까, 내가
나쁘기 때문에 어머니도 고통받았으니까 나쁘지 않게 되는
것이 목표였어. 내가 나쁜 말을 하면 어머니는 울고, 굶으면
서 기도하고, 나를 침대에 묶어놓고 때리고, 밤이 되면 잠든
채로 죽은 사람들을 따라 돌아다니지 못하게 밤새 그대로

묶어놓고 가버리기도 했어. 그러니까 내가 나쁘지 않게 되는 것이 삶의 중심이었어. 그런데 아버지는……."

그는 다시 눈살을 찌푸렸다.

"아, 아버지는 할아버지의 아들이야. 그런데 할아버지와는 전혀 달랐어. 무엇을 위해서 사는지 알 수 없었고, 그렇다고 행복하거나 즐거워 보이지도 않았어. 그냥 언제나 무의미한 일을 하면서 정신은 다른 데 있는 것 같았어."

그는 잠시 생각한 뒤에 덧붙였다.

"아버지는 잘 모르겠어. 지금은 연락도 없고."

나는 그가 의미 있다고 여기는 무시무시하고 잔혹한 명료함을 이해할 수 있었다. 당장의 생명, 혹은 앞으로의 삶이 경각에 달렸다는 절박한 위기감과 거대한 공포. 그런 상황에서 자신을 죽일 수 있지만 살릴 수도 있는 한 사람이 있다면 모든 생존 본능이 그 한 사람을 만족시키는 데 쏠리는 것도 이해할 수 있다.

커다란 외상을 겪어 일단 세상을 이렇게 극단적인 방식으로 이해하게 되면 그 뒤에는 이런 관점을 극복하기 쉽지 않다. 생존의 문제가 걸려 있기 때문이다.

내 부모가 자식의 삶을 파괴하고 미래를 갉아먹는 방식으로 자신들의 삶을 유지하는 것을 넘어 무리하게 확장시키려고 애쓰는 것도 이러한 강박이라는 관점에서 바라보면 이해할 수 있을 것 같았다. 키워줬으니 감사하라는 말 앞에는, '죽이거나 죽게 내버려두지 않고'라는 단서가 붙어 있었다. 아마 그들에게는 진심일 것이다. 내 부모와 그들의 부모 세대, 한국 전쟁을 겪고 살아남은 세대에게 가장 큰 화두는 언제나, 2차 세계대전에서 살아남은 세대와 마찬가지로, 인간의 삶이 아니라 동물적이고 본능적인 생존이기 때문이다.

이해와 용서는 전혀 다른 문제다.

그가 속삭였다.

"묶어줄래?"

나는 고개를 끄덕였다.

"밤이 지나면 떠날 수 있어?"

내가 물었다.

"나도 몰라."

그가 대답했다. 그리고 나에게 되물었다.

"내가 떠나고 나면 넌 어떻게 할 건데?"

나는 대답할 수 없었다. 그가 다시 물었다.

"네 나라로 돌아갈 거야?"

"아니."

내가 대답했다.

"이젠 돌아가지 않아."

대답하면서 나는 스스로 놀랐다.

그가 조용히 대답했다.

"그럼 나도 여기 너와 함께 있을게."

"고마워."

내가 속삭였다.

아침에 눈을 떴을 때 그는 내 곁에 없었다. 나는 욕실 문을
열었다. 그는 죽었을 때와 같은 모습으로 난방기에 묶은 끈에
목을 맨 채 눈을 감고 있었다.

나는 그를 가볍게 건드렸다. 그가 눈을 떴다.

"풀어줄까?"

내가 물었다. 그는 목이 졸려 있었기 때문에 대답할 수 없
어 눈만 깜빡였다.

그의 목에 매인 끈을 풀면서 나는 그와 함께 소리 없이 노래
했다.

……소원을 빌 수 있다면

나는 어색해질 거야

무엇을 빌어야 할까

나쁜 시간을 아니면 좋은 시간을

좋은 시간은 이제 더 이상 기대할 수 없었으나 나쁜 시간을 소원하고 싶지도 않았다. 무언가를 기다리고 있었으나 무엇을 기대해야 할지 알 수 없었다. 미래는 없었다. 그와 내가 알았던 모든 삶의 유형들은 전부 과거에 갇혀 있었다.

어떤 사람들에게 삶이란 거대한 충격과 명료한 생존 본능이 동시에 찬란하게 떠오른 과거의 어느 시간에 갇힌 채, 유일하게 의미 있었던 그 순간에 했듯이 자신이 살아 있음을 되풀이해 확인하는 것으로 요약된다. 그 순간은 짧지만, 순간이 지나간 뒤에도 오래도록 자신의 생존을 그저 무의미하게 반복해서 확인하는 동안 좋은 시간도 나쁜 시간도 손가락 사이로 모래처럼 빠져나간다. 삶이 그렇게 흘러가는 것을 인식조차 하지 못하고 과거에 고정되어버린 사람들, 그도, 그의 할아버지도, 그의 어머니도, 나도, 살아 있거나 이미 죽었거나, 사실은 모두 과거의 유령에 불과했다.

······소원을 빌 수 있다면
나는 아주 조금만 행복해지고 싶어
너무 많이 행복해지면
슬픔이 그리워질 테니까

나는 그의 목을 풀고 이어서 손을 풀었다.

"도대체 어떻게 한 거야?"

내가 감탄했다.

"혼자서 어떻게 손을 묶고 목을 맸어?"

"오랫동안 궁리했어."

그가 조금 자랑스럽게 대답했다.

"혼자서 해내야 하는데, 다치기만 하고 죽지 않으면 괴로워 지니까."

나는 그를 꼭 껴안았다. 텅 빈 아파트에서 혼자서 죽기 위해 가장 효율적으로 목을 맬 방법을 오랫동안 고민했을 모습을 생각했다.

"괜찮아."

그가 말했다.

"고마워."

그리고 그는 가버렸다. 나는 그의 텅 빈 욕실에 혼자 남았다.

아무도 묻지 않았지, 우리가 아직 무명이었을 때
우리가 살고 싶은지 아니면 그렇지 않은지
이제 나는 큰 도시를 홀로 헤매 다니고
문과 창문으로 집의 거실을 엿보며
무언가를 기다리고 또 기다리고 있어······•

이제 내가 기다릴 것은 아무것도 남지 않았다.

그러나 나는 계속 욕실에 서 있었다. 누군가 기적처럼 찾아와서 이 삶에 묶인 나를 풀어주기를 기다리며.

• 〈Wenn Ich Mir Was Wünschen Dürfte(소원을 빌 수 있다면)〉, 1931.

작가의 말

    2023년 토끼해에 《저주토끼》가 '래빗홀'에서 개정판으로 나오게 된 것은 분명 운명이라고 나는 생각한다.

    《저주토끼》는 2017년에 처음 출간되었다. 이듬해 서울 홍익대학교 인근에서 열린 와우북페스티벌에서 우연히 부스에 들른 안톤 허 번역가가 이 책을 발견하여 내게 번역 출간을 제안했다. 당시 나는 안톤 선생님이 얼마나 능력 있는 사람인지 전혀 몰랐고 사실 그 제안을 진지하게 받아들이지 않았다. 그래서 나는 번역 제안을 가볍게 수락했다. 그리고 2021년 여름에 정말로 영어 번역본이 출간되었다.

    이어서 2022년에 《저주토끼》는 부커상 인터내셔널 부문 최종 후보에 올랐다. 이것은 나와 나의 토끼에게 매우 커다란 사건이었다. 《저주토끼》는 여러 나라 말로 번역되었고 나는 다양한 언어권 번역자님들과 더 다양하고 많은 독자분들을 만날 수 있게 되었다.

《저주토끼》는 오랫동안 내가 여러 상황과 서로 다른 맥락에서 연결되지 않은 상태로 쓴 각양각색의 이야기 중에서 뽑아낸 열 편의 소설이 담겨 있다. 같은 사람이 쓴 이야기들이므로 공통된 관점이나 태도가 보일 수는 있지만, 책 전체를 통해서 전달하려는 특별한 교훈이나 메시지는 없다. 《저주토끼》는 환상호러 단편집이고, 환상호러 장르는 대중문학에 속하며, 대중문학은 교훈이나 가르침보다는 즐거움을 위해 존재하는 장르이다.

그러므로 즐겁게 읽어주시면 좋겠다. 자기 입으로 '호러'라고 해놓고 즐겁게 읽어달라니 모순되는 것 같지만 오싹한 즐거움을 느껴주시면 좋겠다는 바람이다. 그리고 독자님들이 이야기에서 위안을 얻거나 등장인물에게 공감하실 수 있다면 글 쓴 입장에서는 더없이 감사하다고 생각한다.

2023년 4월
정보라

저주토끼

정보라 소설집

개정판 1쇄   2023년 4월 13일
개정판 13쇄   2024년 11월 8일

지은이 | 정보라

발행인 | 문태진
본부장 | 서금선
책임편집 | 최지인   래빗홀 | 이은지 장서원

기획편집팀 | 한성수 임은선 임선아 허문선 이준환 송은하 김광연 송현경 원지연
마케팅팀 | 김동준 이재성 박병국 문무현 김윤희 김은지 이지현 조용환 전지혜
디자인팀 | 김현철 손성규   저작권팀 | 정선주
경영지원팀 | 노강희 윤현성 정헌준 조샘 이지연 조희연 김기현
강연팀 | 장진항 조은빛 신유리 김수연 송해인   작가 전속 에이전시 | 그린북 에이전시

펴낸곳 | ㈜인플루엔셜
출판신고 | 2012년 5월 18일 제300-2012-1043호
주소 | (06619) 서울특별시 서초구 서초대로 398 BnK디지털타워 11층
전화 | 02)720-1034(기획편집) 02)720-1024(마케팅) 02)720-1042(강연섭외)
팩스 | 02)720-1043   전자우편 | books@influential.co.kr
홈페이지 | www.influential.co.kr

ISBN 979-11-6834-094-7   (03810)